Ein Weg hinaus

Anika Kuttarich

Ein Weg hinaus

BOD

Die deutsche Nationalbibliothek verzeichnet diese Publikation
in der Deutschen Nationalbibliografie;
detaillierte bibliografische Daten sind im Internet
über http://dnb.dnb.de abrufbar.

© 2016 Anika Kuttarich
Herstellung und Verlag:
BoD – Books on Demand, Norderstedt

ISBN: 978-3-7412-6392-7

*Für alle Mutisten & Mutistinnen
und für alle interessierten Leser & Leserinnen,
die uns verstehen wollen oder uns zur Seite stehen*

Prolog

„Sie steht abseits. Sie spricht nicht mit uns. Sie hält sich wohl für etwas Besseres!"
- eine ehemalige Schülerin

Die Angst in meinen Augen sahen sie nicht.

„Zuhause redet sie viel. Außerdem habe ich das Gefühl, dass sie gerne Streit sucht. Am Wochenende will sie kaum raus. Ich verstehe nicht, warum sie nie etwas mit mir unternehmen will. Ich habe es aufgegeben."
- Aurora

Sie glaubt mich zu kennen, dabei kennt sie mich nicht!

„Sie ist ruhig, ... höflich. Ich kann mich nicht beschweren."
- eine Nachbarin

Immer sagen sie, ich sei ruhig.

„Sie ist schüchtern. Das ist alles."
- Mum

Immer sagen sie, ich sei schüchtern. Bin ich auch nicht!
Ich bin mutistisch!

Dienstag, 01.September 2015

Laute Geräusche vom Flur drängen bis zu meinem Ohr. Genervt drehe ich mich auf die andere Bettseite. Aurora schreit mal wieder, früh am Morgen, alle aus dem Schlaf. Heute ein wenig panischer als sonst. Denn heute ist nicht irgendein Tag, sondern „ihr" Tag.

»Ivonne!«, schallt es.

Verdammt, Ruhe! Ich will schlafen!

Ivonne, meine Mutter, besänftigt Aurora für eine Millisekunde. Doch gleich darauf schreit sie wieder.

»Kann ich dein Glätteisen benutzen?«

Ruhe!!!

Genervt öffne ich die Augen und schaue auf die Uhr. Es ist kurz nach sechs.

Ist das zu fassen?!

Plötzlich vermischt sich meine Wut mit schlechter Laune. Ab heute nimmt alles wieder seinen gewohnten Verlauf. Meine Mutter und mein Stiefvater August gehen nach dem Urlaub wieder zur Arbeit und Aurora hat ihren ersten Arbeitstag, ihrer Ausbildung zur Medizinischen Fachangestellten. Nur ich liege im Bett. Ich habe nichts zu tun. Weder Schule noch Ausbildung. Ich habe das Gefühl versagt zu haben. Mit meinen 19 Jahren müsste ich schon längst wissen, was ich vom Leben will!

Wenn mein Leben doch nur einfacher wäre!

Aber Mutismus ist nicht irgendetwas, was man einfach "abschalten" kann. Was natürlich niemand verstehen will!

Im Flur höre ich wie jemand aus dem Badezimmer kommt. Die Schritte entfernen sich.

Endlich ist das Bad frei!

Ich werfe meine Bettdecke beiseite und steige aus dem Bett. An Schlafen ist nicht mehr zu denken! Ich schnappe mir ein paar Kleidungsstücke, ein Badetuch und verlasse mein Zimmer.

»Hallo Schwesterherz!«, begrüßt mich Aurora.

Na toll!

„Schwesterherz" sagt sie nur um mich zu ärgern oder wenn sie etwas von mir haben will.

»Wir sind keine Schwestern.«

»Stiefschwester klingt aber so negativ.«

»Ist aber die Realität.«

Sie sieht mich verstört an.

»Hä?«

»Was willst du? Jetzt wo du mich schon geweckt hast?«

Aurora lacht.

»Ja, sorry. Aber du weißt ja, heute ist mein erster Arbeitstag!«

»Ja und?«

Okay, manchmal bin ich nicht empathisch. Aber Aurora geht mir ständig auf die Nerven!

»Was willst du denn jetzt von mir?«

»Leihst du mir deine Jeansjacke?«

»Nein! Auf keinen Fall!«

»Ach, bitte! Nur für heute.«

»Nein.«

»Nur für heute. Versprochen!«

Sie macht diesen dämlichen Dackelblick. Das klappt vielleicht bei ihrem Vater, bei mir aber nicht!

»Nein und tschüss.«

Ich betrete das Badezimmer und schließe genervt ab.

Wie kann man denn ständig jemandem so auf die Nerven gehen?!

Als ich aus dem Badezimmer komme, hat sich die Geräuschekulisse in die Küche verschoben. Ich höre auch Augusts Stimme und stöhne innerlich auf. Ich gehe ihm, so oft es geht, aus dem Weg. Ich kann ihn einfach nicht besonders leiden. Vielleicht liegt es daran, dass er einfach nur Auroras Vater ist.

Trotzdem gehe ich in die Küche. Es riecht herrlich nach Rührei und Speck.

»Guten Morgen, Mum. Guten Morgen, August.«

Meine Mutter wünscht mir auch einen guten Morgen und August schaut kurz von seinem Terminkalender auf. Ich blicke zu Aurora rüber und muss grinsen. Sie sieht mich feindselig an und beißt in ihr Marmeladenbrötchen.

»Willst du auch etwas Rührei?«, fragt Mum.

»Ja, gerne.«

Ich setze mich auf den freien Stuhl neben Aurora. August steht auf, drückt meiner Mum einen Kuss auf die Lippen und verabschiedet sich von uns. Ich antworte nicht und schaue zu, wie Mum mir Rührei auf den Teller füllt. Dann stellt sie die leere Pfanne ab und läuft August hinterher.

»Warte, nimmst du mich mit?«

Natürlich nimmt er dich mit.

Ich verdrehe die Augen und widme mich meinem Essen zu. Dabei fühle ich, wie Aurora mich beobachtet. Und als ich aufschaue, sieht sie mich tatsächlich an.

»Ist was?!«

»Du bist gemein!«

»Du auch.«

Aurora wendet sich ab. Mum kommt in die Küche zurück.

»Hat jemand meine Brille gesehen? Aurora, Schätzchen, beeil dich! Wir müssen los!«

Aurora legt ihr abgebissenes Brötchen auf den Teller und schaut meine Mutter wehleidig an.

»Karina will mir nicht ihre schicke Jeansjacke ausleihen.«

»Nimm sie dir einfach.«

»Mum!«, protestiere ich.

Geht's noch?!

Mum sieht mich böse an.

»Wir haben keine Zeit zu diskutieren.«

Das gibt's doch nicht! Blöde Aurora!
Kriegt immer was sie will!

»Ah, da ist sie ja!«

Meine Mutter setzt sich ihre Brille auf die Nase und scheucht Aurora aus der Küche. Beim Hinausgehen grinst mich Aurora schadenfroh an.

Blöde Kuh!

»Tschüss, Karina. Machst du einen Salat? Ich komme gegen drei Uhr und dann machen wir Mittagessen.«

Von mir aus!

»Okay, Schätzchen. Bis dann.«

»Bis dann!«

Die Tür fällt ins Schloss und eine angenehme Stille breitet sich aus. Ich kann von meinem Sitzplatz direkt aus dem Fenster schauen und beobachte, wie die drei in Augusts Auto steigen. Wenigspäter sind sie weg. Ich schalte das Radio an und esse zu ende.

Was soll ich heute machen?
Bewerbungen schreiben? Nein, darauf habe ich keinen Bock!

Es ist erst kurz nach acht Uhr. Ich stehe auf und mache mir einen Tee. Und wie ich da so wartend vor dem Wasserkocher stehe, blicke ich aus dem Fenster.

Nein, ich werde heute nicht rausgehen. Peinlich, wenn ich auf einen Nachbarn treffe, der dann merkt, dass ich nicht zur Schule gegangen bin oder zur Arbeit.

Unsicher bewege ich mich einen Schritt vom Fenster weg. Nun kann mich niemand von draußen sehen, ich kann aber trotzdem noch aus dem Fenster spähen. Ich stelle das Radio leiser. Der alte Nachbar über uns soll bloß nicht denken, dass jemand zu Hause geblieben ist. Der Wasserkocher ist auch zu laut. Zum Glück schaltet er sich gerade aus. Ich sehe wieder zum Fenster hinaus. Ein großer Umzugswagen parkt gerade vor unserem Wohnblock. Dort auf dem Platz, wo vor kurzem noch Augusts Auto stand. Mein Herz schlägt schneller. Ich husche mit dem Wasserkocher aus der Sichtzone.

Hat der Fahrer mich gesehen? Hoffentlich nicht!
Verdammt, was ist, wenn die Leute in die leerstehende Wohnung gegenüber einziehen? Ich müsste dann immer unauffällig zum Briefkasten schleichen! An deren Tür vorbei! Verdammt!
Toll, jetzt habe ich den Teebeutel vergessen!

Ich fülle meinen Becher auf und schleiche auf Zehenspitzen, mit dem leeren Wasserkocher, zurück. Kurz vorm Fenster bücke ich mich. Damit mich die Menschen von draußen nicht sehen können, krabbele ich auf allen Vieren (so gut es mit dem Wasserkocher eben geht) unterhalb des Fensters weiter.

Das ist so lächerlich!

Aber die Angst gesehen zu werden, ist im Moment viel größer. Ich stelle den Wasserkocher ab und greife nach dem Teebeutel. Neugierig linse ich aus dem Fenster. Zwei Männer und ein Teenager (vielleicht sogar in meinem Alter) steigen aus und gehen zur Ladefläche. Mit klopfendem Herzen krieche ich auf allen Vieren zu meinem Sitzplatz zurück. Ich packe den Teebeutel in die Tasse und verlasse schnell die Küche. Im Flur stelle ich meine Tasse auf die Kommode und kämme meine Haare.

Verdammt! Hoffentlich ziehen die Leute nicht in die 2-Zimmerwohnung gegenüber. Bitte!

Leider wird mein Wunsch nicht erfüllt. Ich höre wie im Treppenhaus die Tür aufgeschlossen wird. Lautlos husche ich zur Tür und schaue ins Guckloch. Der Teenager von draußen kommt die paar Treppenstufen hoch und bleibt vor der leerstehenden Wohnung stehen.

Scheiße! Nein!!!

Er stellt einen Karton ab und kramt in seiner Hosentasche. Dann öffnet er die Tür und schleift den Karton hinein. Er lässt die Tür auf und geht wieder hinaus.
Neue Nachbarn! Ich könnte kotzen!
Schlecht gelaunt, binde ich mein Haar zum Pferdeschwanz. Danach werfe ich den vollgesogenen Teebeutel in den Biomüll und gehe mit dem Becher in mein Zimmer.
Ich muss mich ablenken!
Daher schalte ich den Computer an und begebe mich ins Internet. Aber meine Gedanken schweifen ständig zu dem neuen Nachbarn.
Was wird er von mir denken, wenn er mich näher kennenlernt? Wird er sich mit Aurora anfreunden?
Ich bekomme Panik.
Warum bin ich so verdammt schüchtern?
Nein, stopp! Schüchtern ist das falsche Wort! Mein Problem hat einen anderen Namen: Mutismus. Genauer gesagt, Selektiver Mutismus.
Zwei Stunden später werde ich von einem Türklingeln gestört. Erschrocken minimiere ich meine Internetseiten und gehe nachschauen. Im Flur schleiche ich auf Zehenspitzen weiter.
Bloß keinen Lärm machen! Wer kann das sein? Mum?
Wieder wird die Klingel betätigt und ich kriege fast einen Herzinfarkt. Mit rasendem Herzen gehe ich auf die Tür zu und schaue ins Guckloch. Und schnell wieder weg.
Was macht er denn hier??? Und was will er?!
Da steht tatsächlich der neue Typ und wartet.
Geh weg! Ich mache nicht auf!
Stille.
Ich wage mich zurück zum Guckloch und sehe wie er die Treppen zum nächsten Stockwerk hochsteigt.
Was wollte er? Komischer Typ!
Obwohl, so ganz von Nahem sah er ziemlich gut aus. Er hatte dunk-

le Augen und dunkelblondes, gelocktes Haar.
Er sah nett aus. Vielleicht sollte ich ihm das nächste Mal einfach aufmachen?
Nein, lieber nicht! Dann merkt er doch gleich, dass ich seltsam bin.
Ich gehe in die Küche und stelle erschrocken fest, dass es schon kurz vor 13:00 Uhr ist.
Saß ich so lange vorm PC?! Wie schnell die Zeit vergeht!

Ich laufe in mein Zimmer, fahre den PC runter und gehe wieder in die Küche. Dort setze ich mich auf Augusts Platz (hier kann man mich von draußen nicht sehen) und bereite den Salat vor.
Tomaten, Gurken, Paprika, Eisbergsalat. Noch etwas?

Während ich den Salat schneide, stelle ich mir vor, wie es wohl wäre, wenn der neue Nachbar mein Freund wäre. Ich hatte noch nie einen festen Freund und sehne mich so sehr nach Zuneigung und Liebe. Aber gleichzeitig habe ich auch Angst davor. Die Nähe von Menschen, vor allem fremden Menschen, bereitet mir Unbehagen.
Vergiss ihn! Er wird sich sowieso nicht für dich interessieren! Wer mag schon schweigsame Menschen?
Das Klappern der Briefkästen holt mich aus meinen negativen Gedanken. Ich würze den fertigen Salat.
Ob der Postbote etwas für mich rein gesteckt hat?

Ich möchte zum Briefkasten gehen und nachschauen. Doch dann fällt mir ein, dass ich ja jetzt an der Tür des neuen Nachbarn vorbeilaufen muss.
Was soll ich tun? Ich könnte ja horchen, ob von der Wohnung Geräusche kommen. Wenn alles ruhig ist, könnte ich vorbeigehen. Sonst...
Egal! Er wird mich doch nicht vom Guckloch aus beobachten?! Oder doch?
Ich werde ganz leise sein, dann merkt er nichts.
Ich schnappe mir meinen Hausschlüssel und öffne vorsichtig die Tür. Ich lausche.
Nichts.
Wahrscheinlich ist er weg. Okay, dann mal los!

Meine Tür lasse ich einen kleinen Spalt geöffnet und trete hinaus. Ich husche an seiner Tür vorbei und die paar Treppenstufen runter. Stille. Nichts rührt sich. Mit zitternden Händen versuche ich den Briefkasten zu öffnen.
Schneller!
Endlich!
Ich greife nach der Post und ein Modekatalog platscht auf den Boden. Erschrocken halte ich inne und lausche.
Schritte!!!
Verdammt, draußen steht einer!
Ich sehe ein paar schwarze Sportschuhe und eine schwarze Jeans. Ein Schlüssel wird ins Schloss gesteckt und die Tür wird aufgeschoben. Ich spüre den warmen Sommerwind im Rücken. Schnell greife ich nach dem Katalog und der restlichen Post.
Schnell weg hier!
Ich schließe den Briefkasten ab.
»Hallo.«
Erschrocken drehe ich mich um. Da steht der neue Typ.
Erwischt! Na toll! Auch noch rot werden!
Der Typ lächelt mich an.
Ich muss antworten! Jetzt!
»Hallo«, sage ich leise.
Leider hört es sich mehr wie eine Frage an. Ich richte mich auf und stehe nun vor ihm. Nur einen Meter entfernt!
Ich bin so nervös! Schnell, ablenken!
»Ich bin Jonas, der neue Nachbar.«
Er streckt seine Hand aus. In der Linken trägt er eine Supermarkttüte.
Verdammt, mein Herz explodiert gleich! Schnell, ich muss was sagen!
Ich reiche ihm meine Hand.
»Ich heiße Karina. Willkommen!«

Willkommen??? Sagt man das so?
Unsicher drehe ich mich um und gehe die Treppenstufen hoch.
Schnell weg hier!

Der neue Nachbar, Jonas, geht dicht hinter mir. Ich kann mich kaum konzentrieren. Das Gehen fällt mir auf einmal viel schwerer.
Ein Fuß nach dem anderen! Nicht so schnell! Schaut er mir auf den Po? Mann, bin ich nervös! Meine Tür ist noch offen. Zum Glück! Was soll ich jetzt sagen???
Mein Herz rast.
Schnell, sag was!
Ich drehe mich zu ihm um.
»Bis dann.«
Geht doch! Und diesmal war es laut und deutlich!
»Ja, man sieht sich!«
Er holt seinen Schlüssel heraus.
Ich gehe in meine Wohnung, schließe leise die Tür und atme erleichtert aus.
Mann, war das peinlich! Willkommen! Warum habe ich das gesagt?! Und „Bis dann" ist genauso peinlich! Was denkt er denn jetzt von mir? Ich hoffe, ich muss ihm nicht so oft über den Weg laufen!

Kurz nach 15:00 Uhr kommt Mum nach Hause. Sie freut sich über den Salat und zeigt mir, wie man Schnitzel brät und Reis kocht. Ich erzähle ihr von Jonas.
»Und mit wem ist er eingezogen?«
Ich hebe die Schultern.
»Keine Ahnung. Ich glaube er ist allein eingezogen.«
Die zwei Männer waren bestimmt nur von der Umzugsfirma.
Mum schüttelt den Kopf.
»Nein, das glaube ich nicht.«
»Ist doch egal!«
Es klingelt an der Tür. Ich schrecke auf.

Vielleicht ist das wieder Jonas?!

»Karina, machst du auf? Ich habe die Hände gerade...«

»Ja, ich mach schon!«

Mein Herz rast wieder auf Hochtouren.

Bitte nicht Jonas! Lass es nicht Jonas sein!

Ich öffne die Tür und beruhige mich.

»Hallo August!«

Noch nie war ich so erleichtert ihn zu sehen. Ich lächle.

»Hallo. Ich habe meinen Schlüssel vergessen.«

»Kein Problem.«

Ich lasse August rein und schließe hinter ihm die Tür. Mum kommt aus der Küche.

»August! So früh schon da?«

»Ja, ein Termin ist ausgefallen.«

August küsst Mum. Ich verdrehe meine Augen.

»Ich gehe in mein Zimmer!«

Gesagt, getan. In meinem Zimmer, setze ich mich auf meinen Drehstuhl und fahre den PC hoch.

Vielleicht habe ich neue Emails?

Nein, keine neuen Nachrichten! Nur lästige Werbung.

Es klingelt wieder an der Tür.

Das ist Aurora. Kein Grund nervös zu werden!

Doch dann höre ich noch eine weitere Stimme. Eine Männliche! Es ist nicht August!

Verdammt! Das ist Jonas' Stimme! Diesmal ist er es wirklich!

»Jetzt komm rein. Wir haben genug Essen für alle.«

Was redet Mum da?! Hat sie Jonas jetzt wirklich zum Mittagessen eingeladen?! Das kann doch nicht ihr ernst sein!!!

»Hallo, ich bin August. Auroras Vater.«

»Freut mich.«

Wieder Jonas' Stimme.

Geh doch einfach wieder! Bitte!!! Wie soll ich mich denn jetzt rausreden??? Ich habe mich so aufs Essen gefreut! Und jetzt werde ich es nicht mehr genießen können! Vielen Dank, Mum!

»Das Essen ist fertig! Karina!«

Scheiße! Warum schreit sie so?! Wie peinlich! Wie soll ich Jonas begrüßen??? Einfach nicht nachdenken! Ich darf nicht so viel nachdenken! Ich geh einfach raus, sag ihm „Hallo" und setze mich irgendwohin, wo frei ist. Ganz einfach! Hoffentlich nicht neben ihn!

Ich schließe meine Zimmertür (langsamer als sonst) und betrete das Wohnzimmer. Hier auf dem großen Esstisch wurde der Tisch gedeckt. Jonas unterhält sich gerade mit August auf der Couch. Er hat mich noch nicht gesehen. Wäre ich jetzt nicht Mutistin, würde ich einfach auf ihn zugehen und ihn scherzend fragen, was er hier bei uns mache. Aber weil ich Mutistin bin, husche ich unbemerkt wieder hinaus. Ich flüchte in die Küche und verstecke mich hinter Mum.

»Was macht Jonas hier?«, flüstere ich leise.

»Ich habe ihn eingeladen.«

»Aber warum?!«

»Er ist ein lieber Junge und er kam mit Aurora heim. Da habe ich ihn spontan eingeladen.«

Spontan!
Ich stöhne innerlich auf.

»Ach ja und er ist 18 Jahre alt. Fast in deinem Alter.«

»Ich bin 19, Mum!«

»Komm jetzt! Sei nicht albern.«

Mum reicht mir die Schnitzelplatte und scheucht mich aus der Küche.

Verdammt! Jetzt gibt's kein Weg zurück! Mein Herz explodiert gleich!

Die Schnitzel verbreiten einen herrlichen Duft und als ich damit ins Wohnzimmer komme, erstirbt die Unterhaltung. August und Jonas drehen sich zu mir um. Jonas erhebt sich.

»Hallo. Karina, richtig?«

Er hat sich meinen Namen gemerkt!

»Ja. Hallo«, sage ich und schaue ihn nur eine Millisekunde lang an. Auf dem Tisch ist kaum Platz für die Schnitzelplatte. Und ich habe keine freie Hand, ein paar Sachen beiseite zu schieben. Die Duftwolke benebelt mich. Mein Gesicht wird warm.

Nur nicht rot werden! Bitte! Was mache ich denn nun? Die Schnitzelplatte einfach auf einen Teller abstellen und hoffen, dass die Platte nicht wegrutscht und dann Platz schaffen? Ja, oder ich...

»Warte, ich helfe dir.«

Jonas kommt auf mich zu.

»Danke.«

Meine Stimme hört sich so fremd an.

Jonas macht mir Platz und ich traue mich nicht ihn dabei anzuschauen.

»So, fertig!«

Er lächelt. Dann stellt er sich plötzlich neben mich. Mein Herz rast.

Ich muss etwas sagen! Und ihn ansehen! Jetzt!

Ich schaue ihn an.

Er schaut mich an!!! Blick halten! Los, sag was! Sonst denkt er du bist seltsam! Jetzt!

Ich lächele verlegen.

»Isst du mit uns?«

Das war das erstbeste, was mir eingefallen ist. Nicht gerade das Beste, aber wenigstens habe ich etwas gesagt!

Ich grinse.

Hoffentlich sieht mein Grinsen nicht dämlich aus. Sonst denkt er noch, dass ich mich über ihn lustig mache.

Jonas grinst auch.

»Deine Mutter hat mich eingeladen.«

Ich grinse noch mal, weil ich nicht weiß, was ich darauf sagen soll. Außerdem grinst er auch. Warum also nicht nachmachen?
Hilfe! Peinliche Stille! Ich muss wieder was sagen! Verdammt! Aber was? Los, jetzt!
»Such dir einen Platz. Noch hast du freie Wahl.«
Peinlich! Ich hoffe, August hat das nicht gehört!
Ich drehe mich zu ihm um.
August sieht mich überrascht an.
Er hat's gehört! Peinlich!
Ich schäme mich so. Eigentlich spreche ich nicht mit Fremden. Das habe ich meiner Familie anvertraut, als ich ihnen über meinen Mutismus erzählt habe. Jetzt stecke ich in der Klemme! Meine Familie glaubt doch sowieso, dass ich mir das mit dem Mutismus nur ausgedacht habe. Und jetzt der Beweis: Ich spreche mit Jonas! Ich sehe August böse an.
Soll er doch endlich mal was sagen! Sitzt da nur doof rum!
Endlich erhebt er sich.
»Ja, dann wollen wir mal.«
Mum kommt ins Wohnzimmer und stellt eine Schüssel mit Kartoffeln auf den Tisch.
»Wo ist Aurora?«, fragt August.
Ja, das wüsste ich auch gerne! Unterhält sich mit Jonas, bringt ihn nach Hause und verschwindet dann! Und ich habe Jonas an der Backe!
»Setzt euch. Aurora ist kurz unter der Dusche.«
Mum! So genau wollten wir das bestimmt nicht wissen!
Ich schaue verlegen zu Jonas. Er grinst meine Mutter an.
Danke Mum! Gut gemacht! Voll peinlich!
»Wir brauchen noch einen Stuhl«, bemerkt August.
Meine Chance zu flüchten!
»Ich gehe schon.«
Schnell weg hier! Endlich raus aus dem Raum!

Ich atme erleichtert aus. Im Flur stoße ich fast mit Aurora zusammen.

»Hey!«, zische ich sie an, »Komm mal mit!«

»Was flüsterst du so?« Aurora folgt mir in die Küche.

»Warum hast du ihn mit nach Hause genommen?«

»Er heißt Jonas und er ist unser neuer Nachbar. Süß ist er auch, findest du nicht?«

Sie grinst dämlich. Ich verdrehe meine Augen.

War ja klar!

»Willst ihn nicht auch ein wenig kennenlernen?«

»Grins nicht so dämlich! Er ist 18 Jahre alt!«, sage ich leise.

»Ich weiß. Das ist schon ein No-Go, aber vielleicht hat er einen älteren Bruder?«

Aurora lacht auf und verlässt die Küche. Ich schnappe mir einen Stuhl und folge ihr. Sobald ich Jonas sehe, kommt meine Unsicherheit zurück. Mein Körper verspannt sich. Zum Glück hat sich Jonas in die Ecke gesetzt. Aurora setzt sich neben ihn.

Danke Aurora!

Sie ist meine sichere Mauer zwischen Jonas. Ich stelle den Stuhl ab und setze mich neben sie. Links von mir setzt sich August.

Na ja. Mit ihm komme ich halbwegs klar.

Mum setzt sich gegenüber von Jonas und reicht ihm die Schüssel mit den Kartoffeln.

»Vielen Dank noch mal für die Einladung.«

So ein Schleimer!

Mum lächelt.

»So haben wir die Möglichkeit dich ein wenig besser kennenzulernen.«

Darauf könnte ich gut verzichten!

»Bist du alleine eingezogen? Nicht, dass sich deine Freundin wundert, wo du bleibst.«

August ist so peinlich!

»Ja, er ist alleine eingezogen. Er möchte selbstständig sein«, sagt Aurora.

»Ja, das stimmt.«

»Aurora, Jonas kann für sich selbst sprechen!«, ermahnt Mum sie streng.

Mein Herz zieht sich zusammen. Ich mag solche Bemerkungen überhaupt nicht. Ich beziehe sie immer auf mich. Und ich kann nicht einfach so sprechen, wenn ich will. Aurora grinst nur und reicht mir die Kartoffeln weiter.

»Danke«, sage ich leise.

»Und bist du single?«

August kann es einfach nicht lassen! Voll peinlich! Warum sitzt er ausgerechnet neben mir?

»Papa!«

Aurora findet es auch peinlich. Jonas jedoch nimmt es locker.

»Ja, ich bin single.«

»Entschuldige, mein Vater ist so peinlich!«

Jonas grinst.

»Schon okay.«

Ich reiche August die Schüssel mit den Kartoffeln. Er nimmt sie an, wendet sich aber Jonas zu.

»Das ist eine ganz normale Frage, oder Jonas?«

»Nein, das ist voll peinlich!«, widerspricht Aurora.

Zum Glück wechselt Mum das Thema.

»Jonas, gehst du noch zur Schule?«

Das ist meine Chance!

August und Aurora haben sich beruhigt und streiten sich nicht mehr über mich hindurch. Jetzt kann ich mir ein Schnitzel holen. Ich erhebe mich und fühle mich sofort beobachtet. Dabei will ich doch gar nicht im Mittelpunkt stehen! Mein Gesicht glüht.

Beeil dich!
Das Schnitzel ist auf meinem Teller. Schnell setze ich mich.
»Ich habe im August meine Ausbildung zum Informatikkaufmann angefangen. Es ist eine duale Ausbildung. Blockunterricht in der Schule und hauptsächlich Ausbildung im Betrieb.«
»Hat die Ausbildung etwas mit Computern zu tun?«
Klar, Mum! Womit denn sonst?!
Aurora lacht.
»Das wär nichts für mich«, sagt Mum.
Verdammt! Kann mir jemand den Salat reichen? Ich komme selbst nicht heran.
Wäre ich nicht mutistisch, würde ich einfach meine Mum fragen. Aber weil ich es bin, schweige ich und verzichte darauf. Dabei würde ich sehr gerne meinen selbstgemachten Salat probieren.
Was soll's! Egal!
»Karina?«
Ich blicke erschrocken auf. Alle schauen mich an, auch Jonas. Mein Gesicht erwärmt sich wieder.
Mega peinlich!
Verlegen schaue ich zu Mum.
»Du wurdest etwas gefragt.«
Mum schaut mich ziemlich vorwurfsvoll an.
Oh je! Vertieft man sich nur für ein paar Sekunden in seine eigenen Gedanken und dann ist man plötzlich wieder im Mittelpunkt! Kann ich mich nicht einfach in Luft auflösen? Was sage ich denn jetzt? Schnell, ich muss antworten, sonst hält mir Mum eine Standpauke vor Jonas!
»Sorry, ich war in Gedanken…«
„Woanders" kam nicht mehr über meine Lippen. Überhaupt war es so dahin gemurmelt, als würde ich immer noch vor mich hin träumen. Mum schaut mich böse an. Ihr Blick sagt so etwas wie „Kannst-du-dich-nicht-benehmen"?
Aurora rempelt mich an.

»Jonas wollte wissen, was du so machst.«

Ich runzele die Stirn.

Was ich mache? Was meint er?

»Beruflich!«, fügt Aurora hinzu und grinst mich schelmisch an.

Sie weiß, dass es mir unangenehm ist über mein Versagen zu sprechen. Aurora ist sehr schadenfreudig. Und vor allem gefällt es ihr, in einem besseren Licht dazustehen. Mein Herz rast und gleichzeitig auch meine Gedanken.

Schnell, Ich brauche eine gute Antwort! Aber was soll ich sagen? Ich kann ja schlecht lügen, niemand würde mich decken. Ich muss die Wahrheit sagen, auch wenn ich als Versagerin dastehe. Egal, danach werde ich in Ruhe gelassen. Soll Jonas doch denken, was er will!

»Ich habe keinen Ausbildungsplatz gefunden.«

Und sitze jetzt zu Hause herum. Nein, das sage ich nicht.

Die Stille ist ziemlich unbehaglich. Jonas, ich will ihn nicht anschauen, fehlen die Worte. Diese Situation ist fast schon komisch, wenn es nicht um mich gehen würde. Mum versucht meine Worte umzuformulieren.

»Karina hat viele Bewerbungen geschrieben, aber leider nur Absagen zurück bekommen.«

Hilfesuchend sieht sie August an.

»Es ist heutzutage schwierig einen Ausbildungsplatz zu bekommen. Aurora hat deshalb letztes Jahr ein Freiwilliges Soziales Jahr gemacht, um etwas auf ihrem Lebenslauf vorweisen zu können.«

»Das stimmt nicht, Papa! Ich habe es freiwillig gemacht.«

Aurora, halt die Klappe!

»Es ist immer gut, Berufserfahrungen zu sammeln. Dann hat man bessere Chancen angenommen zu werden«, erklärt Jonas.

So ein Blödmann!

Mum schaut mich streng an. Ihr Blick sagt so etwas wie „Siehst-du,-habe-ich-es-dir-nicht-gesagt"?

Ich bin wütend. Weil ich aber nichts an der Situation ändern kann, widme ich mich wieder meinem Essen zu.
Einfach zu ende essen und abhauen!
»Der Salat ist echt super.«
Ich blicke überrascht zu Jonas. Er schaut Mum an. Ich nehme es trotzdem als Kompliment und freue mich.
»Den Salat hat Karina gemacht.«
Meine Laune ändert sich schlagartig.
Verdammt! Warum muss mich Mum schon wieder in den Mittelpunkt drängen?!
Ich will ja nicht rot werden, aber leider habe ich keinen Einfluss darauf. Ich hebe meinen Blick und sehe Jonas an. Unsere Blicke treffen sich.
Verdammt!
»Schmeckt sehr gut.«
Verlegen lächle ich.
Ich muss mich bedanken! Schnell, bevor es zu spät ist!
»Danke.«
»Der Salat ist wirklich sehr lecker«, stimmt August zu.
Macht mich doch nicht so verlegen! Können wir das Thema wechseln?
Hilfesuchend schaue ich zu Aurora. Sie sieht mich aber ziemlich feindselig an.
Oh, ich glaube, sie ist eifersüchtig! Das ist sehr selten!
Ich muss grinsen.
»Karina, warum probierst du nicht deinen Salat?«
Mum sieht mich verwundert an und reicht August die Salatschüssel.
Wieder im Mittelpunkt! Was soll ich nur darauf antworten? Peinlicher geht es nicht! Wenn ich den Salat nehme, sagt das aus, dass ich mich nicht getraut habe danach zu fragen. Wenn ich ihn nicht nehme, wollen sie wissen warum, schließlich habe ich ihn ja selbst gemacht. Schnell, ich muss reagieren!
»Äh, nein. Ich bin nicht so hungrig.«

Klar möchte ich. Ich will doch wissen, ob mein Salat wirklich so gut ist.
August hält mir hartnäckig die Schüssel hin.
»Vitamine, Karina!«, sagt er lahm.
Ich schüttele den Kopf.
Ich darf jetzt nicht meine Meinung ändern! Auch wenn mir mein Salat leid tut.
»Na gut. Dann nehme ich mir noch Nachschlag. Will noch jemand?«
»Ich!«, ruft Aurora und streckt ihre Hände über meinen Teller aus. Ich lehne mich zurück und schaue dem Salat hinterher.
So nah und doch unerreichbar! Vielleicht bleibt ja noch was übrig? Dann esse ich später, wenn Jonas weg ist.
Aurora greift beherzt zu und reicht die Schüssel an Jonas weiter. Jonas nimmt auch etwas und reicht die Schüssel an Mum weiter. Mum nimmt den Rest. Der Salat ist alle! Ich bin wütend und enttäuscht zugleich.
»Erzähl mal was von dir. Hast du Geschwister, ein Haustier?«
Wow! Aurora geht ja ziemlich zur Sache! Das mit dem älteren Bruder hat sie wohl ernst genommen.
»Ich habe noch einen älteren Bruder.«
Ich muss grinsen. Aurora grinst auch.
»Wie alt ist er?«
Auffälliger geht's nicht!
»Er ist 21.«
»Und wie heißt er?«
Aurora, geht's noch?!
»Er heißt Björn und als Haustier habe ich noch einen Hund. Einen weißen Labrador namens Cleo.«
Witzig!
Er stellt seinen Bruder und seinen Hund im selben Satz vor. Wie er wohl zu seinem älteren Bruder steht?
August schaut verdattert.

»Der Hund ist aber nicht in der Wohnung geblieben oder? Nicht, dass er da herumjault.«

»Nein, ich musste Cleo bei meinen Eltern zurücklassen.«

»Na dann, alles gut.«

August lacht und wenig später lacht auch der Rest. Ich zwinge mich auch zu lachen, obwohl es gar nicht so lustig ist. Mein Lachen hört man aber kaum. Nicht so wie bei August. Wenn er lacht, wackelt das ganze Haus! Als sie sich endlich beruhigt haben, bleibt Mums Blick auf Jonas hängen.

»Unterstützen dich deine Eltern finanziell?«

»Genau, wie ist das eigentlich? Bei der Ausbildung bekommst du nicht viel.«

August schon wieder!

Ich verdrehe meine Augen.

»Ich will auch ausziehen!«

Aurora schaut ihren Vater mit Dackelblick an.

Du bist so peinlich, Aurora!

»Nein Aurora, das ist noch zu früh.«

Aurora seufzt.

Tja, Pech gehabt!

Jonas grinst Aurora an.

»Sei froh, du wirst noch finanziell unterstützt.«

Aurora schaut genervt.

»Das bisschen Taschengeld?!«

Jonas lacht auf.

»Also, ich muss nun alles selbst regeln. Auch das Finanzielle. Zum Glück habe ich ein wenig geerbt und ...«

Aurora unterbricht ihn.

»Du hast geerbt? Bist du jetzt reich?!«

Nur Geld und Jungs im Kopf!

»Meine Oma hat mir ein wenig vererbt. Im Februar ist sie gestorben.«

»Oh, das tut mir leid.«

Aurora schaut Jonas traurig an. Mum und August schauen auch traurig. Nur ich selbst kann mit der Information nichts anfangen. Mir geht das nicht so nah. Vielleicht bin ich auch kaltherzig, wer weiß?

»Deshalb trägst du schwarze Klamotten? Ich habe mich schon gewundert! Wer trägt schon schwarz im Sommer?!«

Sehr taktlos! Denkt sie überhaupt nach, was sie sagt?!

August schaut Aurora mahnend an. Aurora seufzt und stochert in ihrem Salat herum.

»Wie alt war deine Oma?«, fragt August.

Jonas grinst.

Warum grinst er so oft?

»Sie wurde 64 und war die beste Oma, die man sich vorstellen konnte. Leider ist sie am Aschermittwoch gestorben.«

Er grinst immer noch! Sollte er nicht eher traurig sein?!

»Versteht mich nicht falsch, aber sie liebte Karneval und hat sich als Marienkäfer verkleidet. Sie ist mit dieser Verkleidung eingeschlafen und nicht mehr aufgewacht.«

Aurora lacht. Jonas grinst weiterhin.

So lustig ist das gar nicht!

Mum und August schauen sich ratlos an.

Na ja, anscheinend hat Jonas einen schrägen Humor.

So, ich habe aufgegessen!

Alle, außer Mum sind noch mit ihrem Salat beschäftigt. Ich lehne mich zurück und hoffe, dass ich nicht angesprochen werde. Aurora nutzt die nächste Gesprächspause und schwärmt von ihrer Ausbildung.

»Wisst ihr was? Ich hatte heute einen Patienten. Er trug einen weißen Arztkittel und behauptete, er sei Arzt. Bis ich gemerkt habe, dass er mich anlügt. Sollte wohl ein Scherz sein. Ob mein Team dahintersteckte, weiß ich nicht. Aber sie haben alle Witze darüber gemacht!«

Aurora wurde verarscht! Wie lustig! Da wäre ich gern dabei gewesen!

August nimmt seinen letzten Bissen.

»War es ein toller Arbeitstag?«

»Auf jeden Fall! Ich habe so viele Kollegen kennengelernt und witzige Patienten! Alle total nett.«

Wie schön für dich!

»Wo machst du deine Ausbildung?«, fragt Jonas und legt sein Besteck ab.

Jetzt muss nur noch Aurora ihre ca. drei Gabelladungen in den Mund schaufeln. Aber nein, sie ist ständig am Labern und am Gestikulieren!

»Ich mache meine Ausbildung im Krankenhaus. Medizinische Fachangestellte. Sagt dir das was?«

»Ja, das sagt mir was.«

Aurora gefällt es sichtlich nicht, dass Jonas wenig Begeisterung zeigt.

Tja, nicht alle finden dich toll.

Mum stellt Aurora ein paar Fragen und ich schweife genervt ab.

Kann ich endlich gehen?! Ich sitze hier nur dämlich herum. Es ist echt anstrengend! Kann Jonas bitte endlich gehen?!

Ich schaue auf meine Armbanduhr. Kurz vor 17:00 Uhr. Genau gesagt, drei Minuten vor fünf. August schaut auch auf seine Uhr. Ich habe wohl eine Kettenreaktion ausgelöst. Ich bemerke aus meinen Augenwinkeln, wie Jonas ebenfalls auf sein Handy schaut.

Handys am Esstisch, das gefällt Mum überhaupt nicht!

Mum sieht das sofort und atmet schwer ein. Ich muss grinsen.

Wird sie Jonas eine Szene machen? Nein, ich glaube nicht.

August berührt Mum sanft am Arm. Ich muss mich echt zusammenreißen, um nicht los zu lachen.

»So, ich sollte mal langsam gehen. Ich muss noch die Kartons sichten und auspacken.«

Endlich!!!

Jonas erhebt sich und steckt sein Handy ein.

»Stopp! Es gibt noch Nachtisch! Vanilleeis mit Pfirsiche.«

Oh, Mum! Lass ihn doch einfach gehen!

»Tut mir leid Frau Krasek-Albinger, aber ich habe noch so viel zu tun. Das muss ich...«

Mum fällt Jonas ins Wort.

»Nur Frau Albinger. August und ich sind nicht verheiratet.«

Mum, das kann er doch nicht wissen! Außerdem steht an unserer Türklingel ein Bindestrich zwischen den zwei Nachnamen. Mum ist so zimperlich! Unglaublich!

»Tut mir leid.«

»Schon gut. Willst du nicht doch bleiben?«

Nein!!!

Ich schaue zu Jonas.

Im Gegensatz zu mir wird er nicht rot, wenn er im Mittelpunkt steht. Wie macht er das nur?

»Tut mir leid, aber ich muss los. Ich erwarte noch ein paar wichtige Anrufe.«

Danke, Jonas!!!

Wir erheben uns.

»Na gut. Dann noch einen schönen Abend.«

Mum reicht Jonas die Hand.

»Vielen Dank, Frau Albinger. Ihnen auch einen schönen Abend und danke für die Einladung. Es war sehr köstlich.«

Schleimer!

»Das freut mich.«

»So Junge, falls du Hilfe beim Einrichten brauchst, ich bin ein guter Handwerker.«

So ein Angeber!

»Danke. Ich werde darauf zurückkommen.«

Ha ha!

»Gerne.«

August schüttelt Jonas' Hand.

Er kommt zu mir!!!

Mein Herz schlägt schneller.

Reicht er auch mir die Hand? Hoffentlich sieht man mir meine Angst nicht an.
Er reicht mir seine Hand!!!

Seine Hand fühlt sich angenehm warm an. Er drückt etwas fester zu.

»Schönen Abend noch.«

Er lächelt mich an!!!

Ich lächle zurück.

»Dir auch.«

Na, ja. Nicht so laut, wie ich es sagen wollte, aber wenigstens war's kein Flüstern!

Ich mache einen Schritt zurück und er geht auf Aurora zu.

»Tschau, Aurora.«

Tschau, Aurora??? Warum wünscht er ihr nicht auch nur einen schönen Abend? Oder warum sagt er nicht zu mir „Tschau, Karina"?

Ich bin ein wenig sauer. Aurora scheint den Unterschied nicht zu merken. Sie schaut müde und lächelt nicht mal. August und Mum bringen Jonas zur Tür und ich bleibe mit Aurora im Wohnzimmer zurück. Aurora setzt sich auf die Couch und greift nach einer Zeitschrift. Als sich die Tür endlich schließt, atme ich erleichtert aus. Meine Herzschläge normalisieren sich allmählich.

Mann, war das anstrengend! Endlich kann ich wieder Ich sein!

Aber nun prasseln meine Gedanken auf mich ein.

Verdammt! Ich war zu schweigsam! Hätte ich mich doch gezwungen etwas zu sagen! Aber was hätte ich denn sagen können? Ich hoffe, Jonas lässt mich in Ruhe. Ich meine, was will man schon von einem schweigsamen Menschen? Vielleicht denkt er jetzt, dass ich kein Interesse an ihm habe. Schließlich habe ich „vor mich hingeträumt", als er mir die Frage gestellt hat. Oder er deutet das als Schüchternheit? Keine Ahnung. Egal! Ich will nichts von ihm. Also kann er mir auch egal sein. Wenn wir uns zufällig im Flur begegnen sollten, sage ich ihm einfach „Hallo" und mehr nicht. Außerdem hat er jetzt nicht den Eindruck gemacht, als wollte er mich näher kennenlernen.

»Karina, willst du keinen Nachtisch?«

Mum und August, jeweils ihren Eisbecher in der Hand haltend, betreten das Wohnzimmer.

»Klar will ich!«

»Bring mir auch einen!«

So eine faule Kuh!

»Hol es dir doch selbst!«

Mum schaut mich böse an.

»Karina, musst du dich so unsozial verhalten?«

Ja, muss ich! Soll sie doch selbst gehen! Hat sie keine Beine?!

Mum wartet auf eine Antwort.

Mensch, kann sie mir auf die Nerven gehen! Besser ich hole Aurora das Eis, sonst kann ich mir eine nervige Standpauke anhören!

»Ich gehe schon!«

»Du bringst einen Becher für Aurora mit!«, ruft Mum mir hinterher.

Hatte ich doch vor! Mann, geht sie mir auf die Nerven!

Als ich auf den Rückweg zum Wohnzimmer bin, höre ich wie August mit Mum über mein Verhalten tuscheln. Ich bleibe im Flur stehen und lausche.

»Ich habe mich gewundert, wie sie plötzlich mit Jonas geredet hat. Als sie mich sah, hat sie gleich aufgehört zu sprechen.«

Ich fühle einen Stich im Herzen.
Doofer August! So ein Blödmann!!!
»Ich glaube, das macht sie nur, weil es bequem ist. Sie glaubt, sie hat damit Vorteile.«
Das glaube ich einfach nicht! Wie kann Mum so etwas behaupten?!
Wut steigt in mir auf.
»Wo bleibt mein Eis?«, brüllt Aurora.
Dein verdammtes Eis kommt gleich! Was für eine Scheiß-Familie ich doch habe! Keiner versteht mich oder will mich verstehen!
Ich betrete das Wohnzimmer und die Tuschelei erstirbt sofort. Aurora sitzt immer noch auf der Couch. Als sie mich bemerkt, schaut sie genervt.
»Endlich! Das hat lange gedauert! Das Eis ist bestimmt schon geschmolzen!«
Blablabla.
Ich reiche ihr wortlos den Becher, drehe mich um und verlasse das Wohnzimmer. Als ich an Mum und August vorbei komme, blicke ich Mum böse an.
Verräterin! Rabenmutter!
Wütend gehe ich in mein Zimmer und schließe die Tür ab. Ich setze mich auf mein Bett und stopfe wütend das Eis mit den Pfirsichstückchen in mich hinein.
Was für eine Familie! Ein Witz ist das! Das ist doch keine Familie! Dieser doofe August, der immer der gleichen Meinung ist wie Mum. Hat er eigentlich eine eigene Meinung?! Und Aurora die nervige, eingebildete Kuh! Denkt, sie wäre bei allem die Beste! Und Mum, die ständig mich mit anderen Leuten vergleichen muss! "Karina du bist 19 Jahre alt, Aurora auch. Schau mal, Aurora hat eine Ausbildung gefunden, du nicht."
Blablabla.
Meine Laune verschlechtert sich noch mehr.
Blöder August! Blöde Mum! Und blöde Aurora!

Ich verschlucke mich an einem Pfirsichstückchen und huste.
Blöde Pfirsich!
Jemand klopft an meine Tür.
»Karina, ich muss mit dir sprechen!«
Die Rabenmutter!
Schlechtes Gewissen, oder was?!
Sie versucht die Tür zu öffnen, aber die ist ja abgeschlossen.
»Karina, was ist los?«
Was ist mit dir los?! Was willst du von mir?!
»Mach die Tür auf!«
Mensch, ich könnte ausrasten!!! Sie gibt mir einfach keine Ruhe!
Wütend stelle ich den Eisbecher ab und schließe die Tür auf. Wortlos setze ich mich wieder aufs Bett und greife nach dem Eisbecher. Ich warte.
Soll sie doch anfangen!
»Karina, so geht das nicht!«
Mum setzt sich neben mich aufs Bett. Ich sehe sie böse an.
»Was denn?«
»Dein Verhalten, Karina.«
Mein Verhalten! Was denn sonst!
Ich esse einfach weiter. Sie schaut mich tadelnd an und dann platze ich einfach.
»Ich habe ihr das Eis doch gebracht!«
»Um das Eis geht es nicht. Es geht um dein Verhalten!«
Zu Jonas???
Ich schlucke schwer.
»So geht das nicht, Karina! August weiß immer noch nicht, wie er mit dir umgehen soll.«
Also August wieder! Klar, wer denn sonst!?
Mum wartet hartnäckig auf eine Reaktion, weil ich aber nicht reagiere, wird sie wütend.

»Karina! August und Aurora leben schon sieben Jahre mit uns und du verhältst dich, als wären sie erst eine Woche hier. Du musst die beiden akzeptieren! Und vor allem respektieren!«
Blablabla.
»August und Aurora sind ein Teil der Familie!«
Ja, schön für dich! Du hast ihn hier einziehen lassen! Mich hast du nicht mal gefragt!
»Und dieses hartnäckige „Nicht-Sprechen"! Das geht so nicht! Du bist 19 Jahre alt! Kein Kind mehr! Also verhalte dich auch so!«
Wow! Sie macht mich ziemlich runter. Sie will mich einfach nicht verstehen! Ist das so schwierig?
Ich stelle meinen leeren Eisbecher ab und verschränke die Arme.
»Warum kannst du mich nicht einfach verstehen?!«
»Was redest du da?«
»Wir waren vor drei Monaten bei diesem Arzt und er hat dir gesagt, was ich habe!«
»Das ist nicht dein Ernst, Karina!«
Doch!
»Dieses „Mutismus", das hast du nicht! Und rede es dir nicht ein!!! Du hast eine Zunge und du kannst sprechen! Also sprichst du auch mit Anderen!«
Mit „Anderen"! Klar! Als ob das so leicht ist!!!
»Ist das klar?! Karina?!«
Rabenmutter! Was soll man dazu noch sagen?!
»Ja!«
»Gut.«
Mum erhebt sich.
»Hast du heute Bewerbungen geschrieben?!«
Nein. Aber besser lügen, als noch mehr Ärger zu kassieren!
»Ja, habe ich.«

»Wie viele?«

»Zwei.«

»Das ist zu wenig! Willst du ein Jahr zu Hause herumsitzen?!«

Ist mir egal!

Sie wartet auf eine Antwort.

Ich gebe ihr die Antwort, die sie hören will. Keine Lust auf ihr Gemecker.

»Nein!«

»Na also.«

Sie scheint zufrieden.

So eine Nervensäge!

Sie nimmt meinen leeren Eisbecher und geht.

Endlich geht sie weg!

Ich schaue auf meine Armbanduhr. Es ist 18:15 Uhr. Draußen scheint die Sonne und ich habe schlechte Laune.

Was soll ich nur machen? Alles scheiße!

Ich hole mein Tagebuch heraus.

Mittwoch, 2. September 2015

Der nächste Tag beginnt auch sonnig. Es soll sogar 30 Grad werden. Heute bin ich später aufgestanden. Ich habe gewartet, bis der Letzte die Tür zugemacht hat. Erst dann habe ich mein Bett verlassen. Ich hatte einfach keine Lust mich blicken zu lassen, nachdem meine Mum so gemein zu mir war.

Nun beginne ich meinen Tag, um zehn Uhr, ausgeschlafen und munter. Das Frühstück genieße ich in aller Ruhe. Die Musik im Radio ist ausnahmsweise akzeptabel und das Brötchen mit Marmelade schmeckt lecker.

Vielleicht gehe ich heute raus. Oder wenigstens auf den Balkon.

Ich schenke mir Orangensaft ein, als ich sehe, wie ein rotes Auto vor meinen Augen einparkt. Ich lehne mich nach hinten und hoffe,

dass der Typ mich nicht gesehen hat.
Ich würde mir nie so ein auffälliges Auto kaufen! Wer den wohl fährt?
Ich schaue vorsichtig aus dem Fenster. Die Person steigt gerade aus.
Wow!
Ein ziemlich gut aussehender, junger Mann mit dunkelblauem Anzug und Dreitagebart. Er hat dunkelblondes Haar und eine gewisse Ähnlichkeit mit Jonas.
Das kann nur Jonas' Bruder sein! Wie hieß er noch mal?
Der Typ schaut sich um und ich lehne mich schnell wieder zurück.
Hat er mich gesehen? Ich hoffe nicht!

Neugierig schaue ich noch mal raus. Der Typ holt sein Handy heraus und telefoniert. Ich bin neugierig. Daher schalte ich das Radio aus und öffne ganz langsam und möglichst geräuschlos das Fenster. Ich presse mich gegen die Wand und halte mein rechtes Ohr vor die Fensteröffnung.

»Ich stehe jetzt vor dem Haus. Nummer 17. Ja, da steht sein Name drauf.«
Ich vernehme ganz leise das Klingeln einer Türklingel. Schnell husche ich zur Eingangstür und schaue ins Guckloch.
Keine Reaktion. Jonas scheint nicht da zu sein.
Bestimmt ist Jonas auf der Arbeit. Dass das sein Bruder nicht weiß!? Komisch!
Irgendwann klingelt es bei mir und ich fahre erschrocken hoch.
Warum klingelt er bei mir??? Verdammt! Soll ich ihm aufmachen?
Ich könnte ihn ja nur reinlassen, aber was ist, wenn er mich was fragen will?!
Mein Herz rast.
Das Klingeln hat aufgehört. Dafür klingelt es woanders.
Okay, scheint ziemlich wichtig zu sein! Zum Glück habe ich mich schon angezogen und geschminkt.
Ich ziehe meine Ballerinas an und nehme den Müll aus der Küche mit.
Dann sieht es wenigstens so aus, als würde ich einfach nur den Müll rausbringen

wollen. Und wenn er mich anspricht, dann antworte ich ihm. Er wird mich ja nicht gleich auffressen!

Ich nehme meinen Hausschlüssel und ziehe die Tür hinter mir zu. Dann erblickt mich auch schon der Typ, noch bevor ich die Eingangstür öffne. Ich gehe raus und er ruft mir hinterher.

»Entschuldige, darf ich dich etwas fragen?«

Ich drehe mich um und bleibe stehen. Mein Herz rast wie verrückt!

Verdammt! Von nahem sieht er sogar noch besser aus. Nur nicht wegschauen! Blick halten! Körper gerade und Bauch einziehen!

Jetzt bin ich doch nicht mehr so mutig. Ich nicke und schäme mich, dass ich mit dem Müll rausgegangen bin.

Küchenmüll! Hätte ich doch Papiermüll genommen! Ich hoffe, der Müll stinkt nicht so sehr. Zum Glück gibt es heute kaum Wind.

Trotzdem, es ist sehr heiß. Der Typ schaut mich immer noch so komisch an.

Ist er fasziniert? Oder bilde ich mir das nur ein?

»Hört sich bestimmt blöd an...«, er zögert und grinst.

Ja? Und was genau?

Ich sehe ihn immer noch an. Sage nichts.

Muss ich jetzt was sagen?

Zum Glück fährt er fort.

»Stimmt es, dass mein Bruder gestern hier eingezogen ist?«

Hä? Weiß er das denn nicht?

Ich schaue ihn wohl ziemlich verwirrt an, denn er fügt hinzu:

»Jonas Stüve.«

Das ist wirklich Jonas' Bruder. Nur, wie hieß er?! Ich glaube, irgendwas mit B. Ben? Nein.

Björn! Ja genau!

»Der Nachname klebt da auf der Klingel, aber ich glaube nicht, dass er dort eingezogen ist.«

Ich runzele die Stirn.

Warum betont er das Wort „eingezogen"? Ist das so seltsam? Er ist ziemlich schräg!
»Entschuldige, sprichst du deutsch? Do you speak german?«
Ich spüre wie sich die Hitze in meinem Gesicht ausbreitet.
Denkt er doch tatsächlich, dass ich kein Deutsch kann! Spinner!
Was soll ich jetzt sagen? Doch ich kann deutsch? Und ja, dein Bruder ist eingezogen? Äh, ja. Warum nicht? Los, jetzt!
»Er ist eingezogen, gestern«, höre ich mich sagen.
Geht doch! Laut und deutlich. Und mit einem Lächeln. Vier Worte. Ein Satz! Ich bin mutig!
»Das ist doch ein schlechter Scherz!«, ruft er aus.
Björn holt sein Handy hevor und wählt eine Nummer. Er scheint sich nicht mehr für mich zu interessieren.
Darf ich jetzt gehen???
Seine Miene verfinstert sich.
Schnell weg hier!
Ich gehe ein paar Schritte weiter, bis er wieder nach mir ruft.
»Entschuldige!«
Verdammt, was denn noch?!
Ich bleibe stehen und drehe mich wieder zu ihm um. Er kommt ein paar Schritte auf mich zu.
Stopp! Nicht so nah!
Mein Körper verspannt sich. Ich hoffe, er sieht es mir nicht an. Deshalb zwinge ich mich zu einem Lächeln. Trotzdem, seine Nähe macht mich ziemlich nervös!
»Hat er vielleicht gesagt, wo er seine Ausbildung macht? Eine Adresse genannt?«
Was sind das für Fragen?! Das muss er doch eigentlich selbst wissen!
Ich schaue ihn ratlos an.
Ich muss was sagen! Er wartet auf eine Antwort!
»Er macht eine Ausbildung als Informatikkaufmann.«

»Informatikkaufmann!«

Björn lacht auf.

»Das ist ja nicht zu fassen!«

Er geht auf und ab. Ich gehe ein paar Schritte zurück.

Seltsamer Typ!

»Informatikkaufmann! Immobilienkaufmann sollte er sein! Wie erkläre ich das meinen Eltern?!«

Hä? Hat das keiner gewusst? Wie jetzt???

Björn lacht.

»Informatikkaufmann!«

Das ist nicht witzig!

Langsam wird er mir echt unheimlich. Am liebsten würde ich jetzt einfach abhauen. Soll ich gehen?

Björn schaut mich wieder an.

»Sagt dir „Stüve Bau Immobilien" etwas?«

»Nein.«

Noch nie gehört! Interessiere mich nicht so für Immobilien. Stopp! Hat er gerade STÜVE Bau Immobilien gesagt? Also ein Familienunternehmen!

Jetzt habe ich schon „Nein" gesagt.

Björn schaut mich überrascht an.

»Da sollte er jetzt seine Ausbildung machen. Seit gestern! Kaum sind unsere Eltern auf Geschäftsreise, macht er, was er will! Unfassbar!«

Warte, dann wusste niemand von seinem Auszug?! Wow!

Ich muss grinsen, verstecke es aber vor Björn, indem ich weggucke.

»Er will nicht ans Handy gehen!«

Björn schreit schon fast.

Mann, ist mir das unheimlich! Als würde er mich anschreien.

Er wendet sich mir zu.

»Weißt du die Adresse, wo er arbeitet?«

Ich schüttele meinen Kopf.

Nein. Und wenn ich es wüsste, würde ich es dir nicht sagen! Der Typ scheint verrückt zu sein! Vielleicht ist er sogar richtig aggressiv? Wie komme ich nur aus dieser Situation heraus? Das war so eine dumme Idee raus zu gehen!
Plötzlich grinst Björn.

»Entschuldige, dass ich dich aufgehalten habe. Oder hast du heute frei?«
Frei? Äh, nein. Ich...
Sag was!
»Bist du schüchtern?«
Jetzt laufe ich wieder rot an!
»Ich habe ... frei.«
Warum muss ich so oft lügen???
Björn mustert mich von oben nach unten.
»Gehst du schon zur Arbeit?«
Hilfe, was soll ich sagen??? Ich muss jetzt was sagen, sonst denkt er, dass ich total schüchtern bin! Und vielleicht nutzt er das dann aus? Wer weiß???
»Äh, ich bin arbeitsuchend.«
Er sieht mich überrascht an.
»Arbeitsuchend? Hast du die Ausbildung schon fertig?«
Ich schüttele meinen Kopf.
»Ich habe noch keinen Ausbildungsplatz gefunden«, sage ich etwas leiser.
»Also suchst du gerade?«
Ich nicke.
»Ja, ich schreibe Bewerbungen.«
Mann, ist das peinlich!
Verlegen schaue ich auf den Asphalt.
»Hier, meine Visitenkarte. Vielleicht bewirbst du dich bei uns als Immobilienkauffrau. Kannst mich als Ansprechpartner nehmen. Björn Stüve. Und wie ist dein Name?«

Er hat sich endlich vorgestellt!
Ich muss grinsen.
»Karina.«
Ich nehme seine Visitenkarte entgegen und überfliege sie kurz.
»Und der Nachname?«
»Albinger.«
»Albina? So wie „Albino" nur mit a?«
Was?! Albinger habe ich gesagt! Ist er taub?!
»Albinger. Karina Albinger.«
Hat er es jetzt endlich verstanden?
Er lächelt.
»Okay, Karina Albinger.«
Er hat es verstanden! Geht doch!
Ich muss lächeln, aber nur, weil er lächelt. Er wendet sich seinem Handy zu.
»Vielleicht sagst du mir noch deine Handynummer, dann kann ich dir die Infos bezüglich der Ausbildung geben.«
Nein, ich will die Ausbildung nicht! Und ich gebe dir auch nicht meine Nummer! Hilfe, wie sage ich ihm das? Und vor allem, möglichst neutral!
»Kannst du damit mal aufhören!!! Du musst nicht jede weibliche Person anflirten!«
Überrascht drehen wir uns zu der Stimme. Jonas hat sich am geöffneten Fenster hinausgelehnt und blickt seinen Bruder wütend an.
»Verschwinde!«
Oh, was ist denn hier los? Jonas ziemlich wütend! Björn ziemlich verwundert. Und ich ziemlich erschrocken.
Hat Jonas alles gehört? Wie viel hat er mitbekommen?! Ich hoffe, Jonas ist nicht sauer auf mich.
»Also doch!«, ruft Björn zu ihm hinauf, »Du bist abgehauen!«
»Was denkst du was ich sonst hier mache? Ich habe es dir doch geschrieben!«

»Das wird unseren Eltern nicht gefallen!«
Björn geht ein paar Schritte näher ans Fenster heran. Ich eile zu den Müllcontainern.
Schnell weg hier! Meine Güte! Die sind ja drauf! Gestern war Jonas noch höflich und heute – ganz anders! Ich will mich da nicht einmischen!
Ich schmeiße den Müll weg und schließe die Tonne sehr langsam.
Ich will da nicht zurück!

Ich schaue zu den beiden rüber. Jonas beugt sich aus dem Fenster und diskutiert mit Björn. Björn gestikuliert wild mit den Armen. Sie versuchen sich gegenseitig zu übertönen.
Ist ihnen das nicht peinlich???

Ein Rentner geht mit seinem Hund Gassi und bleibt stehen. Er schaut zu den beiden rüber.
Mir wäre das sehr peinlich! Nein, ich würde so etwas niemals tun! Ich gehe jetzt bestimmt nicht nach Hause, an ihnen vorbei! Besser, ich gehe in die entgegengesetzte Richtung. Dann laufe ich eben noch ein paar Mal um den Block.
Der Rentner kommt mir entgegen. Sein Hündchen schnuppert an mir.

»Da zanken sich zwei. Einer lauter als der Andere!
Komm, Lajos!«
Der Rentner bleibt stehen und ich gehe lächelnd an ihm vorbei. So schnell wie meine Mundwinkel oben waren, so schnell erschlaffen sie wieder.
Warum müssen die beiden ausgerechnet jetzt streiten?! Wäre ich doch nicht rausgegangen! Jonas war die ganze Zeit zuhause! Er hat extra nicht aufgemacht! Wie komme ich jetzt wieder nach Hause? Ich habe nicht einmal mein Frühstück zu ende gegessen! Ich bin so wütend! Was soll ich machen???

Ich entscheide mich, zur Bushaltestelle zu gehen und dort ein wenig Zeit zu vertrödeln.
So lange können die sich ja nicht streiten, oder? Irgendwann geht Björn doch wieder. Und wenn nicht? Und was, wenn Björn Jonas verprügelt? Ich werde

nicht den Krankenwagen rufen! Verdammt! Nein, warum soll er Jonas verprügeln??? Jonas lässt ihn bestimmt nicht in die Wohnung. Aber was ist, wenn Björn zu Jonas hochklettert? Anderthalb Meter ist ja wohl keine große Hürde! Oder er zieht Jonas runter! Nein, ich glaube nicht, dass er sich seinen Anzug dreckig macht.

Ich bin bei der Bushaltestelle angekommen und schaue auf den Fahrplan. 10:14 Uhr kommt der nächste Bus. Das ist in zwei Minuten.

Nein, hier kann ich nicht bleiben. Wenn der Bus kommt und der Busfahrer mich fragt, warum ich nicht einsteige. Überhaupt, ich habe keine Fahrkarte und auch kein Portemonnaie dabei. Ich fühle mich ziemlich unwohl.

Die Autos fahren an mir vorbei und die Sonne blendet mich.

Es ist zu heiß hier! Ich muss zurück! Hoffentlich ist Björn schon weg. Bitte!

Ich verlasse die Bushaltestelle und gehe mit kleinen Schritten zurück. Als ich in die Straße einbiege, sehe ich Björns Auto.

Verdammt, er ist noch da!

Ich komme noch näher und sehe zu Jonas' Fenster rüber. Kein Björn in Sicht, das Fenster ist geschlossen.

Okay. Vielleicht sitzt Björn in seinem Auto? Hauptsache ich kann wieder nach Hause!

Ich nähere mich meinem Wohnblock und Björns Auto. Ich schaue beim Vorbeigehen möglichst unauffällig zur Fahrerseite.

Keiner da. Seltsam. Ist er doch bei Jonas???

Mein Herz schlägt schneller.

Sie haben sich doch nichts angetan, oder?

Ich hole mein Schlüsselbund hervor. Ausgerechnet jetzt geht die Eingangstür auf und die beiden kommen heraus. Zuerst Björn. Hinter ihm, Jonas.

Schlechtes Timing! So ein schlechtes Timing!!!

Die beiden sehen mich an.

»Hey«, begrüßt mich Jonas.

»Hey«, plappere ich ihm nach, total verwirrt.

Björn nickt mir zu.

»Tschüss, Karina. Du hast meine Nummer!«

Er zwinkert mir zu.

Er zwinkert mir wirklich zu! Das gibt's doch nicht!

Ich schaue ihm hinterher. Jonas schlägt Björn auf den Oberarm.

»Lass die Finger von ihr!«, zischt er.

Was soll das denn jetzt?! Warum verteidigt Jonas mich? Na ja, hauptsache ich sehe Björn nicht wieder!

Die beiden gehen zu Björns Auto. Ich drehe mich um und gehe hinein.

»Hey, warte auf mich!«

Erschrocken drehe ich mich um. Jonas eilt auf mich zu. Ich halte ihm die Tür auf.

»Danke.«

Schnell weiche ich seinem Blick aus. Ich sehe an ihm vorbei. Dort steht Björn und er schaut direkt zu mir.

Mist!

Ich laufe rot an und wende mich von ihm ab. Mein Herz rast.

Schnell weg hier!

Ich lasse die Tür los und folge Jonas die paar Treppenstufen zu unserem Gang.

Ich hoffe ich muss Björn nie wiedersehen!

Plötzlich dreht sich Jonas mitten auf der Stufe zu mir um und bleibt stehen.

»Sorry, das vorhin war ein wenig laut. Ich hoffe, die Nachbarn beschweren sich nicht.«

Er grinst.

»Vor kurzem erst eingezogen und dann mache ich hier schon Randale.«

Ja, du sagst es!

Ich lächle ihn verlegen an.

»Mein Bruder ist ziemlich stur. Meine Eltern auch, aber das ist noch eine höhere Liga.«

Jonas steigt die letzte Stufe hoch.

Was war denn los???

Was ist mit deinen Eltern? Und warum machst du eine andere Ausbildung?!

Am liebsten würde ich ihn all das fragen, aber ich traue mich nicht.

Wir sind an Jonas' Tür angekommen.

Hey, kannst du mich vorbeilassen?

Ich stehe unbeholfen auf der obersten Treppenstufe und halte mich am Geländer fest. Jonas direkt vor mir. Er steht mitten im Weg!

Okay, was mache ich nun? Ich will hier nicht so unbeholfen herumstehen! Schnell!

Ich laufe links an Jonas vorbei.

»Hat dir Björn seine Nummer gegeben?«

Was? Wie kommt er jetzt darauf?

Ich bleibe stehen und spüre wieder das Glühen im Gesicht.

Verdammt, warum habe ich das nicht endlich unter Kontrolle?! Das nervt!

Soll ich ihm die Wahrheit sagen oder soll ich lieber lügen?

»Äh...«

Schnell, ich muss mir was einfallen lassen!

»Klar hat er das. Sonst wäre er ja nicht Björn.«

Lügen ist also zwecklos. Aber ich will keinen Ärger! Weder von Björn, noch von Jonas.

»Er hat mir seine Visitenkarte gegeben.«

Ich fühle mich unwohl und flüchte zu meiner Tür.

Schnell Schlüssel rausholen und rein! Das Gespräch wird ziemlich unangenehm!

»Ich muss dich warnen. Björn ist ein Arsch. Er vögelt jede weibliche Person, die er antrifft. Er ist ein Angeber und oberflächlich.«

Wow! So beschreibt er also seinen Bruder. Aber warum sagt er mir das?!

Ich will doch nichts von Björn! Nie im Leben würde ich auch daran denken, Björn zu daten! Er ist einfach zu gutaussehend und zu selbstbewusst. Einfach nur einschüchternd. Was sage ich jetzt Jonas? Ich muss was sagen!
»Danke.«
Jonas sieht mich perplex an. Damit hat er nicht gerechnet.
Vielleicht hat er es auch falsch verstanden?
»Danke für die Information«, füge ich hinzu.
Ups, das war das falsche Wort! Wie hieß das noch gleich? Warnung? Vorwarnung? Mensch, ich bin total verwirrt.
Jonas grinst.
Ich spüre wie mein Gesicht warm wird.
Bitte nicht rot werden! Bitte!
Schnell, ich muss mich jetzt verabschieden! Aber wie? Soll ich einfach sagen "Ich muss jetzt gehen"? Oder ist das zu unhöflich? Na los, sag irgendwas! Jetzt!
Ich räuspere mich.
»Ich muss dann mal los.«
Na endlich! Und es klang auch neutral und irgendwie leicht dahingesagt.
Ich freue mich innerlich, lasse es mir aber nicht ansehen.
»Oh, ja. Klar. Ich auch.«
Jonas holt seinen Schlüssel heraus.
»Man sieht sich!«
Man sieht sich? Was will er mir damit sagen? Oder ist das nur seine Verabschiedung?
Ich bin verwirrt. Trotzdem muss ich jetzt etwas erwidern.
Einfach zustimmen, wenn man nicht weiß was man sagen soll.
»Ja, man sieht sich.«
Oh nein! Warum habe ich das jetzt so freundlich gesagt? Ich wollte doch ein wenig Distanz einbringen. Ich hab's vermasselt!
Ich drehe mich schnell um und hole meinen Schlüssel heraus.
Schnell weg hier! Warum kriege ich die verdammte Tür nicht auf? Mach schon! Endlich!

Ich gehe rein, schließe die Tür und lehne mich an ihr an. Mit geschlossenen Augen atme ich erleichtert durch. Mir wird ein wenig schwindelig. Ich öffne die Augen und grinse blöd.
Ich habe mit einem Fremden – nein, sogar mit zwei Fremden - gesprochen!
Jonas und Björn!
Ich lege meinen Schlüssel ab und gehe zum Wandspiegel. Ich lächle. Meine Augen strahlen.
Ich bin sichtbar! Ich wurde wahrgenommen! Björn hat mit mir geflirtet!
Hat er doch, oder?
Ich hole die Visitenkarte aus meiner Hosentasche und grinse.
Hier der Beweis! Björn Stüve , Immobilienkaufmann, Stüve Bau Immobilien, Große Allee 7, 30559 Hannover. Telefonnummer, Faxnummer und Handynummer. Fragt sich nur, ob die Handynummer privat ist. Bestimmt geschäftlich. Na ja, egal! Ich werde ihn sowieso nicht anrufen.

Ich gehe in mein Zimmer und lege die Karte auf meinen Schreibtisch ab. Danach gehe ich in die Küche. Ich bin hungrig! Das ganze Sprechen und die vielen Eindrücke haben meine Energie ziemlich in Anspruch genommen. Mir ist immer noch ein wenig schwindelig, wenn ich daran denke.

Ich mache das Radio an und esse mein Frühstück zu ende. Nach dem Frühstück gehe ich in mein Zimmer und fahre den Computer hoch. Ich muss Bewerbungen schreiben. Aber eigentlich habe ich keine Lust darauf. Ich hasse Bewerbungen schreiben!

Jedes Mal, wenn ich eine fertig geschrieben habe und abschicken gehe, hoffe ich, dass ich eine Absage bekomme. Ich will einfach nicht arbeiten! Die Menschen, das Fremde, das Sprechen, all das bereitet mir Angst. Trotzdem, muss ich das machen. Meine Mutter verlangt das. Und die Frau vom Arbeitsamt hat gemeint, wenn ich keine Therapie machen will, muss ich einen Ausbildungsplatz finden. Sonst ende ich irgendwann als Obdachlose.
Ob das stimmt, was sie gesagt hat? Keine Ahnung. Aber die Vorstellung allein

reicht schon. Ich will keine Versagerin sein!

Ich recherchiere nach freien Stellen. Zum Glück gibt es für dieses Jahr keine Ausbildungsplätze mehr. Ich suche mir drei Stellen für August 2016 raus und tippe los. Aber meine Gedanken schweifen ständig ab. Jedes Mal muss ich daran denken, wie ich mit Björn und Jonas gesprochen habe. Das hält mich dermaßen auf, dass ich nicht merke, wie schnell die Zeit vergeht.

Plötzlich klingelt es an der Tür. Ich schrecke auf und werfe erst jetzt einen Blick auf die Uhr. Es ist viertel vor zwölf.

Schon so spät?! Verdammt! Wer ist das?

Schnell speichere ich meine Datei und laufe zur Tür. Mein Herz rast. Ängstlich schaue ich ins Guckloch. Im Hausflur ist niemand zu sehen. Ich nehme den Hörer der Türsprechanlage und frage nach.

»Hallo?«

»Karina, mach auf!«

Es ist Mum.

Wenigspäter steht sie vor mir.

»Hey Karina, ich habe nur wenig Zeit. Dann muss ich zurück in den Laden.«

Okay.

»Hast du Bewerbungen geschrieben?«

»Ja habe ich und ich bin noch dabei!«

Mum geht in die Küche. Sie stellt zwei Einkaufstaschen ab.

»Wie sieht es denn hier aus? Überall Krümel! Das Geschirr stapelt sich!«

»Das ist nicht meins. Ich habe meins in die Spülmaschine getan. Und die Krümel…«

Mum unterbricht mich.

»Karina, du bist zu Hause! Du kannst ja wohl ein wenig Ordnung machen!«

Was?! Bin ich hier jetzt die Putzfrau??? Vielleicht soll ich auch noch kochen?!

»Und wenn du kochen lernst, wäre das eine große Hilfe.«

Sie kann meine Gedanken lesen!

»Jetzt steh nicht so herum, pack die Einkäufe aus und schäl die Kartoffeln. Ich habe nur eine halbe Stunde Zeit.«

Okay, ist ja gut! Meine Güte, wird man hier herumgescheucht! Was gestern war, hat sie anscheinend vergessen. Jetzt tut sie so, als wäre alles normal zwischen uns. Na ja, bis auf die Tatsache, dass sie mir Befehle erteilt und mich herumscheucht.

Während ich die Tüten auspacke, nervt sie weiter.

»Wie viele Bewerbungen hast du geschrieben?«

»Ich war bei der dritten und dann hast du geklingelt.«

»Du musst mehr schreiben.«

Ja, ja!

Ich verdrehe genervt die Augen.

»Such auch nach Praktikumsplätzen.«

Nach Praktikumsplätzen?! Hilfe! Nein!

»Und du musst kochen lernen. Jetzt wo du so viel Zeit hast.«

»Wie soll ich das anstellen?«

Mum schaut mich böse an.

»Sei kreativ! Ich habe es mir auch selbst beigebracht. Oma konnte nicht kochen.«

»Aber Opa konnte.«

»Karina, du bist erwachsen!«

Wirklich? Ich komme mir immer noch wie ein kleines Mädchen vor. Was wohl hauptsächlich daran liegt, dass ich nicht selbstständig sein kann, wegen der Sprechangst. Und weil ich mir nichts zu traue!

»Du hast doch das Internet. Ich habe noch von Kochbüchern gelernt.«

Ich muss grinsen. Die Vorstellung ist echt witzig! Mum grinst auch.

»Und ich koche gut, oder?«

»Ja.«

Mum lächelt zufrieden. Dann widmet sie sich dem Brokkoli zu. Ich bin fertig mit auspacken und hole die Kartoffeln aus dem Schrank. Mum reicht mir einen Sparschäler.

»Kartoffeln reinigen, schälen, halbieren und in den Kochtopf hier geben.«

Okay. Das kann ja wohl nicht so schwer sein!

»Wie viele Kartoffeln?«

»Nun zähl Mal. Wie viele isst du? Wie viel Aurora?«

Aurora isst bestimmt drei. Ich auch. August wahrscheinlich doppelt so viel und Mum bestimmt vier. Das macht? 16 Kartoffeln! Das ist eine Menge!

»Karina, zehn große Kartoffeln reichen!«

Na, wenn du meinst!

Mum schaut mich skeptisch an.

Sie traut mir wohl nicht zu, die Kartoffeln zu schälen! Das ist doch wirklich albern! Vielleicht sollte ich mich doch bei Björn bewerben? Dann muss ich nicht den nervigen Haushalt machen! Aber muss ich dann auch mit so einem dämlichen Anzug rumlaufen?

»Karina, was ist so lustig?«

Mums Tonfall hat sich geändert. Ihre Stimme hört sich netter an. Ich bin oftmals überrascht, wie schnell sich ihre Laune ändern kann.

Na ja. Ich sollte ihr mal antworten. Vielleicht wird das ja ein nettes Gespräch? Ich kann ihr doch nicht ewig böse sein.

»Ich habe heute Jonas' Bruder kennengelernt. Björn heißt er.«

Mum sieht mich überrascht an.

»Und wie kam es dazu? Hat Jonas ihn dir vorgestellt?«

Ich lache auf.

»Nein. Björn ist zu Jonas gefahren und Jonas wollte ihm nicht aufmachen. Ich bin raus und habe mit ihm gesprochen.«

»Du hast mit ihm gesprochen?«

Mum schaut mich so durchdringend an. Jetzt dämmert es mir!

Ich habe ihr gerade bestätigt, dass ich doch mit Fremden sprechen kann!

Natürlich wird sie mir das unter die Nase reiben, wenn ich mich wieder „daneben benehme". Ich muss das aufklären!

»Er hat mich was gefragt und ich habe geantwortet.«

Es war wirklich nur das Nötigste!

Mum schaut mich wieder so seltsam an. Ihr Blick sagt so etwas wie „Und-du-behauptest du-kannst-nicht-sprechen".

Gleich fängt sie einen Streit an! Ich sehe es ihr schon an. Schnell ablenken!

»Wusstest du, dass Jonas nicht ausgezogen ist, weil er selbstständig sein wollte, sondern, weil er nicht die Ausbildung machen wollte, die er eigentlich machen sollte. Irgendwie so. Ist ein wenig kompliziert.«

Habe ich das jetzt richtig gesagt?

»Er ist von zu Hause abgehauen? Wegen eines Streits?!«

Mum schaut mich erschrocken an.

»Ob sie sich gestritten haben, keine Ahnung. Sieht so aus.«

»Dann hat er gestern gelogen?«

Ich hebe die Schultern.

»Es ist irgendwie kompliziert. Ich verstehe es selbst nicht.«

Ich lasse die Kartoffelhälften in den Kochtopf plumpsen.

»Heißes Wasser einfüllen und etwas Salz dazugeben.«

Mehr fällt ihr dazu nicht ein? Jonas macht was er will und kommt damit durch! Ich muss mich immer an die „Regeln" halten und schön brav sein und vor allem mich „normal" verhalten. Ich finde das so ungerecht!

Ich weiß nicht mehr genau, wie das Essen auf den Tisch kam. Ich sollte mich konzentrieren und aufpassen um etwas zu lernen, aber alles ging an mir vorbei. Ich fühle mich so ungerecht behandelt.

Jeder darf machen was er will, nur ich nicht!

Der Rest des Tages verläuft, wie gewohnt. Mum fährt wieder zurück zu ihrem Blumenladen und ich esse alleine das Mittagessen. Später kommen August und Aurora, ich begrüße sie und gehe in mein Zimmer.

Irgendwann kommt dann Mum zurück und alle, außer mir, sitzen im Wohnzimmer vor dem Fernseher. Sie sind glücklich, lachen und reden durcheinander. Und ich habe das Gefühl, einfach nicht dazuzugehören. Stattdessen liege ich im Bett und starre auf die Decke über mir. Mein Fenster ist offen, die Sonne scheint, der Verkehr brummt und die Autos hupen. Doch mir ist das alles egal.

Warum bin ich so anders? Kann man mich nicht einfach akzeptieren, wie ich bin?

Eine Sirene ertönt. Wahrscheinlich ein Krankenwagen. Wütend stehe ich auf. Ich knalle mein Fenster zu, ziehe die dunkle Gardine davor und springe wieder ins Bett zurück. Mein Zimmer ist abgedunkelt und ich lasse meinen Tränen freien Lauf.

Donnerstag, 03.09.2015

Als ich heute früh am Frühstückstisch sitze - ich habe mit der „Familie" gefrühstückt und alle freundlich begrüßt - habe ich bessere Laune. Nach jedem schlechten Tag kommt auch ein Guter. Das hat jedenfalls meine Oma gesagt (die leider schon verstorben ist). Heute versuche ich positiv zu denken und Mal aus der Wohnung zu kommen.

Ich kann mich ja nicht ewig zu Hause verstecken. Sollen die Nachbarn doch denken, was sie wollen!

Meine „Familie" ist vor zehn Minuten weggefahren und ich sitze immer noch am Küchentisch. Ich schenke mir noch etwas Tee ein. Als ich aus dem Fenster schaue, sehe ich Jonas vor einem schwarzen Auto stehen. Und wieder trägt er schwarze Klamotten.

Besteht sein gesamter Kleiderschrank nur aus schwarzen Klamotten?

Ich muss grinsen. Jonas packt einen schwarzen Rucksack auf den Beifahrersitz und geht ums Auto zur Fahrerseite rüber. Irgendwie beneide ich Jonas. Er ist erst 18 Jahre alt, hat einen Führerschein, ein tolles Auto und einen Ausbildungsplatz, der ihm wohl Spaß macht.

Meine Laune will sich gerade verschlechtern, aber ich biete ihr Kontra. Ich muss mich nicht an anderen Menschen messen! Das hat meine Oma früher auch gesagt. Jeder Mensch ist einzigartig.
Den Rest des Vormittags verbringe ich damit die Bude aufzuräumen. Schließlich möchte ich auch einmal gelobt werden.

Nach dem Aufräumen, es ist schon nach 13 Uhr (ich habe einfach zu lange gebraucht), taue ich die Fischstäbchen auf und mache einen Gurken-Quark-Salat (hoffentlich schmeckt er). Und ich koche Kartoffeln, so wie Mum es mir gestern beigebracht hat. Das Kochen ist ziemlich hektisch und leider sind die Fischstäbchen auf einer Seite ziemlich angebrannt.

Aber hey, dafür, dass ich zum ersten Mal selbst koche, ist es gut geworden. Und es schmeckt sogar. Gerade, als ich meinen Teller waschen will, klingelt es an der Tür.
Das ist bestimmt Mum! Die wird sich wundern! Und freuen!
Ich laufe zur Türsprechanlage und frage nach.
Verdammt! Es ist ein Paketbote!
Mein Herz schlägt schneller und ich bekomme Panik. Trotzdem lasse ich den Paketboten rein.
Muss ich ja! Jetzt, wo er weiß, dass jemand zu Hause ist.
Ruhig, er gibt dir nur das Paket und verschwindet wieder. Hoffentlich!
»Guten Tag. Ich habe ein Paket für Ihren Nachbarn. Könnten Sie das Paket annehmen?«
Für einen Nachbarn? Für welchen??? Hoffentlich nicht für Frau Stollmann! Sie und ihre ganzen Katzen in der Wohnung bereiten mir Angst. Sie ist echt gruselig!
Ich nicke dem Postboten zu und murmele ein leises ja. Der Postbote scannt das Paket und reicht es mir. Ich stelle das Paket neben mich auf den Boden.
Es ist jetzt nicht das größte oder das schwerste Paket, aber trotzdem! Warum muss ich es an der Backe haben?! Nur, weil ich nicht „Nein" sagen kann!

Der Paketbote tippt etwas in sein kleines Gerät und reicht es mir dann mit einem dünnen Stift. Ich soll unterschreiben. Meine Unterschrift sieht darauf ziemlich doof aus. Wie bei einem Kleinkind.
Na ja. Ihm scheint es egal zu sein.
Er holt einen Block heraus und stöhnt auf.
»Oh, die Benachrichtigungskarten sind alle. Könnten Sie vielleicht das Paket beim Nachbarn abgeben? Sonst müsste ich zum Wagen zurück und welche holen.«
Nein!!! Darauf habe ich keine Lust! Das kann er doch nicht von mir verlangen?!
Mein Gesicht glüht.
Nein, nein, nein! Ich will nicht!!!
Aber stattdessen sage ich:
»Okay. Kein Problem.«
Und grinse dabei. Wie verlogen ich doch bin!
»Danke. Auf Wiedersehen!«
Er macht sich aus dem Staub! So ein Blödmann! Na ja, wenigstens musste ich ihm nicht mehr antworten.
Ich schließe die Tür und schaue auf das Paket.
War eigentlich gar nicht so schwer. Hat nicht mal länger als eine Minute gedauert.
Doch sofort meldet sich meine Angst zurück. Das Paket ist für einen Nachbarn! Voller Unbehagen schaue ich auf das Adressfeld. Das Paket ist für Jonas Stüve!
Oh nein! Warum ausgerechnet für Jonas? Da wäre es mir doch lieber, es wäre für Frau Stollmann. Na ja. Vielleicht überrede ich Mum oder Aurora, Jonas das Paket zu geben.
Ich stelle das Paket auf den Boden, neben den Schuhschrank. Hier ist es sofort zu sehen.
Mum wird bestimmt so nett sein und es Jonas rüber bringen. Bestimmt.
Und wenn nicht? Ach, daran will ich jetzt nicht denken!

Um mich abzulenken - ich muss ständig an das Paket denken - schreibe ich Bewerbungen. Fünf neue Adressen habe ich rausgesucht. Und ich schreibe noch die eine von gestern zu ende.

Spät am Nachmittag bin ich fertig. Ich düte die Bewerbungen ein und entscheide die Bewerbungen abzuschicken. Ich habe noch genug Briefmarken und kann mir den Weg zur Postfiliale sparen. Zum Glück, denn draußen braut sich ein Gewitter zusammen und ich will mich nicht unnötig lange draußen aufhalten. Der nächste Briefkasten steht 300 Meter entfernt. Das müsste ich schaffen, bevor es anfängt zu regnen.

Okay.

Schnell ziehe ich meine Schuhe an, packe die acht Bewerbungen in eine Tragetasche (Man muss ja nicht unnötig sehen, dass ich Bewerbungen abschicke) und blicke auf das Paket auf dem Boden.

Kann ich ja mitnehmen. Vielleicht ist er schon da. Und meinen Hausschlüssel nicht vergessen!

Ich greife nach dem Schlüssel, nach dem Paket und schließe die Tür hinter mich ab. Vier Schritte und ich stehe vor Jonas' Tür. Mit Herzklopfen. Ich atme tief ein und aus und betätige dann die Klingel. Ich spitze meine Ohren. Nichts rührt sich.

Verdammt, er ist nicht da! Es hätte ja so einfach sein können! Aber nein!

Genervt gehe ich die vier Schritte zurück, schließe meine Wohnung auf und stelle das Paket ab. Dann gehe ich zum Briefkasten. Die Luft riecht frisch. Es ist irgendwie still. Kein Vogel zu hören. Der Himmel ist ziemlich dunkel.

Bestimmt donnert es gleich.

Ich beschleunige meine Schritte. Von Weitem sehe ich schon den Briefkasten. Aber ausgerechnet jetzt kommt da so ein Typ und schließt den Briefkasten auf. Ich schaue auf meine Armbanduhr. Es ist fünf Minuten vor fünf.

Der Typ ist fünf Minuten zu früh!

Das ärgert mich jetzt total! Wäre ich nicht mutistisch, würde ich einfach rüber laufen und dem Mann meine Briefe geben. Aber weil ich mutistisch bin, verlangsame ich meine Schritte und hoffe er verzieht sich, sobald ich ankomme. Ja, er schließt den Briefkasten und geht zu seinem Auto. Ein heftiges Grollen schreckt mich auf.
Das Gewitter! Es geht los!

Ich beeile mich zum Briefkasten und schmeiße die Bewerbungen ein. Als ich die letzte Bewerbung hineinstopfe, fängt es ausgerechnet an zu regnen.
Nein!!! Ich werde nass! Warum muss es jetzt so stark regnen?!
Ganz in der Nähe wieder ein Grollen.
Verdammt!

Trotzdem versuche ich ganz lässig zurück zu gehen. Wer weiß, ob mich nicht irgendwer von seinem Fenster aus beobachtet und mich auslacht. Ich tue einfach so, dass es mir nichts ausmacht. Dabei schlägt mein Herz ziemlich schnell. Endlich erreiche ich Sanddornweg 17. Ich klopfe meine Schuhe ab und schließe die Tür auf. August kommt aus dem Badezimmer.

»Hallo«, sage ich überrascht.

August grinst.

»Hallo! Na, nass geworden?«

»Ja.«

Sieht man doch!

»Es hat schon lange nicht mehr geregnet.«

Ja, aber von mir aus, hätte es auch ein wenig später regnen können!

Ist Mum schon da? Nein, ihre Schuhe stehen nicht im Flur. Auroras auch nicht. Aber Jonas' Paket.

Ich zwinge mich zu einem Smalltalk.

»Wie war's auf der Arbeit?«

»Heute viele Aufträge gehabt. Und ein anstrengender Kunde. Konnte kein deutsch. Ach, wie es so ist, als Elektroniker.«

Ja, das interessiert mich nicht. Langweilig!
August schlendert in die Küche.
»Du hast gekocht?«
August scheint beeindruckt.
Hoffentlich schmeckt es ihm. Oh, ich habe das Radio an gelassen!
Ich folge ihm in die Küche. August wechselt gerade den Radiosender.
Schon wieder! Wie ich das hasse!
»Ja, ich habe gekocht. Guten Appetit!«
Es klingelt an der Tür.
Zum Glück!
Ich gehe aufmachen. Es ist Mum und Aurora.
Hat Mum Aurora etwa abgeholt?
Ich werde ein wenig eifersüchtig.
»Hallo, Karina.«
»Hallo, Mum. Hallo Aurora.«
Mum sieht mich verwundert an.
»Du bist ja ganz nass.«
»Ja, es regnet doch!«, erwidere ich genervt.
Aber Mum wechselt schon das Thema.
»Oh, was riecht hier so lecker?«
»Ich habe gekocht. Hoffentlich schmeckt es euch.«
»Es schmeckt!«, ruft August aus der Küche.
Freut mich!
»Was hast du denn gekocht?«
Bevor ich antworten kann, geht Mum schon neugierig in die Küche. Ich schaue zu Aurora. Sie zieht gerade ihre Schuhe aus und sieht mich an.
»Für wen ist das Paket? Hast du was bestellt?«
Ich? Ich hab doch kaum Kohle!
»Nein, das ist Jonas' Paket.«

Aurora schnappt sich das Paket und schüttelt es neugierig.

»Hmm, hört sich nach etwas Festem an. Vielleicht ein Buch?«

»Aurora! Hör auf zu schütteln! Du machst es noch kaputt!«

»Gar nicht! Entspann dich.«

Aurora grinst.

»Platine GmbH. Computer und Elektronik. Voll der Nerd!«

Sie stellt das Paket ab und schaut mich belustigt an.

»Warum läufst du so nass rum? Warst du etwa draußen?«

»Ja, stell dir vor!«

»Wirklich? Es passieren noch Wunder!«

Aurora grinst und geht ins Badezimmer.

Blöde Kuh!

Ich gehe in die Küche. Mum schaut auf.

»Sehr lecker, Karina. Das hast du gut gemacht!«

Wirklich?

Ich freue mich. August hat schon aufgegessen.

»Sehr gut. Du solltest dir vielleicht überlegen Köchin zu werden.«

Danke August!

Ich grinse.

»Vielleicht.«

»Und wie viele Bewerbungen hast du heute geschrieben?«

Oh Mum!

»Ivonne, jetzt lass sie Mal.«

»Fünf. Und ich habe sie gerade abgeschickt. Deswegen bin ich ja so nass!«

»Okay. Dann geh dich umziehen.«

Ja, ja!

»Und ich habe aufgeräumt!«, rufe ich noch, habe aber mittlerweile die Küche verlassen. Aurora kommt aus dem Badezimmer und wirft mir einen bösen Blick zu. Ich muss grinsen.

»Schlechte Laune?«

Ich warte nicht auf ihre Antwort und gehe in mein Zimmer. Dort trockne ich mich und ziehe mich um. Wenig später sitze ich vor dem Computer und checke meine Emails. Ich beschließe um halb sieben Jonas das Paket vorbeizubringen. Jetzt habe ich noch genug Zeit, mir ein paar witzige Videos anzuschauen.

Es ist kurz vor halb sieben und ich bekomme Angst.
Gleich muss ich Jonas das Paket vorbeibringen! Hilfe! Irgendwie traue ich mich nicht mehr. Was soll ich tun? Er wartet bestimmt schon auf das Paket. Vielleicht hat es Mum schon vorbeigebracht? Sie ist doch immer so aufmerksam!
Sie hat das Paket bestimmt schon entdeckt.
Mein Herz rast, ich öffne meine Tür und starre auf den Flurboden.
Mist! Das Paket liegt immer noch da.
Mum und August sitzen vorm Fernseher. Na toll! Jetzt muss ich es doch selber machen.
Oder ich frage Aurora!

Aber dann müsste ich mich wieder bei ihr einschleimen. Das gefällt mir zwar nicht, aber es muss sein. Schließlich will ich das Paket loswerden! Ich klopfe an Auroras Tür. Mache ich sonst nie, aber ich muss ja nett sein.

»Wer ist da?«

»Ich bin's.«

Ich warte nicht auf ihre Erlaubnis (ist mir jetzt doch ein wenig zu albern) und öffne die Tür. Aurora liegt im Bett und liest in einem großen Buch.

»Was liest du da?«

Sie hält mir den Buchdeckel vor die Nase.

»Anatomie des Menschen. Hört sich spannend an.«
Überhaupt nicht!

»Ja, ist es auch! Wusstest du, dass...«

Ich unterbreche sie schnell. Keine Lust auf diesen medizinischen Kram!

»Ich habe eine Bitte an dich.«

»Eine Bitte?«, sie lacht auf, »Lass mich raten! Ich soll Jonas das Paket bringen. Richtig?«

Woher weiß sie das??? Ist das so offensichtlich? Sie kennt mich ja besser, als ich dachte.

Aurora merkt, dass es mir peinlich ist. Schließlich lächle ich sie an. Wann lächle ich sie schon an?

»Okay. Und was bekomme ich dafür?«

»Geld. Wie viel willst du?«

»Ich will deine schicke Jeansjacke!«

»Nein! Das kannst du gleich vergessen! Meine Jeansjacke nicht! Du hast sie sowieso schon verdreckt!«

»Das kann man raus waschen. Mum macht das bestimmt.«

Ich mag das nicht, wenn sie zu meiner Mum „Mum" sagt.

„Mum" darf nur ich sagen!

»Vergiss es! Ich biete dir Geld an.«

»Ich kriege bald mein eigenes Geld. Da brauch ich deins nicht.«

»Du kannst dir eine schönere Jacke kaufen.«

Sie sieht mich lange an.

Na los, sag ja!

»Fünf Euro«, biete ich ihr an.

»Das ist zu wenig.«

Hallo?!

Das ist genug!

»Das dauert nicht länger als eine Minute.«

Aurora lacht.

»Du bist witzig! Ich muss extra aufstehen. Darauf habe ich kein Bock! Außerdem ist das Buch gerade so spannend.«

Ja, ja! Sehr spannend!

Ich verdrehe die Augen.

»Na gut, sechs Euro.«

»Hmm. Für sieben Euro mach ich's, wenn du mir das Geld vorher gibst.«

Ich muss mich darauf einlassen! Was bleibt mir denn übrig? Selbst gehen? Nein! Das trau ich mich nicht.

»Okay.«

Hauptsache, sie bringt das doofe Paket weg.

Ich gehe in mein Zimmer und hole das Geld.

Erst vor drei Tagen von Mum Taschengeld bekommen und jetzt muss ich einen Teil davon an Aurora abgeben. Egal! Das ist das letzte Mal. Das nächste Paket nehme ich nicht mehr an!

Ich fische eine zwei Euro Münze und einen fünf Euro-Schein aus meinem Sparschwein und gehe zurück. Aurora ist mittlerweile aufgestanden und streckt mir ihre Hand hin. Ich gebe ihr wortlos das Geld.

»Danke.«

Sie packt das Geld vor meinen Augen in ihr rosa Porzellanschwein und grinst blöd.

»Es macht Spaß mit dir Geschäfte zu machen.«

Ja, ja! Und jetzt geh!

»Okay, dann wollen wir mal. Wenn er nicht da ist, hast du Pech gehabt. Ich geh nicht ein zweites Mal.«

Sie dreht sich zu mir um und grinst.

»Okay.«

Hoffentlich ist Jonas da. Bitte!

Endlich nimmt Aurora das Paket und öffnet die Tür. Sie lässt die Tür speerangelweit offen und ich sehe sie bei Jonas klingeln. Schnell verstecke ich mich an der Wand neben der Tür und lausche. Sie klingelt kurz darauf noch einmal.

»Er scheint nicht da zu sein. Kein Lebenszeichen in der Wohnung.«

Mann, kann sie nicht die Klappe halten?!

»Pech, Karina! Er ist nicht da.«
Muss sie preisgeben, dass ich in der Nähe bin? Soll nicht jeder wissen, dass ich lausche! Mann, sie geht mir so was auf die Nerven!!!
Aurora kommt zurück und drückt mir das Paket in die Hände.
»Er ist nicht da.«
Ja, habe ich gemerkt.
Aurora geht in ihr Zimmer und schließt grinsend die Tür. Schlecht gelaunt und wütend, gehe ich mit dem Paket in mein Zimmer.
Warum ist er noch nicht zu Hause?! Es ist doch schon zehn vor sieben!
Ich stelle das Paket vorsichtig auf meinen Schreibtisch.
Dann gehe ich halt um acht Uhr zu ihm. Um diese Zeit ist er bestimmt da. Hoffentlich!

Die Zeit vergeht ziemlich schnell. Und ehe ich mich versehe, ist es schon acht. Wieder breitet sich Angst in mir aus. Aurora will ich nicht mehr fragen. Mum und August sind in ihrem Schlafzimmer. Da möchte ich jetzt nicht rein.
Ach, das kann doch nicht so schwer sein!
Ich werde wütend.
Warum stelle ich mich bloß immer so an?! Jonas wird mir doch nicht den Kopf abhacken! Einfach nicht so viel nachdenken!

Ich schnappe mir das Paket und verlasse mein Zimmer. Im Flur ziehe ich mir meine Ballerinas an und öffne die Haustür.
Klingeln, Paket abgeben und tschüss sagen. Das sind nur drei Schritte!
Los jetzt!
Mein Herz rast und ich kriege Panik. Trotzdem gehe ich auf Jonas' Tür zu.
Bitte sei da! Ich will das dämliche Paket endlich loswerden!!!
Ich klingele. Und lausche. Nichts bewegt sich. Keine Schritte zu hören. Ich stöhne innerlich auf.
Das kann doch nicht sein!!! Warum ist er noch nicht zuhause?!
Genervt gehe ich wieder in meine Wohnung. Ich schlüpfe aus mei-

nen Schuhen und schleppe das Paket wieder in mein Zimmer. Dann lasse ich mich auf mein Bett fallen.

Wo bleibt er denn?! Ich habe keine Lust noch einmal raus zu gehen! Ach, dann bringe ich ihm das Paket eben morgen! Oder ich stelle es einfach vor seine Haustür? Obwohl, nein, das kann ich nicht machen. Nachher klaut es noch einer. Jonas macht mich wahnsinnig! Bestellt was und dann ist er nicht da!

Freitag, 04.09.2015

Ich habe gut geträumt, doch als ich wach werde, denke ich sofort an das Paket. Und dann kriege ich schlechte Laune. Ich bleibe unnötig lange im Bett, bis alle weg sind. Erst kurz nach acht stehe ich auf. Eine halbe Stunde später sitze ich am Küchentisch. Ein Blick aus dem Fenster sagt mir, dass Jonas' Auto weg ist. Bestimmt zur Arbeit gefahren.

Dieses blöde Paket! Ich werde es einfach nicht los!

Nach meinem Frühstück räume ich die Küche auf. Überall dreckiges Geschirr. Auf dem Boden sämtliche Krümel.

Aurora, diese blöde Kuh! Kann einfach nicht vernünftig essen! Wie ein Kleinkind!

Neben dem Mülleimer liegt eine leere Käseverpackung.

Irgendwer zu doof gewesen, in den Mülleimer zu treffen?!

Ich weiß nicht, warum ich plötzlich so austicke. Irgendwie habe ich das Gefühl, die machen das extra.

Ich bin ja da, ich räum ja auf!

Ich könnte schreien und das Geschirr gegen die Wand werfen!

Ich bin doch keine Putzfrau!

Irgendwie gefällt mir das Zuhause-Rumsitzen nicht mehr.

Ja klar, ich könnte raus gehen. Die Sonne scheint, es ist heiß. Aber was soll ich draußen alleine machen? Ist doch voll peinlich!

Vor allem, weil ich jünger aussehe, als ich eigentlich bin. Man schätzt mich manchmal noch auf 16 Jahre. Und das nur, weil ich mich nicht so auffällig schminke, wie andere.

Ich muss raus, sonst werde ich noch wahnsinnig! Ich brauche frische Luft!

Ich beschließe die Küche zu ende aufzuräumen und danach einkaufen zu gehen. Ich muss ja sowieso etwas kochen, also kaufe ich einfach etwas zum Mittag und vielleicht etwas Süßes für eine bessere Stimmung.

Ja, genau so mache ich das.

Ich beeile mit dem Aufräumen. Nach einer dreiviertel Stunde bin ich fertig. Ich schnappe mir zwei Scheine aus der Haushaltsdose und packe noch eine Baumwolltasche in meine Umhängetasche.

So, jetzt Schuhe anziehen, Schlüssel einpacken - sehr wichtig - und raus.

Ich ziehe die Tür zu, schließe ab und gehe hinaus.

Wow! Ganz schön schwül heute. Und heiß! Verdammt, hätte ich mich doch vorher noch eingecremt! Egal. Ich beeile mich einfach.

Der nächste Laden ist leider nicht zu Fuß zu erreichen. Ich muss zwei Haltestellen mit der Straßenbahn fahren. Aber um diese Zeit sind zum Glück wenig Menschen unterwegs. Leider habe ich mich geirrt. Eine Horde an Schülern befindet sich ausgerechnet in meiner Nähe. Sie sind sehr laut. Einige von ihnen schubsen sich gegenseitig, andere lachen. Eine Lehrerin steht zwischen ihnen und sagt, dass sie in der nächsten Station aussteigen.

Ich stelle mich neben die Tür. Leider gibt es keinen Sitzplatz oder einen besseren Stehplatz. Ich werde nervös, unsicher und bekomme Angst. Trotzdem versuche ich mir nichts anmerken zu lassen.

Ich muss cool wirken, Selbstbewusstsein ausstrahlen. Ihr schüchtert mich nicht ein! Ich muss an was Schönes denken! Ablenken, einfach ablenken!

Aber die vielen Schüler wirken wie eine Bedrohung auf mich. Ich habe Angst, dass ich mich falsch verhalte. Dass sie merken, dass ich Angst habe und dass sie mich dann ärgern, wie in alten Schulzeiten. Die nächste Haltestelle wird aufgerufen.

Ich bekomme Herzrasen.
Verdammt! Ich stehe hier so blöd im Weg rum! Aber ausweichen kann ich auch nicht.
Ich spüre wie ich rot werde.
Auch das noch!
Einige Schüler stellen sich neben mich. Die Lehrerin fordert den Rest auf sich zu erheben. Die Bahn bleibt stehen und die Türen öffnen sich. Zum Glück gehen die Schüler rechts an mir vorbei. Ich atme ein wenig auf. Doch zu früh gefreut!

Plötzlich schieben mich einige Jungs raus. Ich soll ihnen nicht den Weg versperren, sagt einer genervt. Ich stehe mit hochroter Birne draußen und schaue ihnen hinterher. Ich lasse den Rest aussteigen, ehe ich mich dann wieder hinein wage.
Was waren das für Asoziale?!
Ich bin immer noch ziemlich erschrocken. Außerdem schäme ich mich. Die Jungs waren vielleicht dreizehn oder vierzehn und ich habe zugelassen, dass sie so mit mir umgehen.
Aber was hätte ich denn tun sollen?! Klar, ich hätte etwas sagen müssen. Zum Beispiel, dass sie mich nicht schubsen sollen.
Die Bahn hält. Das ist meine Station!
Schnell raus hier! Bestimmt haben sich die anderen Fahrgäste gewundert, warum ich mich nicht gewehrt habe. Warum kann ich mich nicht normal verhalten? Wie jeder andere Mensch auch?!

Ich steige aus. Den restlichen Weg zum Supermarkt analysiere ich noch einmal das Geschehen. Und ich komme zu dem Entschluss, dass ich einfach Pech hatte. Ich bin einfach in die falsche Tür eingestiegen. Wäre ich durch eine andere Tür eingestiegen, wäre meine Laune jetzt nicht im Eimer.
Na ja, doof gelaufen!
Ich lasse mir meine schlechte Laune nicht ansehen und betrete lächelnd den Supermarkt. Es ist schwierig so zu tun, als wäre alles

okay. Am liebsten würde ich mich jetzt in eine dunkle Ecke verkriechen und heulen. Geht aber nicht.
Ich bin jetzt hier und muss mich zusammenreißen. Oder ablenken. Okay.
Was koche ich heute? Ah, ich hab's! Spaghetti soll ja leicht zu kochen sein. Und dazu irgendeine Soße.
Wo ist die verdammte Nudelabteilung?
Ich laufe an der Getränkeabteilung vorbei. Trinken gibt es genug zuhause. Weiter vorne sind die alkoholischen Getränke. Wie peinlich, ich fühle mich irgendwie unwohl in der Abteilung. Ein Mann steht vor den Weinen und holt eine Rotweinflasche heraus. Dann geht er. Ich einige Schritte hinter ihm. Er schlendert ziemlich langsam. Wahrscheinlich schaut er sich im Gehen noch einmal die Flasche an.
Das gibt's doch nicht!
Ich will ihn gerade überholen, aber dann kommt mir ein Einkaufswagen entgegen.
Verdammt!!!!

Ich bleibe stehen und schaue genervt nach rechts auf die vielen bunten Alkoholflaschen. Eine Flasche sticht mir besonders ins Auge. Sie ist im Angebot und kostet 9,95 Euro.
Ich trau mich sowieso nicht sie einzupacken. Außerdem warum soll ich sie kaufen?
Der Einkaufswagen rollt an mir vorbei und ich überhole den Weinkäufer.
Ich suche Nudeln. Da!
Endlich habe ich die Abteilung gefunden.
Spaghetti. Oh wie praktisch, die Soßen sind nur ein bisschen weiter.
Ich entscheide mich für ein Glas mit Bolognese.
So, jetzt zur Kasse und dann nach Hause!
Wieder bekomme ich einen Schub von schlechter Laune.
Ich muss noch den Rest der dreckigen Wohnung aufräumen. Und das blöde

Paket abgeben! Ich habe so keine Lust! Ich muss mich irgendwie aufmuntern. Wie wär's mit Schokolade? Oder mit Alkohol?

Ich habe keine Ahnung, wieso ich wieder an Alkohol denke. Das letzte Mal habe ich ihn bei Mums Geburtstag getrunken. Das war erst vor wenigen Tagen, am 28. August. Vielleicht erinnere ich mich an die gute Laune, die ich hatte, als ich ein ganzes Sektglas getrunken habe? Ich fühlte mich einfach herrlich danach.

Ja, das fehlt mir gerade. Ich brauche gute Laune! Soll ich wieder zu der Alkoholabteilung zurück? Aber das ist doch voll peinlich, eine Jugendliche kauft Alkohol. Oder?

Ich schaue auf meine Armbanduhr.

Ich korrigiere: Eine Jugendliche kauft Alkohol um 12:18 Uhr. Aber es ist Freitag! Da gehen doch die meisten Jugendlichen feiern? Und wenn die Frau oder der Mann an der Kasse nach meinem Ausweis fragt? Voll peinlich! Und was werden die Leute hinter mir denken? Spaghetti, eine Dose Bolognese und Alkohol! Das fällt zu stark auf. Ich muss noch etwas dazukaufen, damit es nicht allzu groß auffällt.

Ich gehe zu der Obst- und Gemüseabteilung.

Hmm. Was kauf ich noch? Wie wär's mit Erdbeeren?

Lieber nicht, die sehen so zerquetscht aus. Zitronen! Ja, das ist okay. Passt auch ein wenig zum Alkohol.

Ich packe grinsend die Zitronen in mein Einkaufskörbchen und gehe rüber zur Alkoholabteilung. Dort gehe ich genau auf die Flasche zu, die ich mir zuvor angeschaut habe.

Niemand hier. Trotzdem, bloß nicht zu lange hier aufhalten!

Schnell nehme ich die Flasche heraus und rein ins Körbchen.

Und weg hier! Na ja. Es fällt immer noch groß auf.

Ich gehe zur Süßigkeiten-Abteilung und bediene mich dort noch mit ein paar Schokoladentafeln und Chips.

So, jetzt sieht das so aus, als würde ich zu einer Hausparty gehen.

Zufrieden gehe ich zur Kasse. Zu einer Kassiererin. Sie ist um die

dreißig und ich hoffe, sie wird mich schon richtig einschätzen. Ich lege die Sachen aufs Band. Als ich den Alkohol aufs Band lege, werde ich ziemlich nervös.
Bloß ruhig bleiben! Nicht rot werden! Verhalte dich einfach ganz normal!
Der Geschäftsmann vor mir dreht sich um und mustert meine Einkäufe.
Verdammt!
Ich lasse meinen Blick nach hinten schweifen.
Na super!

Ausgerechnet jetzt stellt sich eine Rentnerin hinter mich. Ich schaue wieder nach vorn aufs Band. Der Geschäftsmann, der nur eine Mineralwasserflasche und eine Zeitung kauft, schaut mich an.
Blick halten und Pokerface!
Er dreht sich wieder um.
So ein Idiot!
Er bezahlt und geht.
Oh nein, jetzt bin ich dran!

Ich hole meine Einkaufstasche heraus und packe die Sachen ein. Chips, Schokoladen und Zitronen. Die Flasche. Die Kassiererin hält inne.
Wird sie fragen oder nicht? Klar wird sie das! Ich sehe doch so jung aus.
»Darf ich den Ausweis sehen?«
War ja klar! Nur nicht rot werden! Alles gut! Ich bin 19 Jahre alt!

Wortlos hole ich mein Portemonnaie heraus und zeige ihr den Ausweis. Sie nickt und zieht die Flasche zu mir rüber.
Geschafft! Geht doch!
Ich muss innerlich grinsen.
Nur nicht zeigen!
Ich mache wieder mein Pokerface und greife nach der Flasche.
Und ab in die Tasche! Das Bologneseglas und die Spaghetti. Das war's.
»17,48 Euro, bitte.«

Ich gebe ihr die zwei 10 Euro-Scheine und bekomme das Rückgeld zurück. Ich sage ihr ein leises „Tschüss" und gehe eilig weg.
Draußen an der warmen Luft, muss ich übers ganze Gesicht grinsen.
Ich habe Alkohol gekauft!
Meine Laune hellt sich jetzt schon auf. Zum Glück ist die Rückfahrt ohne negative Vorkommnisse.

Wieder zuhause, packe ich die Sachen aus. Die Schokoladen und die Chips lasse ich in der Küche. Aurora wird sich bestimmt freuen. Den Alkohol verstecke ich am besten irgendwo in meinem Zimmer. Ich hole aus meinem Portemonnaie das Restgeld und packe es in die Haushaltsdose. Außerdem nehme ich zehn Euro von meinem Taschengeld und packe es ebenfalls in die Dose.
So, keiner wird von meinem Alkohol erfahren.

Ich hole mir ein Glas und gehe damit, samt Alkohol, in mein Zimmer. Dort schaue ich mir die weiß-blaue Flasche genauer an. Wodka Waraschew. 0,7 Liter und 37,5 Prozent.
Ganz schön viel! Die Sektflasche hatte deutlich weniger.
Mein Magen knurrt plötzlich.
Oh, vielleicht sollte ich erstmal was essen? Ach wozu?
Ich öffne die Flasche und schenke mir ein bisschen ein.
Bloß nicht zu viel! Zwei Fünftel von einem kleinen Glas müsste reichen.
Ich nehme einen Schluck.
Wow! Das brennt sich ja ziemlich durch meine Speiseröhre!

Trotzdem finde ich das witzig. Ich nehme noch einen Schluck und noch einen. Dann mache ich eine Pause und grinse.
Das ist so stark! Eigentlich schmeckt es gar nicht so schlecht. Gleich müsste es mir besser gehen. Ich will nicht mehr über die Schuljungen nachdenken! Das Glas ist fast leer. Noch ein bisschen.
Ich schlucke den Rest auf ex. Es schüttelt mich vor Ekel. Ich muss fast würgen, aber ich zwinge mich zu schlucken.

Geschafft!
Lachend stehe ich auf und gehe zu meinem Bücherregal. Dort verstecke ich die Flasche, hinter den Fantasybüchern.
Da wird niemand nachgucken. Bestimmt.
Danach gehe ich in die Küche. Es ist mittlerweile kurz vor eins und Zeit Mittag zu kochen.
Zum Glück gibt es eine kleine Gebrauchsanweisung fürs Kochen der Spagetthi.

Ich hole einen großen Topf, schütte heißes Wasser ein und schalte die Herdplatte an.
So, jetzt gebe ich einen Löffel Salz hinein, warte bis es kocht und gebe die Spagetti rein. Die Bolognesesoße muss ich ja nur aufwärmen. Kinderleicht.
Ich mache das Radio an und singe lautstark mit. Der Alkohol wirkt. Mir geht es super.
Huch, ein wenig schwindelig ist mir schon, aber damit werde ich fertig. Und rein mit den Spaghettis!

Ich stelle die Eieruhr auf zehn Minuten und räume nebenbei den Flur auf. Durch den Rausch bin ich aktiver, fröhlicher und sogar das Putzen macht Spaß!

Nach zehn Minuten - die Eieruhr schrillt - schalte ich den Herd aus und beginne die Soße aufzuwärmen. Die Spaghettis kommen in ein Sieb und werden vom Wasser getrennt.
Ich bin eine Meisterköchin!
Die Soße erwärmt sich ziemlich schnell und spritzt in die Höhe.
Das klingt so als würde ich in der Mikrowelle Popcorn machen!
Ich lache.
So, das muss reichen!
Ich schalte die Herdplatte aus und öffne das Fenster.
Ganz schön stickig hier! Oh, da kommt ja gerade Jonas. Ich beobachte, wie er in die Parklücke einparkt. Wow, er hat es ziemlich drauf! Das Paket!
Ich kann ihm das Paket bringen! Jetzt gleich!
Ich laufe in mein Zimmer.

Oh, mir ist ziemlich schwindelig!

Ich bleibe stehen und stütze mich an meinem Tisch ab. Auch wenn ich die Augen schließe, dreht sich alles.
Die Dunkelheit dreht sich! Was rede ich eigentlich für ein seltsames Zeug?
Ich öffne die Augen, schnappe mir Jonas' Paket, meinen Hausschlüssel und gehe mit meinen Hausschuhen in den Hausflur raus. Leise ziehe ich hinter mir die Tür zu.
Jonas muss nicht wissen, dass ich Spagetti koche und dass ich laut Radio höre. Was lief gerade? Ach egal! War kein tolles Lied.

Ein Schlüssel wird in die Tür gesteckt. Kurz darauf geht die Tür auf. Irgendetwas quietscht. Jonas ächzt, zieht den Schlüssel heraus und stellt etwas zu Boden. Ich mache einen Schritt vorwärts und sehe, wie er seinen Briefkasten öffnet. Neben ihm steht ein Sechserpack Mineralwasserflaschen. Er holt zwei Briefe heraus und schließt den Briefkasten.
Jetzt wäre es mal an der Zeit sich bemerkbar zu machen, oder?
Jonas stemmt die Flaschen hoch und ich mache einen großen Schritt in sein Sichtfeld.

»Hey!«, rufe ich.

Ich bin selbst überrascht, wie leicht mir das Sprechen fällt. Warum ist das nicht immer so? Ich grinse Jonas an.

»Oh, fuck! Hast du mich erschreckt!«
Seine Briefe fallen ihm aus der Hand.

»Soll ich dir helfen?!« Ich warte nicht ab und bücke mich, um seine Briefe hochzuheben. Als ich wieder aufrecht stehe, ist mir ziemlich schwindelig. Ich halte mich mit einer Hand an der Wand fest. Jonas schaut mich immer noch geschockt an.

»Du hast mich ziemlich erschreckt! Tauchst plötzlich aus dem Nichts auf.«

»Ja, das hast du schon gesagt.«
Ups! Meine Worte sprudeln einfach so heraus.

Ich grinse ihn noch breiter an.
Warum muss ich grinsen? Das will ich doch gar nicht!
»Ja, entschuldige. Mein Herz rast immer noch.«
Jonas grinst zurück.
»Kannst mir die Briefe geben. Gehst du zur Post?«
Ich reiche ihm die Briefe und das Paket.
»Das ist dein Paket. Du warst nicht da. Ich habe es angenommen.«
»Oh, danke. Darauf warte ich schon seit Tagen. Ist es heute gekommen?«
Eigentlich schon gestern. Soll ich ihm das sagen? Warum nicht? Was soll er schon groß machen?
Ich versuche mein Grinsen abzustellen.
»Gestern. Aber da warst du nicht da. Wo warst du?!«
Das habe ich doch jetzt nicht wirklich gesagt! Doch habe ich!
Anstatt rot anzulaufen, grinse ich nur und warte auf eine Antwort.
Ich muss mich mehr zurückhalten! Das ist voll auffällig!
»Ach ja, stimmt! Ich bin gestern erst gegen halb neun nach Hause gekommen. Gestern war meine Einschulung in der Berufsschule und danach musste ich noch zur Bank arbeiten und zum Schluss noch einkaufen.«
Er schaut mich entschuldigend an.
Hat er Einschulung gesagt?!
Ich grinse.
Wie süß, er wurde eingeschult!
Jonas stellt sein Paket und die Briefe vor seine Tür ab. Ich folge ihm mit meinem Blick.
Ich will mehr von ihm wissen! Ich bin gerade richtig in Stimmung zu reden.
»Was hast du bestellt?«
Und ich bin ziemlich neugierig!
Jonas dreht sich zu mir um und lächelt.

»Eine externe Festplatte. Ich hoffe, sie ist heile angekommen.«

Ja, das hoffe ich auch. Wenn sie kaputt ist, ist es Auroras Schuld.

Ich wende mich grinsend von ihm ab.

Ich sollte wieder rein gehen. Nicht, dass ich mich zu schräg verhalte.

Ich drehe mich wieder zu ihm um.

Schon wieder schwarze Klamotten! Ist ihm nicht heiß?

Ich grinse. Jonas hat die Tür aufgeschlossen und dreht sich wieder zu mir um. Schnell zwinge ich mich neutral zu gucken.

»Man sieht sich!«

»Ja, bis dann.«

Ich lächle.

Aber nur zaghaft. Wirklich!

Ich will gerade meine Tür aufschließen, als Jonas eine ziemlich seltsame Frage stellt.

»Hast du dich eigentlich bei Björn beworben?«

Wie kommt er jetzt darauf? Er hat uns also gestern doch belauscht! Wie peinlich! Was sage ich denn jetzt? Ach, egal! Ich sage einfach die Wahrheit!

»Nein.«

Jonas schaut mich eindringlich an.

Reicht ihm die Antwort nicht? Oder glaubt er mir nicht?

Ich schaue ihn ärgerlich an, muss dann aber doch dämlich grinsen.

»Ich will nicht Immobilienkauffrau werden.«

»Okay.«

Jonas grinst mit.

Warum hat er mir ausgerechnet diese Frage gestellt? Ist er eifersüchtig, dass ich Björns Handynummer habe? Oh, Mann! Das braucht er doch nicht! Björn ist nicht in meiner Liga. Zu gutaussehend! Soll ich ihm das sagen? Nein, lieber nicht!

»Was ist so lustig?«

Schnell, ich muss mir was einfallen lassen!

»Ich habe gerade überlegt, was ich heute ... noch machen werde.«

»Und was wirst du machen?«

»Ja, ich ... äh, esse meine selbst gekochten Spaghetti, räume zu ende auf und ... lese.«

Lese??? Was sag ich da? Langweiliger geht's nicht!
Ich hätte sagen sollen, ich gehe feiern. Das macht man doch so. Normalerweise.
Vor allem am Wochenende!

Ich schaue auf meine Armbanduhr. Leider verschwimmt der Zeiger und ich kann die Uhrzeit nicht identifizieren.

»Das hört sich entspannt an.«

Entspannt?

Ich lache auf.

»Und was machst du gleich?«

Jonas hebt die Schultern.

»Auch Kochen. Vielleicht auch Spaghetti.«

Er grinst. Ich grinse.

Am liebsten würde ich ihn nach Hause einladen. Warum soll er noch extra kochen? Dann isst August eben eine kleinere Portion!

»Und danach werkele ich noch ein wenig an meiner Wohnung herum.«

Werkele. Lustiges Wort!

»Wann kommt dein Vater? Ich müsste noch ein wenig bohren.«

August ist nicht mein Vater! Soll ich ihm das sagen?
Warum überlege ich so lange?

»August ist nicht mein Vater. Er ist so was wie ein Stiefvater für mich.«

»Ach so. Und dein Vater...«

Jonas zögert.

Meinen Vater kenne ich nicht. Er hat mich verlassen, da war ich nicht mal ein Jahr alt. Ich muss das Thema wechseln! Sofort!

Ich schaue auf meine Uhr. Langsam erkenne ich die Uhrzeit wieder. Es ist 13:34 Uhr.

»Äh, ich muss dann jetzt... gehen.«

Jonas sieht mich überrascht an.

»Okay. Mann sieht sich.«

»Ja.«

Ich bin total in Gedanken.

War es richtig gewesen ihm zu sagen, dass August nicht mein leiblicher Vater ist? Was soll er jetzt von mir denken? Wird er mich bemitleiden?

Ich schließe meine Tür auf und blicke noch einmal zu ihm rüber. Jonas trägt das Sechserpack in seine Wohnung.

Schnell weg!

Ich schließe die Tür auf und flüchte. Gerade noch rechtzeitig! Ich beobachte Jonas aus dem Guckloch.

Verdammt! Wie habe ich mich denn verhalten?! Und ständig gegrinst habe ich auch! Peinlich!

Ich hoffe, er hat nicht gemerkt, dass ich alkoholisiert war.

Ach, was soll's! Egal! Jetzt will ich essen. Ich bin hungrig!

Nach dem Essen räume ich weiter auf.

Schon lustig, wie viel Spaß man beim Aufräumen hat, mit Alkohol im Blut. Na ja, wenigstens kommt keine Langeweile auf. Und es ist lustig.

Manchmal wirft mich der Schwindel aus der Bahn und ich bleibe stehen und lehne mich an der Wand an. Während ich so fröhlich staubsauge und vor mich hin singe, bemerke ich gar nicht, dass August sich herein geschlichen hat. Plötzlich geht mein Staubsauger aus. Ich drehe mich um und schrecke auf.

»Verdammt, hast du mich erschreckt!«

Mein Herz läuft Marathon.

So hat sich also Jonas gefühlt, als ich ihn erschreckt habe.

Ich muss grinsen.

Aber so gezeigt, wie ich es tue, hat er's nicht.

»Du räumst auf? So gut gelaunt?«

August schaut mich immer noch mit großen Augen an.

Ja, das ist der Alkohol! So viel Spaß hätte ich ohne Alkohol definitiv nicht. De-fi-ni-tiv. Lustiges Wort.
Ich grinse.

»In der Küche kannst du Spaghetti essen. Guten Appetit!«
August sieht mich nun wie einen Alien an. Das ist richtig witzig!

»Alles okay bei dir?«
Ich schaue ihn genervt an.

»Alles super! Kann ich jetzt weitermachen?«
Sein Blick bleibt. Oh, Mann!

Ich trete den Staubsauger an. Endlich verlässt er das Wohnzimmer. Grinsend bringe ich meine Arbeit zu ende. Und mittendrin kommt mir ein Gedanke. Ich schalte den Staubsauger aus und flitze zu August in die Küche. Dieser hat gerade viele Spaghettis im Mund und kaut.

Er sieht aus wie eine kauende Kuh.
Ich lache auf, halte mir aber schnell eine Hand vor dem Mund. Zusätzlich tarne ich es mit einem Räuspern.

»Jonas braucht deine Hilfe beim Einrichten! Wir haben vorhin geredet. Er wird also noch auf dich zukommen.«
August schluckt.

»Ich ruh mich ein wenig aus«, sagt er genervt, »Und dann geh ich rüber.«
Tja, hättest ihm deine Hilfe nicht anbieten müssen!
Ich grinse.

»Ach ja, vielleicht nimmst du noch 'nen Bohrer mit. Keine Ahnung, ob er Werkzeug hat.«
Breit grinsend verlasse ich die Küche. Ich staubsauge zu ende und gehe in mein Zimmer.

Ab aufs Bett!
Oh, im liegen bemerke ich, wie sich mein Schwindel stärker bemerkbar macht.

Hören die Symptome denn nie mehr auf???
In meinem Zimmer ist noch eine halbvolle Wasserflasche. Ich trinke sie leer.
Ach, ist das Leben schön!
Ich lasse mich wieder aufs Bett fallen und grinse vor mich hin.
Plötzlich klingelt es an der Tür. Ich schaue auf meine Armbanduhr. Kurz nach zwei.
Das kann nur Aurora sein. Mum kommt erst gegen halb sieben. Ja, da ist auch schon ihre nervige Stimme.

»Hallo Papa. Was gibt's? Ich muss morgen auch arbeiten! An einem Samstag!«

Schadenfreude! Haha.

»Ach, echt?«

»Oh, Spaghetti! Ich sterbe vor Hunger! Du kannst dir nicht vorstellen, wie hungrig ich bin! Hast du die gemacht?«

Meine Güte, sie muss immer ohne Punkt und Komma reden!
Ich verdrehe genervt die Augen.

»Nein. Karina.«

»Und schmeckt es?«

Hallo?! Natürlich schmeckt es!
Empört rappele ich mich auf und will ihr meine Meinung geigen.
Doch irgendwie ist mir schlecht. Wahrscheinlich bin ich einfach nur zu schnell aufgesprungen. Ich glaube ich muss kotzen!
Schnell laufe ich ins Badezimmer. Aurora sieht mir stirnrunzelnd hinterher.

»Was ist denn mit dir los?«

Ich schließe nicht ab. Dafür bleibt mir keine Zeit mehr. Ich beuge mich vor die Kloschüssel und kotze.
Oh, ist das ekelig!
Ich würge ein paar Mal. Danach geht es mir ein wenig besser. Ich verlasse das Badezimmer und gehe erschöpft in die Küche.

Aurora und August sehen mich verunsichert an.

»Soll ich die Spaghetti jetzt essen oder lieber nicht? Ich habe keine Lust auf Kotzen, Papa.«

Grinsend hole ich mir ein Glas aus dem Schrank und Mineralwasser. Während ich das Glas auffülle, versuche ich mir eine Notlüge auszudenken.

»Alles okay bei dir?«

August sieht mich verunsichert an. Aurora lässt mich auch nicht aus den Augen.

»Ich habe wohl etwas Falsches gegessen. Oder nein, ich habe zu viel gegessen.«

August bleibt skeptisch. Die Erklärung reicht ihm nicht.

»Alles durcheinander! Chips, Schokolade, Joghurt, Spaghetti, einen Apfel...«

Aurora unterbricht mich.

»Igitt! Echt jetzt? Ich werde von den Spaghettis also nicht kotzen? Ich will nicht...«

Jetzt unterbreche ich sie.

»Nein! Mit den Spaghettis ist alles gut. Schmeckt doch. Oder?«

Ich schaue August an.

Sag jetzt „Ja". Los, sag ihr, dass sind die besten Spaghettis, die du je gegessen hast!

Augusts Antwort fällt nüchterner aus.

»An den Spaghetti kann es nicht liegen.«

Apropos nüchtern! Meine Sicht wird klarer und ich muss nicht mehr so dämlich grinsen.

Halleluja! Aber ich bekomme Kopfschmerzen. Mist! Würde mir ja gerne noch eine Tablette nehmen, aber die beiden würden es sofort merken.

»Also, guten Appetit!«, sage ich zu Aurora.

Aurora stochert in ihren Spaghettis und sieht mich skeptisch an.

Die Arme! Sie ist ja ganz verwirrt!

Grinsend verlasse ich die Küche und gehe in mein Zimmer. Dort setze ich mich auf meinen Drehstuhl und trinke mein Wasser aus.
Ach, ist das ein lustiger Tag! Ich muss das in mein Tagebuch schreiben! Jetzt! Wo fange ich am besten an? Schon bei Jonas? Oder erst beim Alkoholkauf?
Eine Tür fällt zu.
Das war doch die Eingangstür! Ist Mum etwa schon da?
Ich lausche.
Nein. Es ist ruhig. Also ist jemand raus gegangen. Wahrscheinlich August zu Jonas.
Dann höre ich Aurora im Flur umherlaufen.
Wie kann man nur so laut sein? Ich muss mich konzentrieren!
Liebes Tagebuch, heute war ich ...
Plötzlich geht meine Tür auf. Schnell verstecke ich mein Tagebuch unters Kopfkissen.
Aurora! Wer denn sonst?!
»Was willst du hier?«
»Schwesterherz?«
Ah, ja! Sie will wieder was von mir.
Aurora schlendert in mein Zimmer. Sie hält meine heut gekaufte Chipstüte in der Hand und stopft sich eine große Portion Chips in den Mund.
»Krümel hier nicht rum!«
Aurora leckt sich die Finger sauber.
»Keine Sorge! Ich habe nur eine Frage.«
Ich verdrehe die Augen.
»Und was willst du diesmal?! Meine Jeansjacke gebe ich dir nicht mehr.«
»Ich hab sie mir schon bestellt. Neu und in meiner Größe. Deine war ein wenig eng.«
Sie hat sich die gleiche Jacke bestellt?! Sollen wir jetzt wie Zwillinge herumlaufen?! Was soll der Scheiß?!

»Konntest du dir nicht eine andere kaufen?!«
Ich sehe sie zornig an.
»Ach, die waren alle nicht so schön!«
Klar!
Tolle Ausrede!
Sie wechselt das Thema.
»Was ich dich eigentlich fragen wollte, weißt du wo Papa hingegangen ist?«
Aurora geht zu meinem Schreibtisch rüber und schaut aus dem Fenster. Ich beobachte sie.
»Bestimmt zu Jonas. Hatte er Werkzeug dabei?«
»Ach, stimmt! Er wollte ihm ja helfen.«
Aurora greift wieder beherzt in die Chipstüte.
Wehe, ich finde Chipsreste auf dem Boden!
»So schön draußen! Und ich muss morgen arbeiten!«
Aurora seufzt. Dann hebt sie etwas Kleines von meinem Tisch hoch und runzelt die Stirn.
»Was machst du da?!«
Sie dreht sich verwundert zu mir um.
»Woher hast du diese Visitenkarte? Ist das nicht der Bruder von Jonas?«
»Ich habe ihn getroffen. Er hat Jonas besucht und ...«
Sie lässt mich nicht ausreden, wie ich das hasse!
»Und wie sieht er aus? Hat er auch blonde Wuschelhaare?«
Ich muss mich echt zusammenreißen, um nicht loszubrüllen. Trotzdem hat meine Stimme einen wütenden Unterton.
»Das sind keine Wuschelhaare, das sind Locken! Und außerdem kann es dir doch egal sein! Die Chancen, dass du ihn siehst, sind sehr gering.«
»Wirklich?«
Aurora lacht auf.

»Ich könnte mir seine Nummer aufschreiben und ihn anrufen. Und dann haben wir ein Date.«

Jetzt lache ich.

Glaubt sie das wirklich?!

Aurora grinst dämlich.

Ja, sie glaubt das wirklich! Oh, Mann!

»Also, wie sah er aus? Hatte er schöne Augen?«

»Aurora! Du nervst! Du willst doch nur was von ihm, weil er reich ist.«

Aurora legt die Visitenkarte zurück und greift in die Chipstüte.

»Ich steh auf reiche Typen.«

»Jonas ist auch reich. Warum willst du also nichts von ihm?«

»Ach bitte! Er ist einfach zu langweilig und erst 18 Jahre alt! Wer will schon einen, der jünger ist, wie man selbst.«

»Als man selbst.«

»Sag ich doch! Er ist kein Badboy. Das sehe ich sofort.«

Ich grinse.

»Was? Ist doch so! Glaubt er wirklich, wenn er schwarz trägt, dass er cool ist?!«

Aurora lacht. Ich stöhne auf.

»Er trägt schwarz, weil seine Oma gestorben ist!«

»Ach, das glaubst du?! Das war bestimmt nur eine doofe Ausrede! Außerdem: Wenn er reich wäre, würde er sich doch keine kleine 2-Zimmerwohnung mieten!«

»Er ist ausgezogen, weil er eine andere Ausbildung machen wollte.«

»Was?! Echt jetzt?«

»Ja, seine Eltern wollten, dass er Immobilienkaufmann wird.«

»Ist das wahr? Woher weißt du das? Hast du mit ihm gesprochen?«

»Ja, habe ich.«

»Seit wann sprichst du?«

Blöde Kuh!

Ich werfe ein Kissen nach ihr.

»Hey! Was soll das?«

»Verschwinde einfach! Du nervst!«

»Ich gehe ja schon! Mensch, sei doch nicht so sensibel!«

»Hau ab!«

Ich werfe ein zweites Kissen nach ihr. Endlich bewegt sie sich.

»Ich gehe zu Jonas. Mal sehen, was Papa da so macht.«

Was?! Sie geht zu Jonas???

Ich springe vom Bett auf.

»Hey! Stopp! Was willst du da?«

Aurora grinst und hebt ihre Schultern.

»Mal sehen, wie reich er ist. Willst du mitkommen?«

Ich schüttele den Kopf.

»Nein.«

Bloß nicht! Ich habe mich vorhin ziemlich seltsam verhalten. Und außerdem wirkt der Alkohol nicht mehr.

»Ja, dann geh ich allein.«

Aurora zieht ihre Schuhe an und öffnet die Tür.

»Bis später!«

Das macht sie doch nicht wirklich?!

Die Tür fällt ins Schloss und ich bleibe verdattert stehen. Schnell laufe ich zum Guckloch rüber. Aurora klingelt bei Jonas. Jonas' Tür geht auf. Jonas schaut Aurora an, grinst, sagt etwas und lässt sie rein. Dann schließt er die Tür.

Aurora ist drinnen!

Ich wende mich ab. Irgendwie bekomme ich gerade ziemlich schlechte Laune. Ich würde auch gerne sehen, wie es bei Jonas aussieht. Nachher muss ich unbedingt Aurora fragen!

Zwei Stunden später und Aurora ist immer noch nicht zurück.

Was die wohl bei ihm so lange macht?

Ich weiß nicht, warum mich das so nervös macht. Schließlich ist mir Jonas doch so was von egal. Trotzdem hoffe ich, dass Aurora Jonas nichts von mir erzählt.

Wenn sie ihm sagt, dass ich Mutismus habe, wird er sich ziemlich wundern und es abstreiten. Natürlich nur, wenn er weiß, was Mutismus ist. Aber warum soll Aurora etwas von mir erzählen? Sie wird Jonas bestimmt nur wegen Björn ausfragen. Bestimmt! Hoffentlich!

Plötzlich höre ich, wie die Eingangstür aufgeschlossen wird. Ich springe von meinem Schreibtisch auf und gehe zum Flur. Es ist Aurora! Und sie ist allein.

»Na, ist dein Papa noch da geblieben?«, necke ich sie.

Aurora schaut mich genervt an und zieht ihre Schuhe aus.

»Du glaubst gar nicht, wie es bei dem aussieht! Überall Kartons, nicht einmal einen Herd hat er! Der einzige Raum der bewohnbar wäre, ist sein Badezimmer.«

Ich grinse.

»Also doch nicht so reich, wie gedacht?«

»Er hat angeblich schon was bestellt, aber die Lieferzeit dauert wohl noch. Keine Ahnung! Ich würde da nicht freiwillig wohnen!«

Ich lache auf.

»Musst du ja nicht.«

»Ja, zum Glück!«

Grinsend gehe ich in die Küche und schnappe mir einen Apfel. Aurora folgt mir in die Küche, geht zum Kühlschrank und macht ihn auf.

»Ach, weißt du was? Ich habe ihn gefragt, ob er wegen seiner Ausbildung ausgezogen ist. Er hat mich angeschaut wie eine Statue!«

»Du hast was?!«

Mein Herz rast. Ich bekomme Panik. Aurora schließt den Kühlschrank und steht mit einem Joghurt da. Sie schaut mich verwundert an.

»Was guckst du so komisch?«

»Er hat es mir erzählt! Du darfst es gar nicht wissen!«

»Ja und? Du hast es mir aber erzählt.«

Ich bin ziemlich wütend.

»Ja, aber im Vertrauen! Kann man dir überhaupt noch was sagen?!«

Jetzt denkt Jonas, ich bin eine Petze!

»Du musst mir nichts sagen. Du musst auch gar nicht mit mir sprechen!«

Aurora holt sich einen Löffel. Ich verschränke meine Arme vor der Brust.

»Du bist echt das Letzte! Blöde Kuh!«

Ich gehe in mein Zimmer und knalle die Tür zu.

So eine blöde Kuh! Wie ich sie hasse!

Wütend schreie ich auf. Dann hole ich mein Tagebuch hervor und tobe mich beim Schreiben aus.

Samstag, 05.09.2015

Heute habe ich lange ausgeschlafen und mir ein üppiges Frühstück gegönnt. Nun bin ich wieder dabei die Wohnung aufzuräumen. Langsam kotzt mich das ziemlich an. Niemand macht sauber!

Ist das so selbstverständlich, dass ich das tue? Wahrscheinlich!

Ist ja keiner da, außer mir!

Aurora musste zur Arbeit, August hat seine Schicht getauscht und Mum arbeitet samstags bis 13 Uhr.

Ich werde hier noch wahnsinnig!

Gegen halb zwölf klingelt es plötzlich.

Wer kann das sein? Hat Mum etwa früher Schluss gemacht?

Ich laufe zur Tür.

Stopp! Es klingelt direkt vor der Haustür! Und jetzt wird auch noch geklopft!

Erschrocken schaue ich ins Guckloch.

Verdammt, das ist Jonas! Was will er??? Kann er nicht warten, bis Mum da ist? Ich habe keine Lust, dass er mir Vorwürfe macht, dass ich Aurora von seinem wahren Umzugsgrund erzählt habe. Leider hat er mich bestimmt schon zur Tür laufen hören. Also muss ich ihm öffnen.

Mit klopfendem Herzen und panisch vor Angst, öffne ich die Tür einen Spalt breit.

Ich knall ihm einfach die Tür vor der Nase zu, wenn er mir blöd kommt.
Ja, genau! Gute Idee!

»Hey.«

Er begrüßt mich nett. Okay. Vielleicht doch falscher Alarm?

»Hi.«

»Es ist mir total unangenehm, ständig eure Hilfe in Anspruch zu nehmen. Aber ich verspreche es, diesmal ist es das letzte Mal.«

Darüber kann ich nicht lachen!

Ich bekomme noch mehr Angst.

Was will er diesmal? Niemand, außer mir, ist da. Und ich weiß nicht, ob ich ihm helfen kann. Außerdem will ich nicht als Versagerin dastehen. Reiß dich zusammen! Du musst selbstbewusster erscheinen! Schließlich hat er dich gestern ganz anders erlebt!

Los jetzt!

Ich zwinge mich zu einem Lächeln.

»Ich hoffe, ich kann dir helfen. Ich bin nämlich allein zu Haus.«

Geht doch!

Trotzdem schäme ich mich jetzt ein wenig für die Worte.

»Das schaffst du auch. Und es dauert nicht lange. Vielleicht bin ich noch rechtzeitig da.«

Was ist es denn???

So langsam steigert sich meine Angst ins Unermessliche.

»Mein Kühlschrank wird heute geliefert. So gegen zwölf Uhr, also in einer halben Stunde. Könntest du die Lieferung annehmen?«

Was?! Eine Lieferung annehmen??? Nein!!!
Überhaupt, darf ich das für ihn annehmen? Und was wenn der Kühlschrank kaputt geliefert wird?
Hmm. Er traut es mir zu! Okay. Nein, ich will nicht!!!
Jonas steht da und grinst verlegen.

»Ich muss kurz zur Arbeit. Der Hausmeister hat meinen Schlüssel gefunden. Leider hat er gerade erst angerufen. Er ist auch nur bis zwölf da. Ich kann mich schlecht teilen.«

Verdammt! Ja, okay! Ich mach's. Muss ich ja! Langsam geht er mir auf die Nerven! Na egal! Ich muss so tun, als würde es mir nichts ausmachen. Schließlich würde das jeder normale Mensch hinkriegen.

»Kein Problem. Wozu hat man Nachbarn?«

Ich hasse mich!

»Ich gebe dir meinen Ersatzschlüssel.«

Er reicht mir den Schlüssel und ich nehme ihn an.

»Ich beeile mich! Und falls ich es nicht rechtzeitig schaffe, unterschreibe mit meinem Namen.«

Was??? Nein, das kann ich nicht tun!

»Danke! Du hast was gut bei mir!«

Jonas stürmt davon.

Unfassbar! Scheiße, warum muss ich das machen?! Ich habe Angst!!!
Verdammt! Was mache ich jetzt?! Ich muss mir wohl Mut antrinken.

Ich schließe die Tür und eile in mein Zimmer. Dort hole ich die Flasche hervor und nehme sechs Schlücke.

Das müsste reichen! So, Kaugummi in den Mund. Schlüssel nicht vergessen! Und am besten, ich lasse meine Hausschuhe an. Vermittelt einen echten Eindruck, dass ich in seiner Wohnung lebe. Wenn ich mir das vorstelle! Aber eigentlich wollte ich ja gestern seine Wohnung sehen. Und schon heute habe ich die

Gelegenheit dazu! Unglaublich, dass mein Wunsch einfach so in Erfüllung gegangen ist.

Ich schiebe meine Wohnungstür zu und gehe nervös auf Jonas' Tür zu.

Unglaublich, was ich hier mache!

Ich stecke den Schlüssel rein und hoffe, dass kein Nachbar kommt und mich dabei erwischt.

Möglichst leise öffne ich die Tür und schaue mich um.

Keiner hat mich gesehen!

Ich gehe hinein uns schließe sofort die Tür.

Wie sieht es denn hier aus?!

Der Flur ist mit Laminat ausgestattet, aber ansonsten leer.

Hmm, das sagt noch gar nichts. Reich sieht anders aus.

Intuitiv betrete ich die Küche. Auch hier ist es ziemlich leer. Keine Küchenzeile. Hier steht nur ein Tisch, zwei Stühle, eine Mikrowelle, ein Wasserkocher und ein Schrank. Neugierig schaue ich hinein. Essen. Größtenteils Konservendosen, dann noch Besteck und Plastikbecher, sowie Pappteller.

Der Arme. Irgendwie tut er mir leid.

Ich schließe den Schrank und schaue auf meine Armbanduhr. Es ist zehn vor zwölf.

Hoffentlich schafft er es, bevor die Typen mit dem Kühlschrank kommen!

Die Zeit rennt und ich werde mit jeder weiteren Minute nervöser.

Ich kann mich überhaupt nicht ablenken! Bitte Jonas, komm zurück! Jetzt!

Wieder schaue ich auf meine Armbanduhr. Vier Minuten vor zwölf.

Verdammt, gleich müssten sie da sein!

Gerade fährt ein großer Firmenwagen an Jonas' Fenster vorbei. Nein, er stoppt und setzt zurück. Er parkt!

Das ist bestimmt die Lieferung für Jonas. Verdammt! Gleich muss ich mit wildfremden Menschen reden! Ich hoffe, die sind nett und verschwinden schnell wieder. Aber das Wichtigste: Hoffentlich geht das mit der Unterschrift klar!

Oh, nein, ich mache mir schon wieder so viele Gedanken! Der Alkohol ist auch keine große Hilfe. Wirkt nicht so stark wie gestern.
Ach, was soll's! Ich schaff das schon!
Zwei Männer öffnen die Ladefläche. Der eine hat eine Glatze und sieht wie ein typischer Boxer aus. Der andere, kleiner und gebräunter, hat den ganzen linken Arm tätowiert. Die sehen ziemlich einschüchternd aus. Ich bekomme noch mehr Angst!
Jonas, wo bleibst du?! Verdammt!
Es klingelt.
Nein!!!
Mit zitternder Hand greife ich nach dem Hörer der Türsprechanlage.
»Hallo?«
Voll peinlich! Das klang ziemlich ängstlich!
Die Typen antworten, aber ich verstehe sie kaum, so laut schlägt mein Herz.
Hoffentlich kriege ich jetzt keinen Herzinfarkt!
Ich öffne ihnen die Türen. Der Glatzkopf steht vor mir.
»Guten Tag. Wohin soll's?«
Der andere ist nicht in Sicht. Man hört ihn aber schnaufen.
»Hier entlang.«
Ich lotse sie mit glühendem Gesicht in die Küche.
Ganz schön einschüchternd der Typ! Hoffentlich tut er mir nichts.
Sie stellen den Kühlschrank ab.
»So, wir schließen den noch an und dann sind wir fertig. Ein altes Gerät zum Mitnehmen haben Sie nicht?«
Ich schüttele den Kopf.
»Nein.«
Der zweite Typ ist dabei die Folie abzureißen.
Silberfarbener Kühlschrank. Größer als ich. Jonas übertreibt es echt.
Wozu so einen großen Kühlschrank?

Der Kühlschrank leuchtet auf.
Er funktioniert! Zum Glück!
Ich bin ein wenig erleichtert. Aber jetzt kommt der Teil mit der Unterschrift.
Darf ich eine Unterschrift fälschen? Sicher nicht!
Was mache ich denn jetzt?!
Der Glatzkopf klatscht in die Hände.
»Alles einwandfrei. Super! Dann benötigen wir noch eine Unterschrift. Hier und hier. Und das ist für Sie.«
Er hält mir einen Kugelschreiber hin.
Okay, er lässt mich unterschreiben. Ach egal! Ich unterschreibe einfach!
»Ich bin da!«
Jonas!
Ich bin so froh ihn zu sehen und das zeige ich ihm auch.
»Oh, sieht noch besser aus als im Katalog.«
Der tätowierte Typ nickt.
»Sehr gute Firma. Gute Qualität.«
Ich gehe auf Jonas zu.
»Hier, unterschreib mal.«
Ich reiche ihm die Papiere und den Kugelschreiber. Jonas grinst.
»Dann bin ich ja genau rechtzeitig gekommen.«
Ja, du Vogel! Lässt mich mit solchen Mucki-Männern allein!
Langsam weicht meine Angst.
»Sind Sie gerade eingezogen?«
Der Glatzkopf blickt erst mich, dann Jonas an.
»Ja, wir sind am Dienstag eingezogen. Bald kommen auch die Küchenmöbel.«
Wir sind eingezogen??? Was redet er da? Er tut doch nicht gerade so, als würde ich hier mit ihm wohnen?!
Ich schaue ihn verwundert an.
Jonas zwinkert mir zu.

Noch schlimmer, er tut so, als sei ich seine Freundin! Warum macht er das?
Na ja, egal! Die Männer sehe ich sowieso nicht mehr wieder. Und hoffentlich lässt Jonas mich mit seiner nächsten Lieferung in Ruhe.
Das war das erste und letzte Mal, dass ich mich in so eine Situation gebracht habe!
Der Glatzkopf und der Tätowierte verabschieden sich.
»Dann noch viel Spaß beim Einrichten. Auf Wiedersehen!«
»Auf Wiedersehen«, sage ich leise.
Jonas begleitet die beiden zur Tür.
»Auf Wiedersehen!«
Ich bleibe in der Küche und schaue aus dem Fenster. Und dann sehe ich ein auffälliges Auto einparken.
Ein rotes Auto! Das ist doch Björns Auto! Was macht er denn schon wieder hier?! Hoffentlich ist er nicht wegen mir hier! Verdammt, neben Björn steigen noch zwei weitere Personen aus dem Auto. Das sind bestimmt Jonas' Eltern!
Die beiden sind geschäftlich gekleidet und sehen ziemlich wütend aus.
Oh, je! Schnell weg hier!
Mein Herz hämmert gegen meine Brust.
Ich muss mich jetzt irgendwie schnell von Jonas verabschieden!
Ich ziehe mich vom Fenster zurück und stolpere fast. Im Flur pralle ich mit Jonas zusammen.
»Hey, alles okay?!«
»Ich muss gehen!«
Jonas sieht mich verwundert an.
»Okay?«
»Deine Eltern sind gerade...«
Ich werde vom Klingeln unterbrochen.
Warum ausgerechnet jetzt?!
Warum?!
Jonas sieht mich entsetzt an.

»Sie sind von ihrer Geschäftsreise zurück!«
Na toll!
Jonas sieht mich wie in Trance an. Er macht keine Anstalten die Tür zu öffnen.
Am liebsten würde ich mich jetzt aus dem Staub machen, aber irgendwie passt es gerade nicht. Wenn ich aus Jonas' Wohnung rausgehe, wissen die, dass Jonas zu Hause ist. Man kann schließlich Jonas' Tür von draußen sehen.
Was mache ich jetzt???
Wieder klingelt es.
»Ich mache nicht auf.«
Das kann doch nicht wahr sein!
Jetzt klingelt auch noch Jonas' Handy. Jonas holt sein Handy heraus.
»Das ist mein Vater!«
Ich schaue Jonas möglichst neutral an. Er schaut mich dagegen entschuldigend an.
»Tut mir leid, dass ich dich da mit reinziehe.«
»Kein Problem.«
Was Besseres ist mir nicht eingefallen. Was soll ich auch sagen? Das geht mich ja auch eigentlich nichts an. Trotzdem, es ist schon ziemlich ärgerlich!
Jonas drückt seinen Vater weg und steckt sein Handy ein.
»Sie gehen bestimmt gleich. Die haben keine Geduld.«
Aber Wut! Die kommen bestimmt wieder.
Ich atme tief ein und aus. Wieder klingelt Jonas' Handy. Diesmal holt Jonas es nicht mal heraus.
Ach, Jonas! Irgendwann musst du dich ihnen stellen!
Ich fühle mich ziemlich unwohl. Als wäre ich hier diejenige, die sich auf Ärger gefasst machen kann.
Aber Jonas tut mir auch irgendwie leid. Soll ich ihn trösten? Aber wie?
Ich bin enttäuscht, dass der Alkohol nicht mehr richtig wirkt. Jetzt komme ich bestimmt wieder total schüchtern rüber. Im Vergleich zu gestern, fällt das ziemlich auf. Jonas schleicht in die Küche

und späht aus dem Fenster. Ich bleibe im Flur stehen, schaue auf meine Armbanduhr.

Mist, schon so spät! Mum müsste gleich nach Hause kommen und ich habe noch nichts gekocht!

»Sie gehen!«

Jonas kommt auf mich zu.

»Du kannst dich davonstehlen.«

»Okay.«

Endlich!

Jonas grinst. Ich finde das eigentlich gar nicht lustig, muss aber auch grinsen. Aus Solidarität oder so.

»Danke noch mal, dass du die Lieferung angenommen hast.«

»Gerne.«

Das war aber das letzte Mal!

Jonas öffnet mir die Haustür und macht Platz.

»Oh, hallo Frau Albinger!«

Erschrocken starre ich zu Mum. Sie will gerade in unsere Wohnung rein. Unsere Haustür ist offen. Jetzt dreht sie sich zu uns um.

»Hallo Jonas! Karina?«

Sie schaut mich ziemlich verwundert an.

Ja, ich bin's!

»Hi, Mum.«

»Was machst du bei Jonas?«

Was soll ich sagen? Die Wahrheit wird sie bestimmt nicht glauben.

Zum Glück springt Jonas für mich ein.

»Ich habe Karina gebeten eine Lieferung für mich anzunehmen. Mein Kühlschrank wurde geliefert.«

Mum runzelt die Stirn. Sie glaubt Jonas nicht. Es ist aber die Wahrheit! Ich grinse sie an.

»Stimmt das Karina? Aber du sprichst doch kein Wort mit Fremden. Du hast doch Mutismus?«

Mein Herz hört auf zu schlagen. Mein Grinsen erstirbt.
Warum sagt sie das?! Ausgerechnet vor Jonas!!!
Ich laufe rot an. Mum sieht mich böse an. Sie ist nun vollkommen überzeugt, dass ich den Mutismus nur vorspiele.
Das ist doch hoffentlich ein schlechter Traum!!!
 Wortlos verlasse ich Jonas' Wohnung und gehe eilig in meine. Direkt in mein Zimmer. Ich schließe ab und werfe mich aufs Bett.
Das darf doch nicht war sein!!! Sie hat ihm tatsächlich von meinem Mutismus erzählt!!!
Mein Leben ist zu Ende!!! Wie peinlich! Danke, Mum!!! Jetzt wird mich Jonas noch mehr bemitleiden!
 Ich rappele mich auf und verspüre den Drang etwas gegen die Wand zu schleudern. Kurzerhand nehme ich meine zwei Kissen.
Diese gemeine, hinterhältige, unsensible Frau!
 Erschöpft plumpse ich auf mein Bett und versuche bloß nicht loszuheulen. Ich will nicht, dass jemand mitbekommt, dass ich weine. Emotionen zeige ich nicht. Die machen schwach und verletzlich. Trotzdem füllen sich meine Augen mit Tränen und ich kann sie nicht länger zurückhalten. Ich beschließe, heute nicht mehr aus meinem Zimmer raus zu kommen.
Ich will ihr nicht über den Weg laufen! Sie hat heute deutlich genug gezeigt, dass sie eine schlechte Mutter ist!

Sonntag, 06.09.2015
Es ist Sonntag. Alle sind zuhause, sie sind wach und frühstücken. Nur ich liege noch im Bett. Schlecht gelaunt mit Kopfschmerzen. Am liebsten würde ich den ganzen Tag im Bett verbringen oder gleich mein ganzes Leben.
Verdammt, wie soll ich wieder ein halbwegs normales Leben führen, wenn immer mehr Leute von meinem Mutismus wissen? Ich werde mich bald gar nicht mehr auf die Straße trauen. Na ja, mache ich zum Teil jetzt schon.

Ach, alles scheiße!
Ich hole meinen Taschenspiegel aus dem Nachttischschränkchen und mustere meine Augen.
Scheiße, ziemlich verheult! So kann ich mich nirgendwo blicken lassen! Peinlich! Man sieht sofort, dass ich geheult habe. Aurora wird mich auslachen. Hätte ich doch nicht geheult!
Ich lege den Taschenspiegel zurück und kuschele mich wieder an mein Kissen.
Kann heute nicht schon Montag sein?
Ich habe keine Lust auf diese lächerliche Familie.
Gegen zehn Uhr klopft Mum an meine Tür.
»Karina? Schläfst du noch?«
Nein, natürlich nicht, du blöde Kuh! Hau ab!
Ich sage nichts. Und sie klopft ein zweites Mal. Diesmal ein wenig lauter.
»Karina? Aufstehen!«
Sie nervt noch mehr, als gestern!
Aber gestern hat sie sich ja noch geschlagen gegeben, dass ich nicht mehr aus dem Zimmer gekommen bin. Ihr war es sogar egal, dass ich nicht zum Essen kam.
»Karina, ich breche gleich die Tür auf!«
Ach ja?! Ist mir egal!
»Karina, wir machen uns Sorgen.«
Das war August.
Was will er denn?! Versteht mich doch sowieso nicht!
»Du bist peinlich! Ich schäme mich so für dich! Das ist echt unglaublich! Aber typisch für dich!«
Aurora diese blöde Kuh! Was hat die mir schon zu sagen!
»Nur, weil du nicht zugeben kannst, dass du wegen diesem Dingsbums gelogen hast!«
Das ist doch nicht zu fassen! Ich lüge nicht!!!

Wütend springe ich auf, schließe die Tür auf und reiße sie ruckartig auf.

»Sag mal, hast du sie noch alle?! Ich lüge nicht!«

Ich schubse Aurora nach hinten. Sie prallt gegen Mum.

»Karina!«

»Was?!«, fahre ich sie an.

Mum sieht mich erschrocken an. Und August ist das erste Mal sprachlos.

»Haut ab! Ich will euch nicht sehen!«

»Du wirst dich sofort entschuldigen!«

Keiner sagt mir, wie ich mich verhalten soll! Und am wenigsten, dieser Vollidiot, August!

»Nein, werde ich nicht!«

»Karina, was ist los mit dir?«

Mum schaut mich entsetzt an. Ich brodele innerlich. Meine Beine fangen an zu zittern.

»Lasst mich in Ruhe! Haut ab!«

Ich knalle ihnen die Tür vor der Nase zu. Schnell schließe ich wieder ab.

Verdammt! Ich könnte alles zertrümmern, was sich mir in den Weg stellt! Aber von meinem Zimmer will ich nichts schrotten.

Ich setze mich auf mein Bett und atme tief durch. Diese Idioten protestieren immer noch vor meiner Tür, aber ich gehe nicht darauf ein. Irgendwann vergeht ihnen die Lust und sie beschäftigen sich wieder mit sich selbst.

Darauf wette ich! Und dann kann ich endlich ins Badezimmer!

Leider habe ich kein Glück. Mum und August sind so hartnäckig, dass sie meine Tür gewaltsam öffnen.

Sie haben die Tür geschrottet!

»So, jetzt kannst du dich nicht mehr abschließen!«, sagt Mum wütend.

August sieht mich zornig an.

»Musste das sein?!«

Idiot! Jetzt habe ich keine Privatsphäre mehr. Das ist ja nicht zu fassen!

Ich stehe genervt auf und verschränke meine Arme.

»Was jetzt? Wollt ihr mir wieder eine Standpauke halten?!«

Mum schaut mich unverwandt an.

»Ich habe keine Ahnung was mit dir los ist. Du hast dich stark verändert! Ins Negative!«

»Du bist auch nicht unschuldig!«

Verrätst mich einfach vor Jonas!

»Karina, wie redest du mit deiner Mutter?«

Dieser Blödmann soll sich nicht einmischen! Er soll einfach verschwinden und nicht mehr auftauchen!

Aurora kommt aus dem Badezimmer und grinst mich im Vorbeigehen an.

Blöde Kuh!

Mum gibt nach.

»Geh frühstücken und mach dich fertig. Wir wollen zum Friedhof fahren.«

»Zum Friedhof?!«

Ich schaue Mum ungläubig an.

Mit diesen verheulten Augen gehe ich nirgendwohin!

»Heute ist Tamaras Todestag.«, klärt Mum auf.

Verdammt! Ich hab's vergessen!

Der Tag an dem Oma gestorben ist. Da gehen wir immer zum Friedhof.

Warum habe ich gestern nicht daran gedacht?!

Mist!

Wortlos gehe ich an den beiden vorbei. Und dann ins Badezimmer. Ich schließe ab.

Werden sie diese Tür auch gleich schrotten?

Ich spitze meine Ohren. Sie flüstern irgendwas. Leider verstehe ich sie nicht.
Egal! Die sind mir so was von egal!
Alle!!!
Ich schaue in den Spiegel.
Meine Augen sehen immer noch scheiße aus. Ob da Make-up noch helfen kann? Ich glaube nicht!

Nach dem Friedhofbesuch, verläuft der Tag friedlicher. Das heißt aber nicht, dass ich Mum vergeben habe! Sie glaubt immer noch im Recht zu sein. Was sie aber nicht ist! Wir bereiten zu dritt das Mittagessen vor. August, der Blödmann, sitzt im Wohnzimmer und liest Zeitung und schaut dabei noch Fernsehen.
Der darf sich alles erlauben!

Aurora schält das erste Mal in ihrem Leben Kartoffeln und ich schneide Gemüse für den Salat. Mum bereitet die Schnitzel vor. Es ist ziemlich ruhig in der Küche, bis auf die Nebengeräusche vom Fernseher.

»Aurora Schätzchen, machst du mal die Wohnzimmertür zu? Ich will nicht das beim Braten, die ganze Wohnung riecht.«
Stinkt dann sowieso wieder!
Aurora legt den Sparschäler beiseite und verlässt die Küche. Ich schaue Mum an. Unsere Blicke treffen sich. Schnell schaue ich weg.

»Schneide die Gurken nicht so dick.«
Blablabla!
Am liebsten würde ich ihr die Gurke an den Kopf werfen!
Aurora kommt zurück.

»Hier ist aber eine tolle Stimmung!«
Muss sie immer provozieren?!
Ach, ich ignoriere sie einfach! Wenn niemand mit ihr redet, wird sie schon ihre Klappe halten. Mum ignoriert sie auch.
Aber Aurora gibt nicht so schnell auf.

»Um wie viel Uhr fahren wir zu Oma?«

Zu Berta?! Ich komme nicht mit!

»Nach dem Mittagessen.«

Mum setzt den Wasserkocher auf.

»Bist du fertig?«

Aurora strahlt, als hätte sie einen Orden bekommen.

»Ja. Meine selbstgeschälten Kartoffeln! Sehen die nicht gut aus?«

Mum ist nicht beeindruckt.

»Du musst sie noch halbieren. Hier.«

Sie reicht Aurora ein anderes Messer.

»Dann gibst du sie in den Topf. Ich habe schon das Wasser aufgesetzt.«

»Wie aufregend! Ich koche Kartoffeln! Das macht man nicht alle Tage!«

Ich verdrehe genervt die Augen.

Sie stellt sich an! Echt lächerlich!

»Ihr beiden müsst echt mehr lernen! Ihr wollt doch heiraten, oder?«

Aurora grinst über beide Ohren.

»Klar! Ich heirate einen Reichen mit Villa und schickem Auto.«

Hauptsache er hat Kohle! Mal wieder so was von typisch!

»Was ist mit dir Karina? Wen willst du mal heiraten? Ich habe gehört du warst gestern bei Jonas! Läuft da was zwischen euch?«

Ich schaue Aurora genervt an.

Nichts läuft da! Er ist einfach nett und freundlich. Aber Dank Mum, wird er mich nun bemitleiden oder mir sogar aus dem Weg gehen. Oder er sucht sich andere Leute, mit denen er abhängt. Ist ja nicht so, dass er keine Freunde hat! Bestimmt hat er die. Er ist ja nicht so schweigsam wie ich!

Mum durchbohrt mich mit ihrem Blick.

»Karina? Willst du nicht antworten?«

Wie ich diesen Satz hasse!!! Und vor allem aus ihrem Mund!

Ich atme schwer aus. In meinem Magen brodelt es. Bloß nicht anmerken lassen!

»Jonas und ich sind nur Nachbarn. Da läuft nichts!«

Und da wird auch nichts laufen!

»Ja, ja! Klar!«

Ich schaue Aurora genervt an.

Warum sollte Jonas was von mir wollen???

Aurora grinst.

Ach, einfach ignorieren!

So, der Salat ist fertig! Darf ich jetzt gehen?!

Mum hat sich dem Herd zugewendet und gibt die Schnitzel in die Pfanne.

Ich kann mich auch einfach davonstehlen. Oder nicht?

Ich bleibe sitzen und schaue Aurora beim Halbieren der Kartoffeln zu.

Mann, ist sie langsam! Das Fleisch wird eher fertig als die Kartoffeln!

Aurora flutscht eine Kartoffel auf dem Boden.

»Hoppla! Das hast du nicht gesehen.«

Doch das habe ich gesehen!

Sie steht auf und wirft die Kartoffel in den Müllsack.

Das ist der falsche Müll!

Ich verdrehe die Augen.

Wie kann man sich nur so dämlich anstellen?!

Mum hat nichts gemerkt. Sie steht da neben der zischenden Pfanne und wendet die Schnitzel. Es riecht ziemlich lecker.

Gelangweilt schaue ich auf die Küchenuhr. Es ist viertel vor zwei.

Der Tag ist noch unendlich lang!

Aurora schüttet die Kartoffeln in den Kochtopf.

»Kommst du mit zu Oma?«

»Warum soll ich Berta besuchen?«, sage ich ziemlich unfreundlich.

Egal! Ich mag August nicht. Also warum sollte ich seine Mutter mögen? Echt jetzt!

Als ich letztes Mal da war, hat sie mir Löcher in den Bauch gefragt. Und am Ende sagte sie, dass ich zu ruhig bin. Das ist jetzt fast schon ein Jahr her, aber trotzdem! Ich fühle mich sehr unwohl bei ihr.

»Du warst schon lange nicht mehr da. Oma fragt immer nach dir.«

Na toll! Und was fragt sie? Fragt sie, ob ich immer noch ruhig bin?!

»Karina, kommt nicht mit. Das weißt du doch, Aurora. Lass sie.«
Ein großer Stein fällt mir vom Herzen!
Danke Mum!
Ich bin erleichtert, dass ich nicht mitkommen muss. Berta ist einfach zu neugierig! Solche Menschen mag ich überhaupt nicht!

Nach dem Mittagessen brechen die Drei auf. Ich beobachte sie aus dem Fenster.
Wie eine harmonische Familie.
August am Steuer, Mum daneben und Aurora hinter ihrem Vater.
Blöde Familie! Nicht wirklich meine!

Ich verlasse die Küche und gehe zum Balkon. Dort setze mich auf einen Liegestuhl.
Es ist schön warm. Sogar die Luft.
Ich schließe die Augen und spitze meine Ohren. Der Verkehr rauscht, die Bäume rascheln, die Sonne wärmt meine Haut.
Herrlich! Alles könnte so einfach sein! Wenn ich nicht Mutistin wäre!

Ich öffne meine Augen und blicke zu Jonas' Balkon rüber.
Er ist nicht da. Hoffentlich kommt er nicht raus.
Ich schiebe meinen Liegestuhl aus seiner Sicht. Doch jetzt können mich die vorbeigehenden Menschen sehen.
Verdammt! Warum muss ich mich immer so beobachtet fühlen? Nein, ich kann hier nicht bleiben!

Ich stehe auf und verlasse den Balkon. In meinem Zimmer fühle ich mich am wohlsten. Ich setze mich auf mein Bett und hole mein Tagebuch hervor.

Der heutige Tag war ziemlich scheiße. Der morgige Tag wird bestimmt besser, auch wenn ich Jonas meiden muss. Zum Glück weiß ich ungefähr, wann er aus dem Haus geht und wann er wieder kommt. Ich werde mich vor ihm verstecken, bis ein wenig Gras über die Sache gewachsen ist. Und vielleicht vergisst er dann, dass ich Mutismus habe?

Er soll mich einfach vergessen! So, als würde ich nicht existieren.

Zwei Wochen später
Samstag, 17.09.2015

Es hat sich nicht viel verändert. Ich war jedoch ziemlich erfolgreich, was Jonas betrifft. Ich bin ihm, nur zweimal über den Weg gelaufen. Aber da war ich nicht alleine. Also hatte Jonas keine Chance mir unangenehme Fragen zu stellen.

Mum hat sich heute frei genommen. Was einerseits nett ist, weil ich nicht alleine bin, doch anderseits ziemlich nervig, weil sie mich ständig auffordert etwas zu machen oder ihr zu helfen. Wie zum Beispiel, beim Essen kochen helfen und nun Wäsche waschen.

Die Waschmaschine zeigt noch drei Minuten an. Dann muss ich zum Dachboden hoch und dort die Wäsche aufhängen. Davor graut es mir. Hoffentlich begegne ich dort niemandem. Ich bin ziemlich aufgeregt, als die Waschmaschine das Ende ankündigt.

»Karina, ist die Wäsche fertig?«

»Ja!«

»Kannst du die trockenen Sachen von oben mitnehmen?«

Ich stöhne auf.

Auch das noch!

»Ja, mache ich!«

Ich beeile mich einfach, dann ist die Wahrscheinlichkeit gering, dass ich jemanden treffe.

Ich hole die Wäsche heraus und lade sie in ein Wäschekorb.

Im Flur hält mich Mum auf.

»Kannst du die Post aus dem Briefkasten holen?«

Kannst du das nicht selbst machen?! Ich gehe nach oben und nicht nach unten!

»Ja!«, brumme ich genervt.

Ich ziehe meine Ballerinas an, greife nach meinem Schlüsselbund und öffne möglichst leise die Tür.

»Weißt du was? Ich hole die Post selbst.«

Ja, danke, dass du dass jetzt hier so rausbrüllst! Vielleicht hört uns Jonas noch!

Genervt nehme ich den Wäschekorb und steige die Treppen hoch.

Treppensteigen ist ziemlich anstrengend! Na, ja, wenn man keinen Sport macht, wie ich. Endlich da!

Ich keuche und schließe die Tür auf.

Hoffentlich ist keiner da!

Mein Herz rast.

Bitte!

Ich ziehe die Tür auf und lausche.

Totenstille. Super!

Danke.

Ich schalte das Licht an und mache mich an die Arbeit. So schnell wie es geht. Als ich schon beim Einsammeln der trockenen Wäsche bin, wird die Tür aufgeschlossen und ich halte erschrocken die Luft an.

Verdammt!!! Wer ist das? Soll ich mich verstecken? Aber wo?

Ich schaue gebannt auf die Tür. Irgendwie habe ich das Gefühl, dass sie in Zeitlupentempo aufgeht. Und dann steht die Person vor mir.

Ausgerechnet Jonas!

Mein Herz beschleunigt.

Wie kommt er auf die doofe Idee hier herzukommen???

Ich atme aus und beeile mich mit der restlichen Wäsche.

»Hey. Wie geht's?«

Was soll ich darauf antworten??? Überhaupt, soll ich etwas antworten?
Jetzt, wo er weiß, dass ich eigentlich nicht mit Fremden spreche?

Mein Herz rast und ich kann mich einfach nicht entscheiden, wie ich auf ihn reagieren soll. Außerdem ist es schon zu spät, etwas zu sagen. Ich sehe Jonas wortlos an. Er steht einfach lässig da und schaut mich an. Ich wende mich wieder der Wäsche zu.

Was will er hier??? Wäsche hat er nicht dabei. Und überhaupt ...
Jetzt dämmert es mir! Er ist nur wegen mir hier! Er will mit mir reden!
Über meinen Mutismus! Ich will aber nicht mit ihm reden!

Ich bin fertig und möchte flüchten. Doch leider steht er genau vor der Tür. Wahrscheinlich extra, damit ich nicht abhauen kann. Ich atme tief ein und aus und nähere mich ihm.

Er muss mir einfach Platz machen! Sonst ...
Sonst was? Das ist doch lächerlich! Warum sollte er mir den Weg versperren?!
Bestimmt lässt er mich durch.

Ich bin jetzt nur zwei Meter von ihm entfernt und bleibe stehen. Ich schaue ihn möglichst neutral an. Hoffentlich bemerkt er nicht, dass ich ziemlich nervös bin. Er blickt mich an. Seinen Blick kann ich nicht deuten. Mein Gesicht glüht.

»Karina, ich habe recherchiert.«

Ja, das habe ich mir schon gedacht.

Er wartet kurz, merkt aber, dass ich darauf nicht antworten werde. Oder er weiß es? Jedenfalls schiebt er hinterher:

»Was ich mich die ganze Zeit über gefragt habe ist, ...«

Er bricht ab und lässt mich zappeln.

Was?! Ich werde gleich ohnmächtig!

Ich kralle meine Finger am Wäschekorb fest. Zum Glück habe ich diese Barriere zwischen mir und Jonas. Sonst wüsste ich nicht, wohin mit meinen Händen.

»Warum hast du mit mir gesprochen, wenn du mit keinem anderen sprichst?«

Ich sitze in der Falle!

»Ich meine, als ich das erste Mal bei euch war, habe ich kaum gemerkt, dass du am Tisch saßt. Das zweite Mal, als ich dich sah, hast du mir das Paket gebracht und hast ziemlich viel gesprochen. Und das dritte Mal, als ich dich bat die Lieferung anzunehmen, hast du auch nicht protestiert und warst mit den Lieferanten allein. Ich werde einfach nicht schlau. Gibt es da Unterschiede?!«

Jonas sieht mich verwundert an. Ich weiche seinem Blick aus.

Verdammt, der Wäschekorb ist schwer! Wird er auf eine Antwort warten? Und wenn ich nichts sage? Was wird er tun? Wenn ich jetzt was sage, zittert meine Stimme sowieso. Aber wenn ich nichts sage, wird er wahrscheinlich wütend.

Ich nehme tief Luft, atme aus und wende mich ihm zu.

»Es gibt Unterschiede.«

Das war ein bisschen leise. Egal!

Jonas' Stirn legt sich in Falten.

Nein, ich werde dir das jetzt nicht erklären! Es ist zu kompliziert. Er wird es nicht verstehen. Kein normaler Mensch versteht das.

»Ich möchte das wissen.«

Er lässt nicht locker!!!

Meine Arme werden immer schwerer. Bald fällt mir der Wäschekorb aus den Händen. Ich will den Korb aber auch nicht ablegen. Die Schutzbarriere muss bleiben.

»Erklär es mir.«

Kann er mich nicht einfach in Ruhe lassen?!

»Karina? Sprichst du nicht mehr mit mir?«

Ich schaue ihn an.

Was erwartet er von mir??? Ich kann mich doch nicht ständig verstellen?!

Das ist zu anstrengend! Und außerdem weiß ich nicht, ob ich ihm vertrauen kann.

»Okay. Ich sehe, das ist komplizierter als ich dachte. Du brauchst Hilfe. Ich habe gelesen, dass man eine Therapie machen kann.«

Was??? Das ist doch nicht sein ernst! Will er mir wirklich sagen, was ich zu tun habe?

Meine Angst wandelt sich in Wut. Ich schaue ihn böse an und gehe auf ihn zu. Überrascht von meinem zornigen Blick, macht er mir Platz und ich verlasse endlich den Dachboden.

So ein Arsch!!!

Glaubt man jemanden kennenzulernen, der einen akzeptiert und dann so was! Jonas ist für mich gestorben!

Ich laufe die Treppen runter und hoffe Jonas verfolgt mich nicht. Zuhause, stelle ich die Wäsche ab und sperre mich im Bad ein. Ich schaue in den Spiegel und empfinde Selbsthass.

Warum ist das nur so schwer zu sprechen?! Warum kann ich nicht das sagen, was ich will? Warum kann ich meine Emotionen nicht zeigen?

Ich hasse mich!!!

»Karina?«

Mum klopft an die Tür.

Nirgendwo hat man seine Ruhe!

»Was?!«

»Hast du Durchfall?«

Was? Wie kommt sie auf so was?

»Nein!«

»Dann mach auf.«

Ich öffne ihr die Tür.

»Was ist los? Du bist so rot im Gesicht. Alles gut?«

»Nein! Ich hasse Jonas! Das ist los! Versprich mir, dass du ihn nie mehr nach Hause einlädst.«

»Was ist passiert? Hast du ihn getroffen?«

»Ja. Er hat mich beleidigt! Er hat über meinen Mutismus gesprochen.«

»Das Thema ist durch, Karina! Du hast mir versprochen, das Wort nicht mehr zu erwähnen!«

»Du hast doch Jonas davon erzählt!«, brülle ich sie an.

»Karina!«

Mum seufzt.

Sie will mich nicht verstehen! Ihr kann man einfach nichts erzählen! Ach, egal!

»Alles gut! Ich will ihn bloß nicht mehr sehen!«

»Du kannst dich doch nicht vor ihm verstecken.«

Doch, das kann ich!

Ich habe es die letzten Wochen auch sehr gut hingekriegt.

Drei Wochen später
Samstag, 08.10.2015

Ganze drei Wochen ist es her, dass Jonas mich auf dem Dachboden zur Rede gestellt hat. Doch in diesen drei Wochen habe ich ständig von meinen „Mitbewohnern" zu hören bekommen, dass Jonas nach mir fragte. Aurora platzt in mein Zimmer. Ich lege mein neues Fantasybuch beiseite.

»Na du? Wie lange willst du dich noch vor ihm verstecken? Ich meine, das ist doch lächerlich! Wegen so einer Lappalie!«

»Hast du ihn wieder getroffen?«

»Ja, heute morgen, als ich zur Arbeit ging. Er hielt mit seinem Auto neben mir und fragte mich nach dir aus. Weißt du was? Ich glaube, er steht auf dich!«

Ich schaue sie genervt an. Aurora lacht.

»Den wirst du nicht los. Nicht auf die ruhige Art. Du musst ihm deine Meinung geigen. Ja, das musst du.«

Würde ich ja gerne. Nur traue ich mich nicht.

Es klopft an meine Tür und dann taucht Augusts Kopf auf.
Was will er denn hier?
»Komm rein, Papa. Was gibt's denn?«
August kommt näher.
»Oh, was hast du da? Ein Geschenk? Ist das etwa für mich?«
»Nein. Das ist von Jonas. Für Karina.«
Für mich??? Was will Jonas damit bezwecken?
August reicht mir das schön verpackte Geschenk.
»Wow! Er hat sich richtig viel Mühe gemacht! Hätte ich nicht gedacht!«
Aurora ist ziemlich begeistert. Ich dagegen werde wütend.
Denkt Jonas er kann mich wirklich mit einem Geschenk umstimmen?!
Ich bin immer noch ziemlich sauer auf ihn. Und ein Geschenk wird nichts daran ändern!
»Na los! Mach schon auf! Ich bin so neugierig! Was kann das sein? Mach schon!«
»Aurora!«
Ich schaue sie streng an und wedele sie mit der Hand weg.
»Oh, sei doch nicht so! Ich will es wissen! Das ist so aufregend!
Wann hast du schon was von einem Typen bekommen?«
Ich laufe rot an.
Noch gar nicht.
Beschämt schaue ich zu August.
Warum geht er nicht?!
Aurora bemerkt meinen Blick und dreht sich zu ihrem Vater um.
»Papa? Kannst du bitte gehen? Sonst erfahre ich nie was drin ist.«
August grinst.
»Mädchenkram?«
»Ja, so was von! Jetzt geh, Papa! Danke.«
August grinst breiter und verlässt endlich mein Zimmer. Ich wende mich dem Geschenk zu und schüttele es vorsichtig.

Es ist nicht sonderlich groß, aber auch nicht klein.
Vielleicht Lesestoff?
»Nun, mach schon auf! Oder soll ich das machen?«
Aurora setzt sich neben mich aufs Bett und will schon nach dem Geschenk greifen.
»Nein. Das mache ich selbst!«
Ich zerreiße das Geschenkpapier und schaue verdutzt. Etwas Quadratisches und ein Brief. Den Brief lasse ich noch bei den Geschenkpapierfetzen. Das Quadratische hole ich heraus. Es ist eine Packung Trüffelpralinen.
»Was sind Trüffel?«, frage ich verwundert.
Ich verziehe das Gesicht und gebe Aurora die Pralinenpackung. Ein wenig enttäuscht bin ich schon.
Was soll ich mit Schokolade?
Aurora mustert die Verpackung von allen Seiten und lacht.
»Trüffel sind Edelpilze! Aber diese Pralinen heißen nur so. Hier ist nur viel Kakao, Butter und Fett.«
»Echt jetzt?!«
Wie kommt Jonas auf so eine schräge Idee?
»Ja, aber die sind aus Belgien. Also können die nur lecker sein! Trotz der Kalorien! Hätte nicht gedacht, dass Jonas ein Feinschmecker ist!«
Aurora lacht wieder. Ich verdrehe meine Augen.
Und ich kann nicht glauben, dass er mir so was schenkt! Was soll ich damit???
»So ein Fake! Und mehr ist nicht drin? Vielleicht ein Liebesbrief?«
Ein Brief, aber kein Liebesbrief!
»Aurora! Er ist nicht verknallt! Gib das her!«
Ich hole mir die Pralinenpackung zurück und stelle sie auf mein Nachtschränkchen. Währenddessen hat Aurora sich die Geschenkpapierfetzen gekrallt.

»Hey! Gib das sofort zurück!«

Gleich holt sie den Brief heraus!

»Ein Liebesbrief!«, triumphiert sie, »Ich sagte doch, er ist verknallt! Mal sehen, was er schreibt!«

»Gib den Umschlag her! Der ist für mich!«

»Hier, nimm das!«

Sie wirft mir die Geschenkpapierfetzen ins Gesicht. Ich greife danach und gucke, ob ich vielleicht noch etwas übersehen habe.

Nein. Das war alles.

»Und das kannst du auch haben.«

Aurora schleudert mir den leeren Umschlag entgegen.

»Aurora!«

Der Umschlag fällt auf den Boden und ich lehne mich kopfüber herunter, um ihn an mich zu nehmen.

In Schönschrift steht da mein Vor- und Nachname.

»Oh, eine Postkarte! Hmm, da steht nur eine Nummer drauf. Das ist seine Handynummer! Guck mal!«

Mein Herz schlägt schneller.

Warum gibt er mir seine Handynummer?! Ich werde ihn nicht anrufen!

Aurora reicht mir die Postkarte. Sie ist apfelgrün und hat einen Spruch mit Smiley.

Think positive. Always.

Auf der anderen Seite, steht tatsächlich nur eine elfstellige Nummer.

Ich werde ihn bestimmt nicht anrufen!

»Oh!« Aurora hat den Brief aufgefaltet und macht große Augen.

Mein Herz schlägt noch schneller.

Was erschreckt sie so???

Ich lehne mich vor und entreiße ihr blitzartig den Brief aus den Händen.

»Hey! Ich war erst am Anfang! Aber romantisch war es schon irgendwie!«

Aurora grinst und ich schaue sie böse an.

»Jetzt geh! Das geht dich gar nichts an!«

»Aber wenn ihr zusammenkommt, sagst du schon Bescheid, ja?«
Sie erhebt sich von meinem Bett und grinst dämlich. Ich hole tief Luft und will schon etwas erwidern, lasse es aber doch sein. Ich habe jetzt besseres zu tun, als einen Streit anzufangen. Zum Beispiel, den Brief zu lesen.

»Ich spüre schon die Liebesenergie! Ich brauch auch unbedingt einen Freund.«

Ich blicke auf.

Was sagt sie da?! Ich verbreite keine Liebesenergie! Warum denkt sie so naiv, dass Jonas und ich zusammenkommen? Niemals!

Aurora ist schon fast aus meinem Zimmer, bleibt aber plötzlich stehen und sieht mich breit grinsend an.

»Hast du noch die Visitenkarte von Björn? Ich glaube, ich rufe ihn jetzt an.«

Ich lache auf.

»Was?! Aber er kennt dich doch gar nicht!«

»Hast du die Visitenkarte noch oder nicht? Ich meine das ernst. Du wirst sehen, wir kommen zusammen.«

Ich grinse.

»Na, wenn du meinst!«

»Also wo ist sie? Die Karte?«

»Auf meinem Schreibtisch. Kannst sie haben. Brauche ich eh nicht.«

»Danke! Du hast was gut bei mir!«

Und weg ist sie. Sie schließt sogar meine Zimmertür hinter sich. Wie nett. Ich atme durch und widme mich ernsterem zu.

Jonas' Brief! Hoffentlich kein Liebesbrief!

Mein Herz rast. Ich lese die Zeilen. Und lese sie noch einmal.

Karina,
ich schreibe dir einen Brief, weil ich nicht weiß, wie ich sonst zu dir eindringen kann. Briefe schreiben ist überhaupt nicht meins. Der ganze Boden ist übersäht mit zerknülltem Papier und mein Block ist fast leer. Ich starte einen neuen Versuch. Was ich dir sagen will, ist, dass es mir unendlich leid tut.

Ich meine, ich habe dich 1. Überrumpelt, 2. Vollgequatscht und 3. Eine Erklärung verlangt. Ich hoffe sehr, du bist nicht wütend auf mich. Bitte verzeih mir. Ich würde dir das auch gern direkt sagen.
Jonas.

PS: Die Trüffelpralinen schmecken sehr gut! Das sind meine Lieblingspralinen.

Ich bin total verwirrt. Einerseits freue ich mich, dass er sich bei mir entschuldigt, aber andererseits habe ich Angst, was er damit bezwecken will. Klar, verzeihe ich ihm. Aber was ist dann? Wird er mir wieder auflauern? Ich bin total durcheinander.
Ich muss mich doch nicht jetzt schon entscheiden, oder? Aber er hat mir seine Handynummer gegeben. Er schaut wahrscheinlich alle paar Minuten auf sein Handy und wartet auf eine Antwort. Nein, ich werde ihm nicht schreiben. Sonst ruft er mich an. Bloß nicht!
Ich seufze.
Ist das schwierig! Wie entscheide ich mich richtig?

Montag, 10.10.2015

Ich habe meinen Wecker gestellt und jetzt schrillt er.

Verdammt! Ist es wirklich schon 4:30 Uhr?

Die Nacht war ziemlich kurz, trotzdem muss ich aufstehen. Eigentlich wollte ich ja schon gestern Jonas meine Entscheidung mitteilen. Na ja, nicht mitteilen, sondern eher aufschreiben.

Aber leider erfasste mich Panik und ich malte mir die schlimmsten Szenarien aus. Eine davon war, dass Jonas mich zum Dank küssen würde. Echt blöd! Das habe ich dann im Nachhinein gemerkt.

Heute also: Neuer Versuch. Ich stehe auf, ziehe mir etwas über und werfe ihm die Postkarte in den Briefkasten. Er wird sich vielleicht wundern, warum ich ihm seine Postkarte zurückgebe, aber er wird auch die drei Worte „Ich verzeihe dir" darauf lesen. Und seine Handynummer habe ich notfalls auf die Rückseite seines Briefes geschrieben. Meine Nummer habe ich ihm nicht gegeben. Ich will nicht, dass er mich anruft.

Nervös streife ich meine Jacke über.

Ich bin so aufgeregt! Hoffentlich läuft alles nach Plan. Hoffentlich wecke ich niemanden.

Ich öffne leise meine Zimmertür und lausche. Jemand schnarcht.

Das ist bestimmt August.

Ich habe noch ein wenig Zeit, bevor Augusts Wecker als erstes klingelt.

Also los!

Ich schleiche durch den Flur, mit der Postkarte und meinem Schlüssel in der Hand, und halte die Ohren spitz. Ich hoffe, die Tür wurde nicht nachträglich abgeschlossen. Schließlich habe ich sie kurz vor halb zwölf aufgeschlossen. Ich drücke die Türklinke herunter und halte den Atem an. Ich spüre wie mich Adrenalin erfasst. Irgendwie fühle ich mich wie eine Verbrecherin.

Die Tür ist offen! Super!

Ich muss grinsen. Bis hier, läuft alles nach Plan. Jetzt der schwierigste Teil: Im Dunkeln durch den Flur tappen, die Tür öffnen und die Postkarte leise in den richtigen Briefkasten werfen.
Hoffentlich treffe ich draußen niemanden. Hoffentlich!
Ich öffne die Tür einen Spalt und halte inne.
Mist!
Die Tür knarrt. Mein Herz rast. Wieder ein Schnarchen.
Alles gut! Keiner hat was gemerkt. Okay, dann raus jetzt!
Ich quetsche mich durch die schmale Öffnung und stehe im Hausflur.
Ist gar nicht so dunkel hier. Na ja, auch gut. Dann kann ich die Treppen besser sehen.
Ich schleiche an Jonas' Tür vorbei und vorsichtig die Treppen runter.
Ich muss mich beeilen! Dann merkt keiner was. Tür leise auf.
Gut, dass diese Tür nicht knarrt. So!
Dämlich grinsend stehe ich mit einem Bein vor den Briefkästen, mit dem anderen Bein halte ich die Eingangstür auf. Ich schaue mich um. Keiner auf der Straße unterwegs.
Was für ein Glück!
Ich starre auf Jonas' Briefkasten und öffne die Klappe.
Schnell rein da!
Ich stecke die Postkarte rein und schließe leise die Klappe.
War ja schon fast zu leicht!

Schnell, husche ich durch die Tür, helfe ein wenig nach beim Schließen und steige die Treppen hoch. Keine fremden Geräusche. Die Tür steht noch genauso offen, wie ich sie verlassen habe. Ich betrete die Wohnung und schließe unter Hochspannung die Tür. Keine Chance! Es knarrt wieder. Ich halte die Luft an und lausche.
Alles ruhig! Keiner hat was gemerkt.
Ich grinse. Eigentlich müsste ich die Tür jetzt noch abschließen,

aber das wäre zu laut.
Hmm, na ja. Dann lasse ich die Tür offen. Vielleicht merkt es niemand.
Ich schleiche in mein Zimmer. Wenigspäter liege ich wieder im Bett und lache in mein Kopfkissen.
Das war echt lustig!
So, jetzt hat Jonas seine Antwort! Und ich fühle mich nicht mehr so schuldig ihm gegenüber.

Ich bin den ganzen Tag aufgeregt und frage mich immer wieder, ob Jonas schon in den Briefkasten geschaut hat.
Als ich ihn gegen 18 Uhr einparken sehe, springt mir mein Herz schon fast aus der Brust. Wenn er noch nicht nachgesehen hat, dann bestimmt gleich.
Verdammt, ich bin so aufgeregt!
Ich husche aus der Küche in mein Zimmer. Ich hoffe, dass er nicht bei uns klingeln wird und mich sprechen will.

Dienstag, 11.10.2015
Jonas hat gestern nicht geklingelt. Das einzige was geklingelt hat, war Auroras Handy. Sie hat tatsächlich Björn angerufen und Björn hat sich zurückgemeldet. Ich weiß nicht, was sie ihm erzählt hat, aber Björn möchte sie kennenlernen. Das hat sie jedenfalls behauptet. Schon heute wird Björn Aurora von der Arbeit abholen und in ein Restaurant ausführen. Ein wenig neidisch bin ich schon. Für sie ist alles so leicht.
Sie hat nicht diese doofe Sprachbarriere.

Na ja, zurück zu Jonas! Mittlerweile muss er die Postkarte rausgeholt haben und ich frage mich andauernd, wie es jetzt wohl weitergeht. Werden wir irgendwann Freunde? Wird er der Einzige sein, der mich mit Mutismus akzeptiert? Oder wird er einfach nur froh sein, dass ich ihm verziehen habe und sein Leben wie gewohnt weiterleben?

Als alle aus dem Haus sind und ich gefrühstückt habe, beschließe ich zum Briefkasten zu gehen. Aber leider ist der Briefkasten leer.
Was erwarte ich? Dass er mir eine weitere Postkarte mit den Worten „Danke für die Verzeihung" reinschmeißt? Das ist doch albern! Vielleicht ist für ihn die Sache getan. Oder er wartet darauf, dass ich auf ihn zugehe?

Gegen 21:00 Uhr kommt Aurora glücklich nach Hause. Sie geht direkt zum Wohnzimmer und erzählt Mum und August wie toll es mit Björn war. Sie schwärmt von ihm und sagt, dass es Liebe auf den ersten Blick ist.
Ich könnte kotzen!
Dieser Björn muss wohl ziemlich oberflächlich sein, wenn ihm Aurora gefällt.
Was gefällt ihm an ihr??? Ihre braunen Augen? Nein, bestimmt nicht. Er hat doch selbst braune Augen. Vielleicht ihre vollen Lippen, die sie sich ständig knallrot schminkt? Wahrscheinlich. Oder ihre schwarzen Haare, die sie sich fast jeden Tag glättet?
Ich grinse. Dann höre ich sie im Flur. Sie schließt die Wohnzimmertür und kommt zu mir.
Na klar, sie muss mir unter die Nase reiben, wie toll es war.

»Karina! Ich sage dir, dieser Björn... Hammer! Jackpot! Er ist so geil! Gutaussehend, stylish, charmant, humorvoll...«

Ich unterbreche sie.

»Ja, habe ich schon mitbekommen!«

Sie grinst mich an.

»Er ist einfach toll! Ich habe mich total verknallt! Und sein roter Mercedes! Wow!«

»Schön für dich! Und trefft ihr euch noch mal?«

»Er wird sich melden, sobald er wieder mehr Zeit hat. Aber er hat ja meine Nummer. Also, werden wir uns schreiben.«

Du wirst ihm schreiben!
Ich grinse. Aurora grinst zurück.

»Ach ja, hier ist noch was für dich. War im Briefkasten.«

Sie holt einen weißen Briefumschlag aus ihrer Jackentasche und reicht ihn mir. Ich will den Umschlag aufreißen, aber der wurde schon geöffnet.

»Aurora! Hast du ihn geöffnet?!«

Sie lacht.

»Also dieser Jonas sollte sich mehr anstrengen, wenn er bei dir landen will. Ist nicht die beste Anmache, wenn man über dieses „Mutis-Dings" schreibt. Und warum versteckst du dich vor ihm? So kommt ihr doch nie zusammen!«

Sie schaut mich belustigt an.

»Das geht dich gar nichts an! Und außerdem, hast du schon mal was von Briefgeheimnis gehört?«

»Ja, habe ich! Aber du erzählst mir nichts von selbst. Alles muss man dir aus der Nase ziehen.«

»Ja, das hat auch einen Grund!«

»Welchen denn? Ist es dir peinlich?«

Sie grinst breit.

»Ich will es dir nicht sagen! Und jetzt verzieh dich und schreib Björn „Gute Nacht"!«

Jetzt grinse ich.

»Ja, das mache ich! Und weißt du was? Er hat mich zum Abschied geküsst. Mit Zunge!«

Ich bin schockiert.

Geküsst???

Schon?! Beim ersten Date?!

Ich sehe sie skeptisch an.

Ich glaube sie lügt. Ach, ist mir egal!

»Na dann, alles Gute für euch!«

»Danke. Und sei nicht eifersüchtig! Jonas steht auf dich.«

Klar!

Aurora geht und ich höre sie noch im Flur sagen:
»Der Ältere für mich, der Jüngere für sie.«
Ich schüttele genervt den Kopf und hole die karierte A5 Seite aus dem Umschlag. Nervös lese ich die paar Zeilen.

Warum gehst du selten aus der Wohnung? Ist es wegen mir? Hast du mir verziehen, willst mich aber nicht sehen? Seit wann hast du Mutismus?

So viele Fragen! Eine unangenehmer, als die andere. Ich atme durch und überfliege den Brief noch einmal.
Vier Fragen! Was soll ich machen?

Ich lege den Brief zur Seite und greife nach meinem Fantasybuch. Aber das Lesen fällt mir schwer. Ich kann mich überhaupt nicht konzentrieren. Ständig wandern meine Gedanken zu Jonas und dem Brief.

Vielleicht hat Aurora Recht und er will mich nur besser kennenlernen?
Oder ist das eine Anmache? Eine ziemlich schräge Anmache!

Ich muss grinsen und hole aus meinem Nachtschränkchen die Packung mit den Trüffelpralinen heraus. Ich habe sie noch nicht geöffnet. Ich schaue auf das Haltbarkeitsdatum. Sie sind noch lange haltbar.
Hmm. Ich mache einen Deal! Wenn die Trüffelpralinen wirklich so gut sind, wie Jonas geschrieben hat, dann schreibe ich ihm zurück.
Ja, genau! So mache ich's!
Ich öffne die Packung und greife nach einer Praline.
Sie schmeckt wunderbar. Sie zergeht so toll auf der Zunge! Mmh lecker!
Ich nehme mir noch eine Praline und noch eine.
Die Pralinen sind so köstlich! Verdammt, ich muss Jonas antworten!
Deal ist Deal!

Ich hole mir einen Stift und kehre zum Bett zurück.

Muss ich wirklich diese unangenehmen Fragen beantworten?! Ich will mich nicht offenbaren! Kann ich ihm vertrauen?

Da kommt mir eine Idee.

Ich kann ihn hinhalten oder sogar von den Fragen ablenken. Ich schreibe ihm einfach, dass das zu viele Fragen auf einmal sind. Klingt zwar blöd, aber ich kann mich herausreden. Soll er mich doch etwas Nettes fragen!

Ich schaue auf das Geschriebene und muss grinsen.

Das sind zu viele Fragen auf einmal.

Klingt zwar ein bisschen frech, aber egal!

Ich packe das Blatt in den Briefumschlag zurück. Dann streiche ich meinen Namen weg und schreibe seinen Namen daneben. Morgen, wenn alle weg sind, schmeiße ich den Brief in seinen Briefkasten.

Mittwoch, 12.11.2015

Ich habe den Brief in Jonas' Briefkasten geworfen und bin ganz aufgeregt.

Wie wird er auf die doofe Antwort reagieren? Wird er sein wahres Gesicht zeigen und mich zur Schnecke machen? Oder wird er meine Antwort akzeptieren? Eins steht fest: Mit seiner nächsten Antwort wird er mir zeigen, wie er tickt. Und vielleicht kann ich mich ihm dann öffnen?

Gegen 19:00 Uhr klingelt es an unserer Tür. Ich springe erschrocken vom Bett auf. Mein Fantasybuch landet auf dem Boden.

Super! Jetzt weiß ich nicht mehr auf welcher Seite ich war!

Hoffentlich ist das nicht Jonas!

Ich kriege Panik. Dann geht eine Zimmertür auf.

»Ich geh schon!«, schreit Aurora, »Mensch, wer kann das sein?

Sind doch alle da! Vielleicht Björn?«

Ich glaube nicht, dass das Björn ist!

Ich halte die Luft an und spüre verstärkt meine Herzschläge.
Aurora öffnet die Tür.
»Oh, nicht Björn! Sein kleiner Bruder. Was gibt's denn?«
»Wieso Björn?«
Jonas scheint ziemlich verwundert.
Aurora lacht.
»Björn und ich haben was am Laufen. Ja, richtig gehört! Weißt du nichts davon? Seit ihr jetzt Geschwister oder nicht?!«
»Ja, schon. Aber...«
»Wie dem auch sei. Also, was willst du? Willst du mit Karina sprechen? Ein Tipp: Du musst bei ihr ganz langsam vorgehen. Sie ist ein wenig... na ja...«

Was redet sie da?! Blöde Kuh! Sie kann sich auf etwas gefasst machen!

Jonas räuspert sich.
»Bist du krank? Dann schnell weg mit dir! Nicht, dass du mich ansteckst!«
»Kannst du den hier Karina geben?«
»Ja, mache ich. Tschüss!«
Die Tür fällt ins Schloss.

Unglaublich! Knallt sie ihm einfach die Tür vor der Nase zu!

Im Flur raschelt es. Ich lausche.

Kommt sie jetzt zu mir?! Was macht sie da?! Verdammt, sie öffnet schon wieder was von mir!

Ich laufe zur ihr rüber und entreiße ihr das Blatt aus den Händen. Ein Briefumschlag fällt zu Boden.
»Oh Mann, hast du mich erschreckt! Kannst du dir nicht ein Glöckchen umhängen oder so?«
»Warum hast du den Brief geöffnet?! Was habe ich dir gestern gesagt? Ich will das nicht!«
»Ja, okay! Schon gut! Jetzt schrei doch nicht gleich so! Er schreibt eh nur Blödsinn.«

August und Mum kommen aus dem Wohnzimmer. Sie schauen uns verärgert an.

»Karina? Aurora? Was ist los?«, fragt Mum.

»Sie liest meine Briefe, das ist los!«

»Welche Briefe?«

Mum schaut mich verwundert an.

»Aurora, so was macht man nicht!«

Danke August!

Aurora schaut betreten.

»Ich kriege keine Briefe!«

»Aber welche Briefe?«, fragt Mum wieder. Sie schaut diesmal Aurora an.

»Von Jonas! Er schreibt ihr! Richtig Oldschool, mit Papier und Stift.«

Aurora lacht. Mum schaut überrascht zu mir.

»Das freut mich, Karina. Und jetzt Ruhe! Es ist Abend, Aurora.«

»Aber ich habe nicht geschrien! Das war Karina!«

August redet auf Aurora ein. Ich grinse zufrieden und gehe in mein Zimmer.

Eins zu null für mich!

Mum und sogar August waren auf meiner Seite!

Ich setze mich auf mein Bett und entfalte das Papier. Es ist ein neues Blatt. Nicht länger als zwei Sätze.

Seit wann hast du Mutismus?
Du kannst mir natürlich auch eine Frage stellen.

Diesmal nur eine Frage. Aber dafür eine ziemlich direkte Frage! Und schon wieder schreibt er über Mutismus! Warum muss ich immer zusammenzucken, wenn ich das Wort sehe? Ich will einfach nicht darüber reden oder darüber schreiben! Ich will es verdrängen! Mal nicht daran denken!

Ich stöhne auf.
Er ist sehr hartnäckig! Noch einmal kann ich mich nicht herausreden.

Ich habe Mutismus wahrscheinlich seit der Geburt. Aber erst vor vier Monaten, habe ich erstmals von dem Begriff gehört. Trägst du gern schwarze Klamotten?

Wenn ich schreibe, kann ich Ich selbst sein. Ich weiß nicht warum es mir dann leichter fällt. Vielleicht, weil ich keine Stille mit meiner Stimme durchbrechen muss. Vielleicht auch, dass ich mehr Zeit habe über das Geschriebene nachzudenken. Ich will ja niemanden mit meinen Worten verletzen oder was Dummes sagen. Wenn ich schreibe, kommt es von Herzen. Wenn ich etwas sagen muss, kommt es vom Verstand und manchmal wird es eben durch die Angst im Gehirn gelähmt. Beim Schreiben habe ich mehr Freiraum. Ich bin froh, dass Jonas mir diese Möglichkeit gegeben hat. Wir schreiben uns nun täglich.

Donnerstag, 15.10.2015
Anfangs trug ich kaum schwarz. Erst im Februar, bei der Beerdigung meiner Oma und nachher im Mai bei der Beerdigung von Pascal (war mein bester Freund) gewöhnte ich mich an die Farbe.
Die Farbe ist doch cool :-)
Mein ganzer Kleiderschrank besteht nur aus schwarzen Klamotten.
~ Wie hast du von dem Begriff gehört? Warst beim Arzt?

Freitag, 16.10.2015
Nein, nicht beim Arzt. Ich war mit meiner Mum beim Arbeitsamt und die Mitarbeiterin hat sich gewundert, warum ich so still bin. Sie erzählte dann vom Mutismus und ich merkte, dass all das was sie sagte, auf mich zutraf.
Warum ist dein Freund gestorben?
(Bitte am Wochenende nicht antworten, sonst krallt sich Aurora den Brief)

Montag: 19.10.2015
Pascal hat Selbstmord begangen. Seine Eltern haben viel von ihm abverlangt. Meine tun es auch, aber sein Vater war ziemlich streng. Er hat seine Zukunft verplant und Pascal durfte selbst nichts entscheiden. Pascal bekam Zukunftsängste und Depressionen. Leider konnte ich ihm nicht helfen.
~Was machst du bezüglich des Mutismus? Machst du eine Therapie?

Dienstag, 20.10.2015
Nein, ich mache keine Therapie. Dafür müsste ich erst zum Arzt gehen und ihm von meinem Problem erzählen. Die Wartezeiten für eine Therapie sind ziemlich lang.
Wie lange warst du mit Pascal befreundet?

Mittwoch, 21.10.2015
Wir kannten uns seit der fünften Klasse. Wir gingen in dieselbe Klasse und unsere Väter sind noch bis heute Geschäftspartner.
~Ist das ein Grund die Therapie nicht zu machen? Die Zeit vergeht schneller, als man denkt.

Donnerstag, 22.10.2015

Es geht nicht direkt um die Wartezeit, sondern vielmehr um den Gedanken, sich zu outen. Der Öffentlichkeit oder den eigenen Verwandten zu sagen, dass man mit sich selbst nicht klarkommt. Ich will keine Schwäche zeigen! Ich will nicht, dass andere Leute denken, ich kriege nichts gebacken. Ich will nicht von der Öffentlichkeit als „Schweigsame Unselbstständige" abgestempelt werden. Dann versuche ich mich lieber selbst zu akzeptieren und nehme das trostlose Leben in Kauf. Wie verstehst du dich mit deinem Bruder?

Freitag, 23.10.2015

Ich mag meinen Bruder nicht besonders. Björn ist ein Angeber, Schleimer und Arsch. Er steht immer auf der Seite meiner Eltern und macht was sie von ihm verlangen. Mein Vater ist ganz stolz auf ihn. Wenn Vater in Rente geht, wird Björn die Firma übernehmen und er tut jetzt schon so, als wäre er der Chef. Am meisten nervt mich an ihm, dass er ständig mit irgendwelchen Mädels rumflirtet.
~Letzte Frage zum Mutismus. Ich habe gelesen, dass man als Mutist/in auch anfällig ist für Depressionen und Phobien. Stimmt das? Hast du so was?

Montag, 26.10.2015

Man kann auch andere Störungen entwickeln, aber das muss nicht auf jeden Mutisten zutreffen. Ich glaube, es kommt darauf an, wie man mit dem Mutismus klarkommt. Ob man es akzeptiert oder nicht. Ich kann es nicht akzeptieren. Ich will normal sein. Und weil ich weiß, dass mein Mutismus wohl ewig bleibt, bekomme ich schlechte Laune, pessimistische

Gedanken und Depressionen und manchmal auch Selbsthass. Mittlerweile habe ich eine Sozialphobie entwickelt.

Aurora ist ganz traurig. Sie weiß bis heute nicht, warum Björn sie nach dem zweiten Date nicht mehr angerufen hat. Kannst du ihn mal fragen? Aurora tut mir irgendwie leid.

Dienstag, 27.10.2015
Ich wollte sie vor Björn warnen, aber sie meinte ich soll mich nicht einmischen. Björn datet nie länger als 2 Mal dieselbe Frau. Es sei denn der Sex war gut. Aurora ist nicht die erste, die auf ihn reinfiel. Vielleicht tröstet sie das? Das was du über Mutismus schreibst, ist sehr traurig. Du kannst da raus kommen. Es gibt gute Chancen auf Heilung. Bitte mache einen Termin beim Therapeuten/Spezialisten. Ich kann nicht zu sehen, wie jemand sein Leben hinauswirft.
~Wie läuft es mit den Bewerbungen?

Mittwoch, 28.10.2015
Ich bekomme ständig Absagen. Noch kein Vorstellungsgespräch. Sieht schlecht aus.
Wie ist es selbstständig zu sein? Ist man da nicht einsam?

Donnerstag, 29.10.2015
Es ist toll. Man kann machen, was man will und wann man will :-) Nur sparen muss ich jetzt.
~Was für eine Ausbildung willst du machen?

Freitag, 30.10.2015
Kauffrau für Büromanagement.
Hast du mit deinen Eltern schon geredet?

Montag, 02.11.2015
Ja, habe ich. In einem Restaurant. Da konnte mich mein Vater nicht vollbrüllen. :-)
Aber ich bin schon über 18 und kann für mich selbst sorgen. Das soll er endlich begreifen!
~Das traust dir zu? Da muss man auch mit Leuten kommunizieren und man hat Kundenkontakt.

Dienstag, 03.11.2015
Ich weiß nicht. Welche Berufe könnte ich denn ohne viel sprechen machen? August meinte, ich könnte mich auch als Köchin bewerben.
Woher wusstest du, dass du eine Ausbildung zum Informatikkaufmann machen willst?

Mittwoch, 04.11.2015
Ich liebte es schon immer am PC zu arbeiten. Das interessierte mich einfach. Den ganzen Juli habe ich ein Praktikum gemacht und es hat mir sehr gefallen. Also habe ich mich bei einer Bank beworben. Das war ziemlich kurzfristig, aber sie haben mich genommen. Und es macht immer noch Spaß!
~In jedem Beruf muss man sprechen. Köchin klingt auch gut. Arbeitest du denn gerne im Team?

Donnerstag, 05.11.2015
Nein, eher alleine.
Wie konnten deine Eltern nicht merken, dass du einen anderen Ausbildungsplatz bekommen hast? Du sagtest doch, deine Ausbildung fing am 01. August an. Aber du bist erst im September eingezogen?

Freitag, 06.11.2015
Sie haben es nicht gemerkt, weil ich ihnen gesagt habe, dass ich einen Aushilfsjob mache. Der ältere Bruder von meinem Kumpel (Er ist Filialchef in einem Baumarkt) hat mich gedeckt. Einen ganzen Monat lang.
Sogar seine Mitarbeiter haben für mich gelogen :-D.
Und ich konnte in Ruhe meine Ausbildung anfangen. Mein Vater hat meinen Aushilfsjob akzeptiert, so lange ich ihm versprach, im September die Ausbildung zum Immobilienkaufmann zu machen. :-D
~Welchen Schulabschluss hast du?

Montag, 09.11.2015
Realschulabschluss.
Verdient man gut als Informatikkaufmann?

Dienstag, 10.11.2015
Ja, später schon. Aber in der Ausbildungsphase bekommt man weniger. Im ersten Jahr kriege ich 830 Euro, im zweiten Jahr 910 Euro und im Dritten 970 Euro. Als Ausgebildeter bekomme ich dann ca. 1800 Euro.
~Warum bist du nicht auf ein Gymnasium gegangen?

Mittwoch, 11.11.2015
Ich hatte keine Gymnasium-Empfehlung und nicht die besten Noten. Meine Zeugnisnoten waren immer um eine Note schlechter, weil ich mich mündlich nie beteiligt habe.
Wie läuft die Ausbildung mit der Berufsschule ab?

Donnerstag, 12.11.2015
Ich habe Blockunterricht. Ein bis zwei Wochen durchgehend Schule und sonst Arbeit im Betrieb. Jetzt bin ich bis zum 04.12.2015 im Betrieb und ab dem 07.12.2015 für zwei Wochen in der Schule.
~Du Arme. Hattest du wenigstens ein paar Freunde in der Schule?

Freitag, 13.11.2015
Keine richtigen Freunde. Ich hatte mich ab der 5. Klasse mit einer Außenseiterin angefreundet, aber wir haben privat kaum etwas unternommen. Es war eher eine Zweckfreundschaft. Wir haben die Partnerarbeiten zusammen gemacht und die Pausen zusammen verbracht.
Sie ist dann weiter aufs Gymnasium gegangen und wir haben immer mehr den Kontakt verloren. So richtige Freundschaften hatte ich nie.

Montag, 16.11.2015
Gehen dir die Fragen aus? :-)
~Darf ich dein Freund sein?

Dienstag, 17.11.2015
Ja, darfst du.
Aber wie stellst du dir eine Freundschaft mit mir vor?

Mittwoch, 18.11.2015
Wir könnten was unternehmen.
~Wann hast du Geburtstag?

Donnerstag, 19.11.2015
Ich unternehme nichts in der Öffentlichkeit. Fühle mich nicht wohl in der Öffentlichkeit. Ist so ein Mutismus-Problem.
Ich habe am 10. April Geburtstag. Und du?

Freitag, 20.11.2015
Gut, dann bleiben wir Schreibfreunde/ Brieffreunde. :-)
Ich will mehr über dich erfahren. Ich habe am 25.11 Geburtstag.
~Wie groß bist du? (Nicht wundern, ich mache ein Steckbrief)

Montag, 23.11.2015
1,72 m.
Und du?

Dienstag, 24.11.2015
1,81 m
~Welche Augenfarbe hast du? Schon lange nicht mehr gesehen :-)

Ja, wir haben uns schon sehr lange nicht mehr gesehen. Und das ist auch gut so. Ich habe viel von mir preisgegeben. Und wenn wir uns sehen würden - zufällig - wüsste ich nicht, wie ich mich verhalten sollte.
Verdammt! Morgen ist der 25. November! Was mache ich denn jetzt???
Soll ich ihm eine Geburtstagskarte kaufen? Ja? Nein?

Mittwoch, 25.11.2015

Als mein Wecker klingelt, kommen meine Ängste zurück. Denn für heute habe ich beschlossen, über meine Grenzen hinauszutreten und Jonas persönlich zum Geburt zu gratulieren. Und weil ich auch beschlossen habe, ihm so früh wie möglich zu gratulieren, muss ich eben jetzt aufstehen.

Da es früh am Morgen ist und alle noch schlafen, habe ich freie Bahn im Badezimmer und nachher immer noch Ruhe um mich anzuziehen.

Aber was soll ich bloß anziehen? Okay, die hellblaue Jeans und der Rosa Rollkragenpullover ist akzeptabel. Ich werde das schaffen! Ich werde ihm alles Gute wünschen, wie man das so macht bei Freunden. Ich hoffe, ich bin nachher auch noch so mutig, wie jetzt.

Ach, wird schon irgendwie!

Mum steht auf und geht an meinem Zimmer vorbei.

»Karina? Schon wach?«

Ich grinse mich im Spiegel an.

»Heute ist ein besonderer Tag. Jonas hat heute Geburtstag.«

Mum gähnt.

»Ach, wirklich?«

»Ja, und ich werde ihm noch vor seiner Arbeit gratulieren.«

Mum schaut mich verunsichert an.

»Deshalb stehst du so früh auf?!«

Ich höre August im Flur herumschleichen.

»Guten Morgen«, brummt er uns zu und geht ins Bad.

Mum sieht ihm hinterher. Dann verabschiedet sie sich von mir.

»Ich geh Kaffee kochen.«

Mach das! Ich muss mich noch ein wenig schminken und meine Haare kämmen.

Heute werde ich meine braunen Haare offen tragen, was ich eigentlich nur selten mache.

Verdammt! Ist das peinlich ohne Geschenk aufzutauchen?

Plötzlich kommen die Zweifel zurück. Meine Haare gefallen mir nicht mehr. Ich binde sie zum Pferdeschwanz zusammen. Auch das eher unauffällige Make-up ist mir plötzlich zu auffällig.

Ich seufze.

Ich habe einfach kaum Selbstbewusstsein. Wie soll ich Jonas gratulieren?
Werde ich mich trauen mit ihm zu sprechen? Ich habe ihn schon lange nicht mehr gesehen! Nur geschrieben. Und das kommt mir jetzt total lächerlich vor. Wenn ich einfach so vor ihm aufkreuze, so aus dem Nichts, wird er das seltsam finden? Oder wird er sich freuen? Nein, ich kann das nicht! Ich habe Angst vor seiner Reaktion. Und ich habe Angst, dass ich mich blamiere.

Im Spiegel sehe ich ein ängstliches Mädchen.

Was soll ich tun???

Ich schaue auf meine Armbanduhr und stelle erschrocken fest, dass Jonas bald aus dem Haus geht.

Schnell, ich muss mich entscheiden! Jetzt!
Ich könnte ihm die Glückwünsche auch auf unserem Sammelbrief schreiben. Oder ich schreibe ihm eine SMS! Ich habe mir doch nicht umsonst seine Handynummer aufgeschrieben. Nein! Ich kann mich nicht ewig vor ihm verstecken! Er ist nett. Er tut mir schon nichts! Ich muss ihm persönlich gratulieren! Aber habe ich wirklich so viel Mut??? Nicht ganz, aber ich könnte ja ...

Ich gehe zu meinem Bücherregal und schiebe die Fantasiebücher beiseite. Die Alkoholflasche, die ich seit der Lieferanten-Aktion nicht mehr konsumiert habe, wird sich heute als treue Hilfe erweisen. Ich hole sie heraus und schnappe mir ein herumstehendes Glas.

So, mit dem Glas kann ich sowieso besser dosieren. Und diesmal trinke ich, wie beim ersten Mal, auf nüchternen Magen. Prost!

An die Schärfe und den ekligen Geschmack werde ich mich, glaube ich, nicht gewöhnen. Aber hauptsache ist, dass der Alkohol möglichst schnell Wirkung zeigt.

Nun bin ich mir ziemlich sicher, dass ich es durchziehen werde. Das Glas ist leer und ich verstecke die Flasche wieder hinter den Fantasybüchern. Dann gehe ich zum Spiegel und löse meinen Pferdeschwanz.

Offene Haare, warum nicht? Sieht doch gar nicht so schlecht aus. Und das Make-up ist überhaupt nicht zu auffällig.

Ich packe mir zwei Kaugummis in den Mund und sprühe mich mit Deo voll. Danach schnappe ich mir den Briefumschlag mit unserem Schreibverkehr und verlasse grinsend mein Zimmer.

Meine verrückte Familie sitzt schon am Küchentisch und isst. Ich bin auch hungrig, will aber nicht die Wirkung des Alkohols in meinem Blut verändern. Grinsend ziehe ich meine Schnürboots an. Mum kommt aus der Küche.

»Karina? Willst du nicht erstmal frühstücken?«

Ich grinse Mum an.

»Doch. Aber erst muss ich aufpassen, dass ich Jonas nicht verpasse. Danach esse ich.«

Mum lächelt.

»Du musst ihn sehr mögen.«

»Wir sind nur Freunde!«

Wie oft muss ich das noch sagen?!

Aurora kommt an uns vorbei und sieht mich neidisch an.

»Pass auf, dass er sich nicht auch als Blödmann entpuppt. Wer weiß, vielleicht liegt das in den Stüve-Genen!?«

Ich grinse sie dämlich an.

»Du hast eben den falschen Bruder ausgesucht!«

»Ja, klar! Jetzt bin ich schuld! Ach übrigens: Du hast zu viel Deo aufgetragen. Hast du kein Parfüm?«

Aurora sieht mich böse an und verschwindet im Badezimmer. Ich hole meine Kaugummis aus dem Mund und werfe sie in den Küchenmüll.

»Hallo, August.«

»Hallo.«

Ich grinse Mum an.

»Bin gleich wieder zurück!«

Ich öffne die Haustür, gehe hinaus und schließe sie hinter mir.

Oh, mein Herz! Ich bin so aufgeregt! Es wird schon! Verdammt, ich habe mir noch gar nicht überlegt, was ich genau zu ihm sage. Ach, egal! Ich kann das spontan! Ich würde mich sogar trauen, ihn zu umarmen!

Ich grinse.

Nein, ich muss lieber aufpassen, dass ich nicht übertreibe. Sonst merkt er, dass ich total anders bin. Okay!

Ich stehe vor seiner Tür und schaue auf sein Klingelschild. Sein Nachname tanzt vor meinen Augen. Ich sehe ihn dreimal. Grinsend knalle ich meine Hand auf die Taste und warte.

Mensch, ich muss mein Grinsen verbergen! Ernst gucken! Bleib ernst! Denk an etwas Normales! Seine weiße Tür hat eine kleine Delle. Ob das Björn war? Oder sein Vater?

Ich muss wieder grinsen.

Schnell ablenken! Wo bleibt er denn?!

Ich platsche noch einmal mit meiner flachen Hand auf die Taste.

Jonas! Wo bleibst du? Ich will hier keine Wurzeln schlagen! Oh, Jonas kommt!

Die Tür geht auf.

»Karina?!«

Er sieht mich überrascht an.

Ja, das ist schon eine Weile her, als wir uns das letzte Mal gesehen haben. Ich weiß! Aber jetzt stehe ich hier!

Ich grinse.

Verdammt, ich will nicht grinsen!

Ich beiße mir auf die Unterlippe.

Los jetzt!

»Hi. Ich wollte...«

Ich zögere.
Jetzt mach schon! Du kannst das! Sag schon!
Vier Worte! „Alles Gute zum Geburtstag"! Nur vier Worte!
Ich grinse wieder. Er zieht seine Augenbraue so komisch nach oben.
Los!

»Alles Gute zum Geburtstag! Viel Gesundheit, Glück, Spaß, Fröhlichkeit und mögen deine Wünsche in Erfüllung gehen!«

Ich mache einen Schritt auf ihn zu und umarme ihn.
Ja, ich tue es wirklich!
Paar Sekunden später löse ich mich von ihm.
Wow! Er hat ein tolles Parfüm. Seit wann benutzt er Parfüm?

»Danke. Das ist sehr nett von dir. Du hast es dir gemerkt!«

Ja, ich merke mir alles. Na ja, nicht alles, aber alle wichtigen Ereignisse! Vor allem die, die mir Angst bereiten.
Dann fällt mir der Briefumschlag ein.

»Ach ja, der ist für dich.«

Ich reiche ihm den Umschlag. Jonas ist ziemlich verdutzt, nimmt aber den Umschlag entgegen und lächelt mich an. Verlegen verschränke ich meine Arme.

»Heute ist ein besonderer Tag.«

Ich weiß nicht genau was er damit meint, grinse aber wieder.

»Dein Geburtstag! Du bist jetzt 19 Jahre alt!«

Ich muss meine Zunge zügeln! Ich verhalte mich zu auffällig!
Jonas lacht.

»Alt? Na ja, noch nicht ganz.«

Wieder muss ich grinsen.
Verdammt, hör auf zu grinsen! So, jetzt muss ich mich irgendwie von ihm verabschieden. Möglichst neutral. Nicht, dass es aussieht, als würde ich vor ihm flüchten. Also, wie stelle ich das an?
Da kommt mir ein guter Satz in den Sinn.

»Musst du heute arbeiten oder hast du frei bekommen?«

Jonas schaut auf seine Armbanduhr und scheint erschrocken.

»Oh, ich muss gleich los. Leider muss ich arbeiten.«

Dann will ich dich nicht aufhalten. Man sieht sich!

Doch irgendwie habe ich Lust mich mit ihm länger zu unterhalten.

»Dann feierst du bestimmt am Wochenende.«

Jonas grinst.

»Ich muss zu meinen Eltern. Sie haben wieder tausend Leute eingeladen und ich muss mich blicken lassen.«

Er schaut auf den Umschlag und dreht ihn in seinen Händen.

»Sag mal, hättest du vielleicht Lust mit mir heute …?«

Lust? Worauf???

Ich laufe rot an. Jonas schaut mich an und wird plötzlich verlegen.

Irgendwie süß.

»Ins Kino zu gehen? Da läuft gerade ein toller Film. Ich wollte nach der Arbeit hin. Aber alleine ist ein bisschen blöd.«

Ja und vor allem an deinem Geburtstag! Kann ich verstehen. Hat er etwa keine Freunde??? Komisch, dass er mich fragt! Aber gerade bin ich so in Stimmung, ich würde zu allem ja sagen. Gleichzeitig muss ich aufpassen, dass ich nicht zu extrovertiert rüber komme. Ich war noch nie so voller Leichtigkeit!

Jonas lächelt.

Wie soll ich da nein sagen?

»Ich will deinen Geburtstag nicht vermiesen.«

Oh, nein! Das habe ich gerade gedacht und einfach so gesagt.

Jonas grinst. Ich muss auch grinsen. Natürlich nur wegen des Alkohols. Sonst würde ich es nicht tun! Oder doch?

»Also, kommst du mit?«

Er fragt so nett.

»Ja, warum nicht.«

Halt! Nein! Was sage ich da?!

»Das freut mich. Ich hole dich dann gegen halb sieben ab, okay?«

Nein!!! Was mache ich denn?! Zu spät! Ich muss jetzt Ruhe bewahren!

»Ja, okay. Bis dann!«

Ich drehe mich um und gehe auf meine Tür zu.

Ich kann mich bestimmt noch herausreden. Bestimmt.

»Bis nachher!«, sagt Jonas lächelnd.

Dann geht er in seine Wohnung.

Hmm, vielleicht sollte ich doch mit ihm ins Kino gehen? Was soll schon passieren?

Ich will gerade auf die Türklingel drücken, aber die Tür geht schon auf. August kommt heraus. Er grinst mich an.

»Hallo Karina.«

»Tschüss, August! Viel Spaß auf der Arbeit!«

August dreht sich noch einmal um und lächelt vergnügt.

Warum hat er so gute Laune? Na ja, egal! Ich habe auch gute Laune!

Ich habe Jonas zum Geburtstag gratuliert!!! Einfach unglaublich!

Noch nie fühlte ich mich so glücklich, so leicht und so wunderbar!

Ich könnte die Welt umarmen! Ich schließe die Tür hinter mich.

»Grins nicht so blöd!«

Ja, sogar Aurora!

»Schönen Arbeitstag!«

»Was ist denn mit dir los? Du bist ja total verknallt! Oh Mann! Ob das gut geht?!«

Ich grinse nur.

Soll sie doch denken, was sie will!

Sie kommt auf mich zu und ich öffne ihr die Tür.

»Tschau und viel Spaß!«

Aurora geht ohne Verabschiedung.

Na ja, ich nehm's ihr nicht übel.

Ich gehe in die Küche, wo Mum am Herd steht und irgendeine Suppe kocht.

Was macht sie da?

Ich grinse.

»Mum? Kochst du schon Mittagessen?«

Mum dreht sich um und lächelt.

»Ja, für später. August meint, er wird krank und dann muss ich vorsorgen. Hühnersuppe.«

»Musst du nicht zur Arbeit?!«

»Ich gehe eine Stunde später.«

Aha. Okay.

Ich setze mich an den Tisch und greife nach einem Brötchen.

»Hat er sich gefreut?«

»Jonas?«

Ich grinse.

Und wie er sich gefreut hat!

»Ja, hat er. Und er hat mich ins Kino eingeladen, oder jedenfalls gebeten mitzukommen.«

Mum dreht sich überrascht um.

»Hat er das? Das ist toll!«

Was soll der Blick?!

»Jonas ist nur ein Freund!«

Mehr nicht!

»Das freut mich, Karina.«

Ich nicke lächelnd.

Mich auch.

Kurz nach 18:00 Uhr gehe ich in meinem Zimmer auf und ab und hadere mit mir.

Soll ich noch einmal Alkohol zu mir nehmen?

Ich werde total von Ängsten überschüttet.

Wie fahren wir ins Kino? Muss ich mit ihm Bahn fahren? Oder fährt er uns mit seinem Auto? Ich hoffe, der Kinosaal ist nicht voll! Hoffentlich treffe ich niemanden, der mich kennt. Wird Jonas gleich nach dem Kino nach Hause wollen? Ich brauche Alkohol! Unbedingt!

Ich hole die Flasche.

Oh, ist ja nicht mehr so viel drin. Na ja, noch muss ich keinen Nachschub holen.
Ich habe ein schlechtes Gewissen, als ich das Glas auffülle.
Aber ich schaffe es nicht ohne!
Jonas wird sich bestimmt wundern, wenn ich plötzlich wieder schweigsam bin.
Und wenn er mich fragt, warum ich so gesprächig bin? Was sage ich dann?
Ich schaue in das Glas mit der klaren Flüssigkeit.
Eine gute Ausrede fällt mir nicht ein.
Ich setze das Glas an und schlucke.
Alles wird gut! Er wird es schon nicht merken. Hoffentlich!

Ein wenig Alkohol fülle ich auch noch in eine leere Mineralwasserflasche. Falls die Wirkung zu schnell nachlässt.
Reine Vorsichtsmaßnahme.

Ich packe die Mineralwasserflasche mit dem Alkohol in meine Tasche und bringe die Wodkaflasche ins Regal zurück. Dann schnappe ich mir ein paar Bonbons. Einen stopfe ich mir gleich in den Mund und den Rest in meine Tasche. Es läutet an der Tür. Sofort fängt mein Herz an zu rasen.
Es geht los!
Noch ein letzter Blick in den Spiegel.
Alles gut! Es kann los gehen!
Ich öffne die Wohnzimmertür und verabschiede meine drei Mitbewohner. Dann laufe ich schnell zur Tür. Ich öffne sie und grinse Jonas an. Jonas grinst zurück.

»Na, bist du bereit?«
Ja, ich denke schon.
»Ja.«
Ich bin ziemlich nervös. Jonas trägt eine schwarze Lederjacke und einen lässig fließenden, schwarzen Schal. Die untere Kleidung ist wie gewohnt, auch schwarz. Er sieht ziemlich cool aus. Ich schnappe

mir meinen Schal und meine Jacke und ziehe sie schnell drüber.
Warum sieht er heute so gut aus?
Ich lächele Jonas verlegen an. Dann trete ich aus der Wohnung und schiebe die Tür hinter mir zu.
Ich muss jetzt Smalltalk machen! Los!
»Fahren wir mit der Bahn?«
»Wieso? Ich habe ein Auto. Wir fahren mit dem Auto.«
Ich laufe rot an.
»Cool.«
Jonas grinst. Er schließt sein Auto auf und öffnet mir die Beifahrertür.
»Steig ein.«
Was für ein Gentleman!
»Danke.«
Ich steige ein und lege meine Tasche vor meinen Füßen ab. Jonas schließt meine Tür und ich schnalle mich an.
Vielleicht wird es ja doch ein toller Abend! Und wenn der Alkohol anfängt zu wirken, werde ich viel entspannter.

Und eins habe ich mir für heute vorgenommen: Mehr nachzudenken, bevor ich etwas sage. Was ich natürlich mit Mutismus sowieso mache. Aber mit Alkohol ist das ein klein wenig anders. Die Sprachbarriere scheint vollkommen weg zu sein.
Jonas steigt lächelnd ein. und schnallt sich an. Dann schaut er mich grinsend an.
»Wann warst du das letzte Mal im Kino?«
Hey?! Ist er gerade frech zu mir??? Halte dich an die Abmache! Bleib normal, nicht zu auffällig!
»Es ist ewig her.«
Hör auf zu grinsen!
Schnell schaue ich aus dem Fenster.
Alles dunkel. Man kann kaum etwas erkennen.

Jonas startet den Wagen und parkt aus. Ich schaue ihn unauffällig an.

Er hat einen süßen Blick, wenn er konzentriert ist.

Jonas hat ausgeparkt und fährt jetzt geradeaus weiter. Er dreht das Radio etwas leiser.

»Was hast du heute so gemacht?«

Er versucht Stimmung zu erzeugen.

Ich sollte es ihm nicht so schwer machen.

»Nicht viel. Zwei Bewerbungen geschrieben, aufgeräumt, gekocht. Und du?«

Ach! Er war ja auf der Arbeit! Wie konnte ich das nur vergessen?!

Ich laufe rot an. Zum Glück ist es dunkel im Wagen. Jonas hält vor einer roten Ampel. Ich spüre seinen Blick, traue mich aber nicht, ihn anzusehen.

»Ich habe gearbeitet. Dann habe ich die Reste von gestern gegessen und dich abgeholt.«

Stille.

Was soll ich darauf sagen? Die Sekunden laufen. Beeil dich!

»Haben dir die Reste geschmeckt?«

Jonas lacht auf.

Doofe Frage, aber zu spät um sie zurückzunehmen. Gesagt, ist gesagt! Meine Konzentration ist einfach weg! Wahrscheinlich habe ich sie zu Hause vergessen.

»Spagetti schmeckt immer. Aber die Portion war etwas klein. Vielleicht hast du später noch Lust auf die Pizzeria nebenan?«

Nein, danach will ich so schnell wie möglich nach Hause! Warum lächelt er so freundlich?

Ich lächle zurück.

»Können wir machen.«

»Gut.«

Verdammt, was mache ich eigentlich? Jetzt verlängert sich das Treffen! Mist!

Die Ampel wird grün. Jonas fährt los.

Okay! Ich muss jetzt auch wieder was sagen. Oder irgendwas fragen. Fragen ist immer gut.

»Welchen Film möchtest du sehen?«

War das nicht eine tolle Frage! So langsam werde ich noch Smalltalk-Champion!

Ich lächle vor mich hin.

»Dark Ferry Ride.«

Ist das nicht der Agentenfilm mit Roy Traycent? Da kann ich mich ja auf viel Knallerei gefasst machen. Na ja, was soll's.

Jonas sieht mich von der Seite an.

»Sagt der dir was?«

Natürlich!

»Klar. Das ist der 5. Teil der Deavon Miles Reihe.«

Ich grinse.

»Ja, schon der Fünfte«, sagt Jonas, ebenfalls grinsend.

Vielleicht wird der Film ja doch gut?

Jonas hat in einer Tiefgarage geparkt und wir konnten der Kälte draußen ein wenig entkommen. Was mich gefreut hat, da ich immer so schnell friere. Aber als wir das Kino betreten, wird mir trotz Alkohol im Blut ein wenig mulmig. So viele Menschen stehen an der Kasse!

Ach egal! Was sollen sie schon machen? Ich bin nicht allein.

»Ich habe die Karten in der Mittagspause geholt.«

Ich lächle ihn an.

Was für eine Erleichterung!

»Lass uns noch Popcorn kaufen.«

Muss das sein?! Warum bin ich nur so aufgeregt? Ist es wegen Jonas?

Zum Glück sind beim Popcornstand weniger Leute. Ich mag keine Warteschlangen. Keine Ahnung warum. Ich bekomme dann immer so ein enges Gefühl in der Hals- und Brustgegend. Manchmal auch Schwindel. Jonas bestellt zwei kleine Popcorntüten und

Softdrinks. Für ihn Cola und für mich Sprite. Es ist ziemlich nett von ihm, dass er daraufbestanden hat, dass er für mich mit bezahlt. Obwohl ich ihm zugeflüstert habe, dass ich bezahle.

Egal! Warum soll ich mich unnötig vor dem Verkäufer streiten?

Ich habe mich stattdessen bei Jonas bedankt. Trotzdem habe ich jetzt so ein doofes Gefühl. Dass ich ihm etwas schulde. Na ja, Jonas grinst.

Vielleicht ist er verlegen?

Ich weiß nicht, was ich sagen könnte. Daher grinse ich zurück.

»Wir müssen die Treppen hoch«, sagt Jonas.

»Okay.«

Wir steigen die Treppen hoch und ich kann endlich all die vielen Menschen hinter mir lassen. Jetzt sind nur noch Jonas und ich da.

Dass ich mich getraut habe ins Kino zu gehen! Ach ja, irgendwie schön! Und so unreal. Aber es ist wirklich wahr!

Oben wartet ein Mitarbeiter und verlangt nach den Eintrittskarten.

Oder sind es doch zwei? Nein, das ist derselbe. Ich sehe doppelt! Das ist der Alkohol!

Ich muss grinsen. Jonas zeigt ihm die Karten und dann dürfen wir weiter gehen. Hier stehen schon einige in Grüppchen und unterhalten sich. Sie sind mir mittlerweile egal. Ich gehe an ihnen vorbei. Jonas folgt mir.

»Ich bin schon gespannt. Mal sehen, ob der Teil wirklich so gut ist, wie alle behaupten.«

Jonas sieht mich von der Seite an. Ich grinse ihn an.

»Bestimmt.«

Jonas schaut mich immer noch an.

Hilfe! Sieht er mir etwas an?

Von Weitem sehe ich schon den Kinosaal.

Zum Glück! Schnell rein!

Okay. Welche Plätze haben wir?

Ich drehe mich zu Jonas um.
»Kino sechs, richtig?«, frage ich
»Ja. Platz M14 und M15.«
Okay. Rein mit dir!
Ich halte ihm die Tür auf und folge ihm. Es ist dunkler als in der Halle, aber noch nicht abgedunkelt genug, um die Sitzplätze nicht zu finden. Mein Herz rast mal wieder und ich schaue mich im Saal um. Ich schätze ungefähr 30 Leute. Vor allem vorne sitzen viele.
Ich hoffe, dass wir nicht weit vorne sitzen.
Sitzreihe P, Sitzreihe O...
Ah! Hier ist M! Die Reihe ist noch leer, aber dahinter sitzt ein Pärchen.
Na toll! Hätte ich mir doch denken können! Genau vor dem Pärchen! Warum regt mich das jetzt so auf? Die werden sich doch bestimmt benehmen können?! Hoffentlich!
»Tolle Plätze, oder?«
Jonas lächelt zufrieden.
Wir sitzen in der Mitte und so ziemlich in der Mitte der ganzen Stuhlreihen! Eigentlich super. Wäre nicht das Liebespaar hinter uns.
Ich lächle zurück.
»Sehr gut.«
Hoffentlich geht's gleich los.
Ich öffne meine Jacke und lege sie auf den Platz neben mir. Mit schlechtem Gewissen. Ich will niemandem den Platz klauen, aber gleichzeitig hoffe ich, dass sich niemand neben mich setzt. Das Licht wird schwächer und ich kann mich endlich zurücklehnen. Die Werbung fängt an. Ich bin froh. Jonas und ich müssen uns jetzt nicht mehr unterhalten. Und er denkt wahrscheinlich dasselbe.
Na, ja, selber Schuld, wenn er mit einer Mutistin ins Kino geht.
Das helle Licht der Leinwand ist ein wenig gewöhnungsbedürftig. Vor allem für meine Augen. Ich sehe Doppelbilder und weiß nicht, wie lange das noch andauern wird.

Die ganze Zeit einen Punkt fixieren? Nein, das geht gar nicht! Warum bin ich nur hier?!

Ich stöhne innerlich auf.

Endlich ist der Film zu Ende! Die meisten Menschen stehen auf und verlassen den Saal. Doch Jonas bleibt seelenruhig sitzen und schaut gebannt auf den Abspann.

Was ist los mit ihm?! Hallo? Na, ja. Ich lass ihn lieber in Ruhe.

Ich greife nach meiner Popcorntüte und stopfe sie in meine Tasche. Dann ziehe ich meine Jacke an.

»Warte! Gleich zeigen sie noch eine Bonusszene.«

Ich stöhne innerlich auf und lehne mich zurück.

»Okay.«

Wie spät es wohl ist? Der Film war ziemlich lang. Meine Blase drückt. Na ja, egal! Wenigstens ist das nervige Pärchen hinter uns weg. Dieses ständige Gekicher ging mir ziemlich auf die Nerven.

Ein paar Minuten später verlassen wir den Saal.

Oh, meine Augen! Warum muss es denn so hell sein?!

Ich blinzele.

Nein, es wird nicht besser. Einfach auf den Boden schauen.

»Der Film war richtig gut, oder?«

»Ja.«

Na ja. War okay.

»Wirklich? Und ich dachte schon...«

Er bricht ab und grinst.

Was?! Du dachtest, er wird mir nicht gefallen, stimmt's? Ach, wen interessiert schon, was ich denke? Also. Egal! Können wir jetzt nach Hause? Oder besser noch: Erstmal aufs Klo!

Jonas schaut auf seine Uhr. Ich schaue auf meine.

21:52 Uhr.

Was?! Schon so spät?! Das kann nicht sein. Obwohl, der Film ging ja über zwei Stunden. Ich hoffe, er will nicht noch essen gehen. Er wollte ja, aber viel-

leicht hat er es schon vergessen?
Wir gehen schweigend die Treppe runter. Die Stille zwischen uns ist mir ziemlich peinlich.
Ich frag ihn jetzt einfach!
»Willst du noch irgendwohin?«
Ich schaue ihn möglichst neutral an.
Bitte sag nein!
»Wie wär's mit einer warmen Pizza zum Abschluss?«
Er hat's nicht vergessen! Mist!
Dennoch lächele ich und tue so als würde ich mich tierisch freuen.
»Wäre super.«
»Okay. Dann los.«
»Kann ich erstmal... ähm...«
Ich breche ab und warte bis die Jugendlichen an uns vorbei sind.
»Aufs Klo gehen?«, frage ich etwas leiser.
Die Röte steigt mir in den Kopf.
War ja klar! Hätte mich gewundert, wenn es nicht so wäre.
»Klar.«
Ich bin erleichtert.
Gleich trink ich mir noch ein wenig Mut an!
Ich verlasse alkoholisiert die Frauentoilette.
Gleich bin ich wieder Superwoman! Wo ist Jonas??? Ah!
Jonas kommt aus der Herrentoilette.
Nun geht es weiter! Ab zur Pizzeria!
Jonas hält mir wieder die Tür auf und ich könnte fast im Erdboden versinken.
Bitte hör auf damit! Oh, es ist ziemlich kalt!
Ich schiebe meinen Schal höher. Zum Glück ist die Pizzeria gleich nebenan.
Hat die denn noch auf? Ja, da sitzen ein paar Leute. Na ja, wenigstens ist es dort warm.

Schweigend gehen wir nebeneinander her. Bis wir da sind. Auch diese Tür öffnet er für mich.

Jonas, bitte! Muss das sein? Mann, ist das peinlich!

»Wollen wir uns hier ans Fenster setzen?«

Warum? Sollen uns die Leute beim Essen beobachten?

Natürlich entgegne ich nichts dergleichen. Stattdessen nicke ich und grinse dämlich.

Das kann ich ja am besten!

Wir setzen uns an ein 2-er Tisch.

Verdammt, ich will ihm nicht gegenüber sitzen! Na ja, muss ich jetzt wohl.

Ich hoffe, wir bleiben nicht lange. Muss Jonas morgen nicht arbeiten? Hat er das völlig vergessen? Wahrscheinlich.

Ich muss grinsen. Jonas schaut mich an und grinst zurück. Damit er mich nicht gleich fragt, warum ich grinse, komme ich ihm zuvor.

»Musst du morgen nicht arbeiten?«

»Doch. Wieso?«

»Äh, na ja, es ist schon spät und du musst morgen arbeiten, oder?«

Was sage ich da? Ich muss mich echt zusammenreißen!

Voll peinlich!

»Ich schlafe halt weniger und trinke morgen mehr Kaffee.«

Ja, okay. So geht es auch.

Jonas sieht mich belustigt an.

»Bist du um diese Zeit schon im Bett?«

Hey! Das war gemein!

Trotzdem entlockt er mir ein Grinsen.

»Manchmal.«

Jonas grinst.

»Dann machst du heute eine Ausnahme. Richtig?«

Ja, muss ich. Habe ich mir ja selbst eingebrockt.

Ich grinse.

»Ja. Weil du Geburtstag hast.«

»Das ist sehr nett von dir. Und danke, dass du mit mir den Film angeschaut hast.«

»Gern.«

Ich sehe einen Kellner auf uns zu kommen. Schnell schaue ich weg. Mein Körper verspannt sich.

»Guten Abend. Wisst ihr schon was ihr bestellen wollt?«

Wir haben ja nicht mal nach den Karten gegriffen. Okay, Jonas macht das jetzt.

»Noch nicht, aber wir entscheiden das gleich.«

Ich schnappe mir die zweite Karte und überfliege die Pizzasorten.

Die Preise sind ziemlich hoch! Na ja. Geld habe ich genug dabei.

„Garden Lovers" hört sich gut an. Ja, ich glaube, die nehme ich.

Ich schaue auf und möchte das dem Kellner mitteilen, doch er schaut nur auf seinen Block und jetzt auf Jonas. Ich blicke wieder auf die Karte.

Vielleicht nehme ich doch was anderes?

»Karina? Weißt du schon was du willst?«

Ja, aber mach ruhig den Anfang.

Mir wird heiß.

»Äh. Ich überlege noch.«

»Ich nehme Chicken-Surpreme mit Käserand, bitte. Und eine große Cola.«

Okay, dann bin ich jetzt dran. Und los!

Ich schaue den Kellner an und er wendet sich mir zu.

Los, sag schon!

»Äh, ich nehme Garden Lovers und eine Sprite.«

»Kleine oder große Sprite?«, hakt der Kellner nach.

Mein Herz rast.

Ups! Sorry, habe ich vergessen zu erwähnen!

»Groß.«

Der Kellner sagt etwas, ich höre schon nicht mehr zu und würde am liebsten im Erdboden versinken. Ich spüre Jonas' Blick und bin noch verunsicherter.

Was denkt Jonas von mir? Wahrscheinlich denkt er jetzt auch, dass ich nur vorgebe Mutistin zu sein. Ich kann ja mit dem Kellner sprechen. Wenn ich ihm das doch nur erklären könnte! Aber nein, lieber nicht.

»Warst du schon mal hier?«

Ich blicke auf.

»Nein. Noch nicht.«

Peinlich, aber wahr! Warum soll ich lügen? Ständig lügen? Immer das sagen, was ich glaube, sagen zu müssen. Das ist doch falsch! Kann mir doch egal sein, was die Leute von mir denken! Was der Kellner von mir denkt! Und was Jonas von mir denkt!

Ich sehe Jonas an.

»Dann hast du echt etwas verpasst. Die Pizzen hier sind echt super!«

Also gehst du hier öfters hin? Bestimmt hat er auch schon eine Lieblingspizza! Wie hieß seine Pizza noch mal? Chicken-Surpreme oder so.

Ich grinse ihn an.

»Du bist mir echt ein Rätsel, Karina.«

Wieso? Weil ich nicht zu Pizzerias gehe? Was soll ich hier alleine?

»Keiner will mit mir hingehen.«

Das habe ich jetzt nicht wirklich gesagt! Doch, leider schon. Will ich mich jetzt als Opfer darstellen? Nein! Ich sollte mehr aufpassen, was ich sage!

»Jetzt bin ich da«, sagt Jonas lächelnd.

Ja, super! Wenn du doch nicht so anstrengend wärst! Oder besser gesagt, wenn ich nicht so introvertiert wäre.

»Ja.«

Ich lächle ihn an.

Was Besseres ist mir nicht eingefallen.

Zum Glück kommt der Kellner mit unseren Getränken. Er stellt sie vor uns ab und verschwindet wieder. Ich entspanne mich etwas,

bleibe aber nervös. Ich weiß nicht, warum.
Ist es wegen Jonas? Wegen der anderen Leute? Keine Ahnung. Vielleicht liegt es daran, dass ich gleich in der Öffentlichkeit essen muss.
Ich hasse das! Ich hab dann immer das Gefühl, dass mich alle dabei anstarren. Das Kauen und Schlucken fällt mir plötzlich schwerer.
Ach, was soll's! Da muss ich jetzt durch.

Ich nehme einen Schluck von meiner Sprite und schaue nach draußen. Leute gehen an unserem Fenster vorbei. Erwischt wende ich mich ab. Jonas schaut in die Speisekarte.
Warum eigentlich? Addiert er schon die Beträge? Ich werde bezahlen! Das muss ich ihm noch sagen. Aber nicht jetzt. Später. Ein 50 Euro-Schein reicht bestimmt. Gibt man noch Trinkgeld? Ach, verdammt! Ich habe keine Ahnung!
Jonas ist ganz still. Vielleicht bereut er es, dass er mit mir ausgeht?
Ich bin einfach ein schlechter Begleiter.
Jetzt reiß dich zusammen! Mach mal Stimmung! Du versaust ihm noch den Geburtstag!
Na gut.
Ich hole tief Luft und atme aus.
Was soll ich Jonas fragen?

»Der Film war echt gut. Dieses Karate-Zeugs war auch richtig cool. Sind die vorherigen Filme auch so gut gewesen?«

Ich komme mir schon wie Aurora vor. Ein Satz folgt dem nächsten, ohne Punkt und Komma. Jonas sieht mich an und grinst.

»Ja, die Kampfszenen waren genial! Aber alles Stunt-Doubles.«
»Ja, bestimmt.«
»Wenn du willst, kann ich dir die DVDs der vorherigen Filme ausleihen.«

Nein, danke. So gut war der Film jetzt auch nicht.
Ich grinse. Jonas grinst.
Antworte!

»Das wäre super.«

Jonas' Augen strahlen.

»Wie fandest du eigentlich die Kampfszene auf dem brennenden Boot? Die war doch der Hammer!«

Wow! Er ist ja richtig begeistert!

»Die Szene war echt spannend. Und er hat es noch rechtzeitig geschafft, bis das Boot explodiert ist«, sage ich lächelnd.

»Ja, das machen die immer so. Immer alles in der letzten Sekunde.«

Jonas grinst und fügt hinzu:

»Aber der dicke Junge, wie hieß der gleich noch mal?«

»Timothy.«

»Ja, Timothy! Er auf dem Elektro-Bike! Das war so witzig! Folgte Jayson überall!«

Jonas lacht. Ich lache mit. Die Leute um mich herum verblassen irgendwie. Ich nehme sie nicht mehr so wahr. Jonas' Lachen ist echt laut. Er kann sich immer noch nicht beruhigen.

Bitte hör auf! Ich kann nicht mehr!

Ich fahre mir durchs Haar und grinse.

Okay, das reicht!

»Der war so tollpatschig und unsportlich!«

Jonas lacht wieder.

Ja, das war er. Mensch, hör endlich auf zu lachen!

Ich schaue auf den nächstgelegenen Tisch. Die vier Jungs, ungefähr in unserem Alter, schauen zu uns rüber und sehen ratlos aus. Einer von ihnen fragt ständig die anderen, warum Jonas so lacht. Ich weiß nicht, warum ich plötzlich lachen muss. War ja klar, dass Jonas einstimmt.

Okay, können wir uns jetzt beruhigen?

Ich höre auf zu lachen. Jonas lacht noch.

Wie soll ich schnell das Thema wechseln? Wo bleibt der Kellner?! Mann, das kann doch nicht so weiter gehen! Jonas, reiß dich zusammen!

Endlich hat er Erbarmen mit mir. Jonas wischt sich mit einer Serviette über die Augen.

»Das war so lustig.«

Nicht wirklich! Schnell Thema wechseln!

»Und machst du Sport?«

Wo habe ich nur diese Frage hergezaubert?

Na ja, aber wenigstens passt es ein wenig. Dicker Junge unsportlich, Jonas sportlich? Da bin ich jetzt mal gespannt.

Jonas wird ernst.

Wenn er wieder anfängt zu lachen, schütte ich ihm mein Glas übers Gesicht. Dann wird ihm das Lachen schon vergehen.

Der Gedanke ist so witzig, dass ich aufpassen muss, selbst nicht loszulachen. Schnell nehme ich einen Schluck von meiner Sprite.

»Ich gehe freitags zum Boxtraining und samstags Schwimmen. Und mitten in der Woche mache ich noch zweimal Bodyweight Training.«

Wow!

Ich nicke anerkennend.

»Dann bist du sehr sportlich!«

Jonas grinst.

»Ja, kann man wohl sagen. Und du? Welche Sportart interessiert dich?«

Tja, jetzt habe ich mir selbst eine Falle gestellt. Ich mache keinen Sport. Lügen oder Wahrheit sagen? Ach, was soll's!

»Gar keine Sportart.«

Jonas ist enttäuscht.

»Was? Wirklich? Das glaube ich nicht. Du siehst nicht aus wie Timothy.«

Danke für das Kompliment! Ist das überhaupt ein Kompliment?

Ich grinse.

Egal!

Soll ich ihm was von guten Genen und gutem Stoffwechsel erzählen? Nein, das ist eine doofe und langweile Begründung! Ich könnte ihm ja von der Vergangenheit erzählen!
Irgendwie bin ich richtig in Stimmung.
Ich sag's!
»Früher, als Aurora und ich noch 13 waren, sind wir gemeinsam jedes Wochenende zur Tennishalle gefahren. August hat uns immer mit dem Auto gebracht und den Schiedsrichter gespielt. Das war cool.«
Wow! So ein langer Satz!
»Tennis? Cool. Warum machst du das nicht mehr?«
»Aurora hat keine Lust. Und ich habe keinen Partner. Tja. So ist das eben.«
Jonas sieht mich traurig an.
»Na ja, manchmal spiele ich noch Billard, aber eher selten«, füge ich hinzu.
»Billard? Alleine?«
Ich grinse.
Wenn er wüsste! Soll ich es ihm sagen? Warum nicht? Was spricht schon dagegen?
»Ja, ich spiele alleine. Ich habe einen Billardtisch in meinem Zimmer. Ich kann also jederzeit spielen.«
Okay, dass der Tisch von mir keine Beachtung mehr bekommt, sage ich ihm lieber nicht.
»Das ist genial! Wie kamst du denn darauf?«
Eine lustige Geschichte!
Aber hey, er will sie ja hören und sie ist wahr. Hundertprozentig!
»Ich habe den Billardtisch gewonnen!«
Ich mache eine Pause und grinse ihn an. Jonas öffnet überrascht den Mund.
»Gewonnen???«

»Ja, ich habe ihn bei einer Tombola gewonnen. Das war in der 7. Klasse. Da gab's mal ein Sommerfest in meiner Schule mit Aufführungen und Kuchenverkauf und so. Habe mich riesig gefreut.«

Wow! Das Sprechen fließt! Danke, Alkohol!

Jonas grinst.

»Wer würde sich nicht freuen! Und wie viele Lose hast du gekauft?«

»Zwei. Für jeweils einen Euro!«

»Hat sich gelohnt.«

»Ja, es hat sich echt gelohnt.«

Da kommt der Kellner!

Aber irgendwie ist er für mich nicht mehr von großer Bedeutung.

»Und wie hast du den Tisch nach Hause geschleppt?«

Der Kellner stellt die Pizzen ab. Ich antworte trotzdem.

»Meine Mum musste August anrufen, damit er mit seinem Auto kommt. Hat er natürlich gemacht. Was Mum ihm befiehlt, macht er sofort.«

Ich grinse. Jonas grinst mit.

»Oh, das sieht wieder so lecker aus! Dann guten Appetit!«

Jonas greift nach seinem Besteck.

»Danke, dir auch«, sage ich lächelnd, bin aber ein wenig besorgt.

Wie soll ich so eine Riesen-Pizza alleine aufessen? Hilfe!

Ich nehme das Besteck in die Hände und schaue zu Jonas. Er schneidet die Pizza zweimal durch und nimmt sich dann ein Viertel in die Hand.

Okay, so geht es natürlich auch.

Ich mache es ihm nach.

»Sehr gut! Ist deine auch so gut?«

Jonas spricht mit vollem Mund. Ich schlucke und antworte verzögert.

»Sehr gut.«

»Nee, nicht so gut wie meine! Du hast keinen Käserand!«

Und ich brauch auch keinen.

Ich grinse.

»Probier mal, du wirst es lieben!«

Jonas schiebt mir ein Pizza-Viertel zu.

Ich kann doch jetzt nicht auch noch seine Pizza essen! Ich schaffe das nicht!

»Wirklich. Echt lecker!«

Er spricht wieder mit vollem Mund.

Vielen Dank für den tiefen Einblick!

»Probier Mal.«

Mann, er nervt! Dann probier ich halt!

Ich lege mein Pizzastück ab und greife nach seinem Pizza-Viertel. Ich beiße ab. Er beobachtet mich dabei.

Jetzt guck doch nicht so! Ja, schmeckt.

»Schmeckt gut.«

»Ja, aber du musst noch den Käserand probieren!«

Ja, gut! Ich probiere auch den Käserand! Oh! Na, ja. Ist jetzt nicht so meins.

»Und? Was sagst du? Hammer oder?«

So viel Begeisterung!

Ich grinse.

»Ja.«

Nicht wirklich. Jetzt muss er aber auch meine Pizza essen!

»Probier meine Pizza!«

Ich reiche ihm ein genauso großes Stück rüber.

»Garden Lovers ist okay. Aber ich stehe nicht so auf vegetarisch.«

Es ist 22:58 Uhr, als wir die Pizzeria verlassen. Und ich wette, ich habe schon tausend Anrufe auf meinem Handy. Möchte aber nicht nachsehen. Nicht, das Jonas auf die Idee kommt nach meiner Handynummer zu fragen. Ich bin ziemlich glücklich.

Noch nie fühlte ich mich so lebendig!
Ich bin ein Mensch!
Teil dieses Planeten und kein Schatten!

Und ich war hartnäckig beim Bezahlen! Jonas wollte schon wieder bezahlen. Das habe ich ihm nicht durchgehen lassen. Ich habe dem Kellner sofort den 50 Euro-Schein gereicht. Natürlich habe ich gesagt, dass ich die Rechnung für uns beide bezahle. Dem Kellner hat es wenig interessiert, Jonas dagegen hat fast einen Aufstand gemacht. Der Kellner gab mir das Rückgeld zurück und bekam dann noch fünf Euro Trinkgeld. Und ab diesem Zeitpunkt, hatte der Kellner ein Lächeln auf dem Gesicht. Jonas sah mich überrascht an und fragte, ob der Kellner seinen Service wirklich so gut gemacht hätte.

Na ja, eher nicht. Aber, schlecht auch nicht.

Wir beeilen uns zum Auto. Nur noch wenige Leute sind unterwegs. Die meisten gehen zur U-Bahn Station und wir in die entgegengesetzte Richtung.

Es ist kalt!!!

Ich zittere. Trotzdem muss ich grinsen.

Herrlich! Ich, hier mit einem netten Kerl an meiner Seite! Ich glaube, das war der schönste Tag meines Lebens!

Wir erreichen die Tiefgarage und Jonas öffnet sein Auto. Im Auto ist es auch nicht gerade warm, aber wenigstens schmeißt Jonas die Heizung sofort an.

»Hu! Ganz schön kalt.«

Ja, da hast du Recht!

Jonas reibt sich die Hände warm und startet wenig später Motor.

Ab nach Hause! Mann, bin ich müde. Trotzdem, es war ein sehr schöner Abend.

Ich schaue unauffällig zu Jonas.

Danke, Jonas!

Sein Gesicht wird gerade von einem entgegenkommenden Auto erstrahlt und ich kann meinen Blick nicht von ihm abwenden. Er hat ein hübsches Gesicht. Schöne Wangenknochen, eine gutaussehende Nase, volle Lippen.
Was denke ich hier eigentlich?
Verlegen schaue ich wieder stur nach vorne.
Ob er was gemerkt hat?
Jonas schweigt. Und ich schweige sowieso. Aber irgendwie ist dieses Schweigen, einmal nicht unangenehm.
Was ist nur los mit mir?
Langsam nähern wir uns unserer Wohnsiedlung und mein Herz rast.
Wie werden wir uns verabschieden? Wie wird es mit uns weitergehen? Werde ich mich jetzt öfters mit ihm treffen? Ich weiß nicht, ob ich das lange durchhalte. Ich kann ja nicht ständig Alkohol trinken.
Wir sind da. Jonas hat sogar einen freien Parkplatz erwischt. Er parkt geschickt ein, stellt den Motor ab und blickt mich zufrieden an.

»Da sind wir!«

Jonas knipst das Licht an und ich schnalle mich ab.

»Vergiss deine Tasche nicht, sonst siehst du sie erst morgen Abend wieder.«

Jonas grinst. Ich lächle ihn an.

»Okay.«

Dabei ist meine Tasche direkt vor meinen Füßen. Ich hätte sie also nicht vergessen. Ich hole sie hoch und wende mich Jonas zu.

»Danke, für den schönen Abend.«

»Mich hat es gefreut. Danke, dass du mich begleitet hast.«

Jonas schnallt sich ab.

»Oh, warte! Den wollte ich dir noch geben!«

Ich schaue Jonas verblüfft an und sehe den weißen, schon teils zerfledderten Briefumschlag. Unsere Frage-Antwort-Kommunikation.

»Danke.«

Lächelnd nehme ich den Umschlag entgegen.

Was er mich wohl als nächstes fragt?

Wir steigen aus. Ich bin froh, dass ich gleich zu Hause bin. Das hat aber nichts mit Jonas zu tun. Ich muss einfach all diese Eindrücke und Geschehnisse verarbeiten. Wir gehen auf unser Haus zu.

»Morgen ist alles wieder beim Alten. Aber bald ist Wochenende.«

Was meint er damit? Bezieht er das auf mich? Oder auf seine Arbeit?

Ich darf jetzt nicht einfach kurz vorm Ende ins Schweigen verfallen.

»Das „Morgen" ist schon in weniger als einer Stunde«, sage ich grinsend. Plötzlich erfasst mich ein Geistesblitz.

Ich muss Jonas Bescheid sagen! Das wird ihm bestimmt gefallen!

Los, sag schon!

»Ich habe für morgen eine Überraschung für dich. Ein Geburtstagsgeschenk sozusagen.«

»Was? Wirklich? Nein, ich nehme nichts an.«

Jonas bleibt stehen. Ich ebenfalls.

Sei doch nicht so störrisch! Ich will es! Akzeptier das einfach.

»Doch. Und du darfst dich freuen.«

Jonas grinst.

»Wirklich? Sagst du mir auch was es ist?«

Ich grinse und gehe weiter.

»Nein. Erfährst du morgen.«

Jonas folgt mir.

»Willst du es mir nicht gleich bringen? Ich habe heute Geburtstag.«

Er ist so frech!

Ich bin am Eingang angekommen und drehe mich zu ihm um.

»Sorry, aber das Geschenk ist zu schwer. Ich kriege das alleine nicht hin.«

Ich grinse.

»Was?! So schwer? Ich helfe dir.«

Kannst du es nicht einfach akzeptieren? Bitte! Mach es mir nicht so schwer!

Jonas holt seinen Schlüssel hervor.

»Heute nicht. Sonst wecken wir alle auf«, sage ich, »Morgen nach deiner Arbeit. Okay?«

Ich werde August wohl um einen Gefallen bitten müssen. Na ja, daran denke ich jetzt erstmal nicht.

Ich grinse Jonas an. Er schließt die Tür auf und hält inne.

»Du bist echt unglaublich!«

Ist das jetzt positiv oder negativ gemeint? Na ja. Ich gehe mal vom positiven aus.

Wir betreten den Hausflur.

»Sagst du mir nicht einfach was es ist?«, flüstert Jonas.

»Nein!«, flüstere ich zurück.

Akzeptier das endlich!

Wir steigen die paar Treppenstufen hoch. Jonas dreht sich zu mir um.

»Warum nicht?«

Mann! Ist er anstrengend!

Jonas bleibt vor seiner Tür stehen und schaut mich grinsend an. Ich gehe zu meiner Tür.

»Dann ist es keine Überraschung mehr. Freu dich auf Morgen.«

Wow! Was geht hier ab? Flirten wir? Ich bin selbst ziemlich überrascht von mir. Ist es nicht das, was ich immer wollte? Ein wenig Spaß mit einer netten Person? Ich hatte noch nie so viel Spaß!

Irgendwie habe ich das Bedürfnis Jonas zu küssen. Vielleicht sind das auch nur die vielen Glücksgefühle.

Es ist schön, jemanden wie Jonas zu haben. Verdammt, ich muss mich echt zusammenreißen!

Jonas hebt seinen Zeigefinger und grinst.

»Morgen um 18 Uhr.«

Ich lache.

»Ja, morgen um 18 Uhr. Gute Nacht!«

»Gute Nacht!«

Jonas schließt als erster seine Tür auf und geht hinein. Ich öffne meine ein wenig später. Schließlich muss ich erst den Schlüssel in der Tasche finden.

Ich mache leise die Tür hinter mich zu. Es ist dunkel, alle schlafen und August schnarcht schon. Ich grinse.
Na, dann ab ins warme Bett! Wenn ich den Weg dorthin ertaste. Ach ja!
Ich grinse breiter.
Das war ein schöner Tag! Ich bin so glücklich! Ich weiß nicht, ob ich einschlafen werde. Erstmal muss ich alles noch einmal Revue passieren lassen.

Doch zuerst hole ich den Umschlag mit unserer Frage-Antwort-Kommunikation hervor. Er hat ein benutztes Blatt vom Vortag benutzt. Als ich die heutige Frage lese, muss ich laut auflachen.

Dienstag, 24.11.2015
1,81 m
~Welche Augenfarbe hast du? Schon lange nicht mehr gesehen :-)

Blau
Was machst du an deinem Geburtstag? Feierst du groß?

Mittwoch, 25.11.2015
Ich gehe ins Kino! Und du kommst mit! :-D
Wie hat dir der Kinobesuch gefallen?

Es hat mir sehr gefallen!

Donnerstag, 26.11.2015
Ich habe viel nachgedacht, letzte Nacht. Und sogar von Jonas geträumt. Ich habe auch über Alkohol nachgedacht, was es mit mir macht und warum ich mich damit besser fühle. Ich bin zu dem Entschluss gekommen, dass ich davon weiterhin Gebrauch nehmen werde. Aber nur, wenn ich es unbedingt brauche. Das Gefühl der Leichtigkeit und der Fröhlichkeit will ich nicht missen. Ich will in der Öffentlichkeit die Person sein, die ich auch zu Hause bin.

Trotz des wenigen Schlafs, bin ich früh aufgestanden. Ich habe mit meiner Familie gefrühstückt und als Aurora nicht in der Küche war, habe ich den Moment genutzt, um August um einen Gefallen zu bitten. Er hat zugesagt. Und ich war ziemlich glücklich. Warum habe ich mir vorher so einen großen Kopf darüber gemacht? Hätte August „Nein" gesagt, wäre ich sowieso zu Mum gegangen und hätte gepetzt. Und Mum wäre dann sauer auf August. Aber vielleicht hat August denselben Gedanken gehabt.

Jedenfalls, habe ich schon Bewerbungen geschrieben, aufgeräumt und Mittag gekocht. Es gibt Frikadellen in Tomatensoße (aus dem Supermarkt), Reis und Brokkoli. Seltsamerweise habe ich gemerkt, dass mir das Kochen Freude bereitet und vielleicht sollte ich mich doch zur Köchin ausbilden lassen?

Ich weiß nicht.

Ich warte erstmal ab und wenn ich weiterhin nur absagen bekomme, bewerbe ich mich als Köchin. Es ist kurz nach 16:00 Uhr, ich sitze in der Küche und habe aufgegessen.

Verdammt, ich bin jetzt schon aufgeregt! Ich kann mir nicht vorstellen, wie ich nachher mit Jonas reden werde. Aber das werde ich.

Ich grinse vor mich hin und verlasse die Küche. Gerade geht die Haustür auf und August kommt herein.

»Hallo Karina.«

»Hallo.«

»Oh, es riecht lecker. Sind das Frikadellen?«

»Ja, mit Reis und Brokkoli. Lass es dir schmecken. Und ruh dich aus. Gegen 18 Uhr brauche ich dich fürs Schleppen.«

»Ah, ja! Da war was! Hast du den Tisch schon restauriert?«

Haha! Sehr witzig!

Ich verdrehe die Augen.

»Ich könnte ja noch die Kugeln polieren.«

Ich lache auf.

»Ja, mach das.«

Was? Wirklich? Meinte er das ernst?

Ich drehe mich zu ihm um und schaue in sein Gesicht. Er zieht seine Jacke aus und hängt sie auf.

Hmm, er hat es wohl ernst gemeint.

Ich laufe zur Küche zurück, hole Putzzeug und gehe damit in mein Zimmer.

Der Billardtisch muss glänzen! Auch wenn Jonas weiß, dass der Tisch schon ein wenig alt ist. Muss man ja nicht ansehen, oder?! Ich habe noch genug Zeit. Jonas wird sich bestimmt freuen! Ganz bestimmt!

Es ist soweit! Es ist kurz vor 18:00 Uhr. Der Billardtisch steht schon im Flur bereit und wir warten eigentlich nur noch darauf, dass Jonas nach Hause kommt. Sein Auto ist noch nicht zu sehen. Meine Blase drückt schon wieder.

Na ja, Alkohol eben.

Ich nehme mir noch die Zeit und gehe auf die Toilette. Jonas wird schon noch ein wenig warten können. Ich grinse.

So!

Ich verlasse das Badezimmer.

»Ist er schon da?«, rufe ich zu August rüber.

August steht in der Küche und schaut aus dem Fenster. Ich komme dazu.

»Er parkt gerade.«

Mein Herz beginnt zu rasen.
Ich bin so aufgeregt! Verdammt!
Aber auch glücklich!
»Er kommt! Los geht's!«
August verlässt seinen Posten und lächelt mir zu.
»Bist du bereit?«
»Ja, klar.«
Ich bin so was von bereit!
Ich grinse. Und da klingelt es schon an unserer Tür.
»Ich mache auf!«
Ich flitze zur Tür.
»Hi, Jonas! Hier ist deine Überraschung.«
Ich mache einen Schritt zur Seite und öffne breit die Tür. August macht ebenfalls einen Schritt zur Seite.
»Ta-da!«
Jonas hebt die Augenbrauen und sein Mund bleibt offen stehen. Aber nur kurz, danach grinst er.
»Karina! Das kann ich nicht annehmen! Spinnst du?!«
»Also, ich trage das Ding nicht wieder zurück.«
August sieht mich belustigt an.
»Musst du auch nicht. Du sollst es raus tragen.«
Grinsend schaue ich wieder zu Jonas.
»Wenn du mein Geschenk nicht annimmst, bin ich sauer.«
Jonas schaut mich verblüfft an.
»Erpressung?«
Ich lache auf.
»So ähnlich. Mach Platz!«
»Tu was sie sagt.«
August macht sich mal wieder lustig über mich. So ein Spinner!
Egal! Ich brauche ihn ja nur kurz zum Schleppen. Danach kann er wieder fernsehen schauen gehen.

Ich gehe zum Billardtisch. August und ich heben den Tisch an. Er ist ziemlich schwer.

Nur nicht anmerken lassen!

Jonas macht uns den Weg frei.

»Hast du aufgeräumt, Jonas?«

August lacht. Jonas grinst.

»Klar. Was denken Sie von mir?«

Er öffnet seine Wohnung und wir gehen weiter.

Oh! Seine Wohnung hat mehr Möbel!

Es ist warm und es duftet irgendwie nach Zimt und Orangen. Er hat seine Wohnung sogar mit Weihnachtsschmuck dekoriert.

»Es weihnachtet!«

August lacht wieder.

Fremdschäm-Faktor hoch tausend!

Jonas grinst.

»Ja, ich sehe es auch gerade. Meine Mutter war wohl heute da, samt Weihnachtsschmuck. Ich hoffe, sie hat nicht überall so übertrieben.«

»Wo willst du den Tisch haben?«, ächzt August.

Ich bin total beschämt wegen ihm.

»Äh, stellt ihn zum Wohnzimmer. Hier entlang.«

Jonas packt mit an und führt uns zum nächsten Raum.

Wow! Coole Couch! Und ein Riesen-Fernseher! Da eine Krippe auf dem Tisch.

Ich grinse.

»Hier ist noch eine große Lücke«, sagt Jonas.

Wir stellen den Billardtisch ab und machen einen Schritt zurück.

»Hier steht er perfekt«, sage ich grinsend.

»Meinst du?«

Jonas schaut mich an und grinst.

»Ja, oder du stellst ihn in dein Zimmer.«

»Also, ich trage nichts mehr!«

August hält sich am Rücken und wischt sich den Schweiß von der Stirn.
Mensch, August! Blamier mich nicht so!
Jonas grinst.
»Er bleibt hier.«
Gut. Freut mich. Dann können wir jetzt gehen. Geschafft!
Ich lächle zufrieden.

»Dann noch einen schönen Abend!«, sagt August und stolpert schon eilig aus dem Wohnzimmer. Ich muss mich echt zusammenreißen, um nicht gleich los zu lachen. Ich tue so, als müsste ich gähnen.
Ich muss mich beruhigen! Verdammt! Okay. Alles gut.
Ich nehme meine Hand vom Mund und drehe mich zu Jonas.
Verabschieden und gehen! Schnell!

»Also, bis bald!«

Jonas sieht mich überrascht an.

»Du bleibst nicht? Ich dachte, wir spielen gleich ne Runde. Ich muss wissen, ob da noch Garantie drauf ist.«

Jonas grinst belustigt.
So ein frecher Typ! Schnell, ich brauche eine Ausrede!

»Bist du nicht hungrig? Du bist doch gerade erst nach Hause gekommen.«

Na ja, schwache Ausrede.

»Schon, aber ich kann mir etwas zu essen bestellen. Hast du Lust auf Sushi?«

Sushi? Das habe ich noch nie gegessen. Schmeckt das?

»Ähm...ich habe es noch nicht gegessen.«

»Noch nie?«

Jonas sieht mich fassungslos an.

»Karina, kommst du aus dem Mond?!«

Natürlich, woher denn sonst?

Sein Humor gefällt mir irgendwie. Zum Glück erwartet er keine Antwort. Was soll ich auch darauf antworten? Mir fällt nichts Vernünftiges ein.

»Na gut. Ich bestelle gleich Sushi und dann spielen wir.«

Hmm, ich kann mich nicht mehr herausreden. Egal! Eine Runde dauert nicht lange.

»Weißt du wie man spielt?«

Ich hoffe, ich muss es ihm nicht erklären.

»Karina! Ich komme nicht vom Mond!«

Ich lache auf. Er hat doch tatsächlich das Wort „nicht" so stark betont!

Echt gemein!

Jonas verlässt grinsend das Wohnzimmer. Ich setze mich auf seine Couch und hüpfe ein wenig darauf herum. Er sieht es ja nicht.

Hmm. Ganz schön gemütlich! Und sein flauschiger Teppich erst! Oh, ich bin hier mit meinen Hausschuhen! Verdammt! Warum merke ich das erst jetzt?! Voll peinlich! Na ja. Egal!

Ich grinse.

Alles gut! Oh, da sind Fotos an der Wand!

Ich erhebe mich und bleibe kurz stehen. Mir ist schwindelig.

Okay. Jetzt geht's wieder.

Ich gehe zur Wand und schaue mir die gerahmten Fotos der Reihe nach an. Jonas mit einem schwarzhaarigen Typen.

Oh, Jonas trägt darauf ein weißes Unterhemd und blaue Jeans.

Ich grinse.

Wie alt das Foto wohl ist?

Die beiden stehen vor einem schwarzen Auto und posieren wie Hip-Hopper. Der andere Typ hat ein Cappy und eine dicke Halskette. Das muss wohl Pascal sein. Ich gehe zum nächsten Bild. Jonas und Pascal halten gemeinsam eine große Hantel.

Lustig!

Das Foto wurde im Fitnessstudio gemacht und ein Muskelprotz steht schräg hinter ihnen und guckt interessiert. Den beiden steht der Spaß ins Gesicht geschrieben. Ich höre Jonas' Schritte und setzte mich schnell auf die Couch.

»Oh, du hast deine Hausschuhe an!«
Jonas starrt auf meine Schuhe.
Ja, habe ich auch schon gemerkt. Wenigstens muss ich nicht mit Socken herumlaufen, oder?
»Ja. Hast du keine Hausschuhe?«
Was Besseres ist mir einfach nicht eingefallen. Ich schaue auf seine Socken. Dass sie schwarz sind, wundert mich nicht. War ja zu erwarten. Jonas grinst.
»Nein. Ich brauche keine.«
Dazu muss ich nichts sagen. Einfach grinsen. Das reicht.
»Also. Sushi ist unterwegs. Wir können spielen.«
Gut. Dann mach dich mal auf was gefasst. Ich bin gut! Auch wenn ich schon lange nicht mehr gespielt habe. Hmm, das letzte Mal an meinem Geburtstag. Schon lange her! Aber ich mach dich fertig!
Ich grinse Jonas an. Jonas holt die Billardkugeln aus der Baumwolltasche.
»Spielen wir Pool?«, fragt er.
»Ja, okay«, nicke ich und hole das Dreieck und die Queues aus der anderen Tasche.
»Gut. Wer fängt an?«
Der, der immer so blöd fragt!
Ich grinse.
»Du.«
»Dann schau zu und lerne.«
Haha. Na klar! Habe ich nicht nötig.
Ich reiche Jonas einen Queue.
»Danke.«

Jonas spitzt seinen Queue. Ich grinse.
Anfänger! Bestimmt.
Jonas grinst ebenfalls, positioniert sich und konzentriert sich auf die weiße Kugel.
Na, wird's bald?
Klack!
Ja, geht doch! Super!
 »Ich nehme die halben Kugeln.«
 »Okay.«
Dann zeig mal was du drauf hast!
Jonas denkt nicht lange nach und versenkt eine Kugel.
Glückwunsch!
Jonas grinst breit.
 »Ich darf noch mal.«
Ja, weiß ich. Aber gleich bin ich dran!
Klack, klack. Die Kugeln rollen.
Haha! Keinen Treffer versenkt! Jetzt zeige ich dir, wie man es richtig macht!
 »Du bist dran.«
 »Ja, ich weiß.«
Ich grinse ihn an und er grinst zurück. Ich gehe um Jonas herum und positioniere mich.
So, gelbe Kugel. Gleich bist du weg vom Tisch.
Und? Was habe ich gesagt?
Jonas grinst mich an.
 »Tja, das war Glück.«
Ich lache auf.
 »Ja, sicher.«
Die nächste Kugel stürzt hinunter, nein, sogar zwei.
Ich bin so gut! Und dann auch noch betrunken! Irgendwie lustig! So, noch einmal. Okay, vielleicht sollte ich die nächste Kugel absichtlich nicht reinfallen lassen? Nicht, dass Jonas noch aufgibt und den Tisch nicht mehr möchte.

Ich grinse. Ja, ich entscheide mich, ein wenig zu flunkern.

»Ohh, schade! Fast!«

Jonas sieht mich belustigt an.

Du undankbarer Typ! Ich zeig's dir noch!

Es klingelt an der Tür.

Seine Sushis sind da!

»Oh, der Lieferservice! Den habe ich ganz vergessen!«

Ich nicht.

Jonas läuft zum Flur und ich lehne mich am Queue an.

»Nichts verstellen!«, ruft er.

Hallo?! Warum sollte ich? Ich bin eine ehrliche Spielerin!

Jonas öffnet die Tür und ich lausche. Ich höre jemanden die Treppen hochsteigen.

»Guten Abend. Bitteschön. Das macht 12,95 Euro.«

»Mit Karte.«

»Bitte.«

War ja klar! Wahrscheinlich noch mit Kreditkarte.

Ich grinse.

»Und das ist noch für Sie. Auf Wiedersehen!«

Die Tür fällt zu und ich stelle mich wieder aufrecht hin.

»Lass uns erstmal essen. Dann spielen wir weiter. Ich war dran, richtig?«

Ich lege meinen Queue auf den Boden und gehe zu Jonas auf die Couch rüber.

»Ja, danach bist du dran.«

Jonas schaut gierig auf die Sushiplatte.

»Das sieht wieder fantastisch aus.«

Schmeckt das auch?

Ich schaue die Röllchen an und wundere mich womit der Reis da eingerollt wurde. Jonas schaut mich an und grinst.

Soll ich ihn fragen?

»Was ist das Dunkelgrüne?«

»Das sind Nori-Blätter. Eine Alge. Kann man essen.«

Wirklich?!

Mein Magen knurrt.

Super Timing! Eigentlich habe ich nicht sonderlich Lust auf so was Fremdes.

Jonas holt zwei rechteckige Pappteller aus der Tüte und Holzstäbchen.

»Hier für dich. Hast du dich schon entschieden, was du möchtest?«

Grins nicht so! Alles sieht komisch aus!

»Wenn du Nori-Blätter nicht magst, empfehle ich dir Sashimi oder Nigiri. Das hier.«

Ach was soll's! Ich nehme mir jetzt einfach so ein eingerolltes Teil.

»Das ist Sake Maki.«

Was ist Sake??? Ach egal!

Hmm. Der Reis schmeckt irgendwie anders. Na ja.

»Man isst Sushi mit Stäbchen.«

Das ist ja albern!

»Wozu?«

»Ist einfach so.«

Jonas grinst und macht es mir vor.

Ja, sehr professionell! Toll machst du das! Irgendwie lächerlich.

Ich grinse.

»Willst was trinken?«

Jonas steht auf und geht zu einem Schrank.

Er holt Weingläser heraus.

Was wird das jetzt? Wieso will er jetzt Alkohol trinken?

»Ich trinke zu Sushi immer Riesling.«

Riesling?! Sagt mir nichts.

Jonas stellt die Gläser ab und flitzt zur Küche. Ich beobachte ihn von der Couch aus.

Er öffnet den Kühlschrank und holt eine helle Flasche Wein heraus.
Ja, warum nicht? Manche Leute haben eben Wein im Kühlschrank. Ich will nicht wissen, was er noch im Kühlschrank hat. Kaviar? Hmm, die Alge schmeckt undefinierbar.
Ich reiße mir ein kleines Stück ab und probiere es allein.
Na ja. Komisch eben!
Jonas kommt zurück und öffnet die Flasche. Er füllt die Gläser auf und reicht mir eins.

»Bitte. Für meine beste Freundin.«

Ich lächle.

Danke! Ich fühle mich geehrt!

Jonas stößt mit mir an.

»Prost!«

»Prost«, sage ich und nehme einen kleinen Schluck.

Mmh, lecker!

Ich schaue unauffällig auf die Flasche.

Riesling Trocken. Alkoholgehalt: 12 % vol.

Nicht viel, aber mit vorherigem Wodka keine gute Kombination.

»Schmeckt, oder?«

»Ja, der ist gut.«

Ich stelle das Glas ab und nehme mir noch so eine Sushi-Rolle. Ich habe das Gefühl, je mehr man davon ist, desto besser schmeckt es.

Oder ich habe mich an den Geschmack gewöhnt? Na ja. Es schmeckt schon okay.

»Den Wein gibt's bei fast jeder Feier bei uns. Mein Vater kennt den Winzer persönlich.«

Wie praktisch!

Ich grinse. Jonas grinst zurück.

»Auch am Samstag bei meiner Geburtstagsfeier.«

Ich lache auf.

»Wirklich?«

»Ich bin mir ganz sicher.«

Ich grinse.

»Und was gibt's noch?«

»Mal überlegen. Fingerfood, Meeresfrüchte, Sushi, Kuchen, Torten, Champagner, Kellner und Kellnerinnen.«

Ich runzele meine Stirn.

Meint er das jetzt ernst?

»Ja, wirklich! Es kommen mindestens 50 Leute. Nicht nur Familie, auch Geschäftspartner und Freunde von meinen Eltern. Echt ätzend!«

Und deine Freunde? Kommen die auch?

»Ich muss sogar einen Anzug tragen!«

Ja?!

Ich grinse.

»Cool.«

»Nicht cool.«

Nicht cool? Ach, was redest du da? Ich würde dich gerne in einem Anzug sehen!

»Ich muss schon Freitagnachmittag los. Verpasse mein Boxtraining. Echte Zeitverschwendung so was.«

Ich greife nach meinem Weinglas.

»Und wann kommst du zurück?«

Der Wein ist echt gut!

»Ich muss dort übernachten. Meine Eltern haben niemanden gesagt, dass ich ausgezogen bin. Ach ja, und ich muss lügen, dass ich die Ausbildung zum Immobilienkaufmann mache. So viele Lügen! Aber wenigstens sehe ich Cleo wieder.«

Wer ist Cleo? Der Name kommt mir irgendwie bekannt vor.

Ich frage ihn das jetzt einfach!

»Wer ist Cleo?«

»Cleo ist mein Hund. Ein weißer Labrador.«

Ach ja! Richtig! Hat er ja erwähnt, als er bei uns Essen war. Peinlich!

»Das ist doch was Positives«, lache ich.

»Stimmt. Eine einzige, positive Sache. Bin erst am Sonntag gegen Mittag zurück.«

Jonas nimmt ein paar Schlücke aus seinem Glas und stellt es wieder ab.

»Da fällt mir gerade ein, dass ich deine Handynummer brauche.«

»Meine?!«

Wie kommt er jetzt darauf???

»Ja, deine. Meine habe ich schon.«

Sehr lustig! Nein, gebe ich dir nicht! Auf keinen Fall!

»Wozu?«

»Na, weil wir jetzt Freunde sind? Ist das kein gutes Argument?«

Nö! Okay, vielleicht. Mein Handy ist zuhause. Ich könnte sagen, dass ich meine Nummer nicht auswendig kann. Aber was ist, wenn ich mein Handy holen muss? Und noch schlimmer, wenn er mitkommt und mein unaufgeräumtes Zimmer sieht?!

Mir wird heiß.

»Äh, ja. Also meine Nummer lautet...«

»Warte!«

Jonas holt sein Handy hervor, gibt etwas ein und schaut mich dann erwartungsvoll an.

»Jetzt.«

Ich nenne ihm meine Nummer und er liest sie noch einmal laut vor.

»Ja richtig.«

Egal! Wenn er anruft, muss ich ja nicht rangehen.

»Danke. Jetzt kann ich dir auch genau mitteilen, wann ich Sonntag zurückkomme.«

Und warum muss ich das wissen? Ach, egal!

Jonas greift nach seinem Glas. Ich mache es ihm nach.

»Prost!«, sage ich grinsend und stoße sein Glas an.

Halt, was mache ich da???

Ich verliere langsam die Kontrolle über mich!

»Prost auf unsere Freundschaft!«, sagt Jonas lächelnd und stößt mein Glas an.

Ich grinse. Dann trinke ich das Glas in einem Zug leer und stelle es ab. Jonas schaut mich mit großen Augen an. Doch gleich darauf grinst er wieder.

»Wollen wir weiterspielen?«

»Na klar! Ich gewinne!«

»Nein, Karina. Du verlierst! Glaub mir!«

Nein, ich glaube dir nicht!

Grinsend stehen wir auf. Zwei Jonasse gehen an mir vorbei. Der Boden schwankt ein wenig. Ich grinse noch breiter.

Wo ist denn mein Queue? Ach, da auf dem Boden!

Ich bücke mich. Mensch, ich habe echt Mühe, das Gleichgewicht zu halten. Trotzdem lasse ich mir nichts anmerken.

Warum habe ich dieses verdammte Glas leer getrunken? Bin ich doof oder was?! Ich kann mich nur schwer konzentrieren! Aber es ist irgendwie lustig!

Jonas wirft eine Kugel nach der anderen rein. Und ich habe Mühe die weiße Kugel anzustoßen. Ich sehe alle Kugeln doppelt, manchmal dreifach.

Nein! Ich werde verlieren!

Jonas lacht.

»Du verlierst!«

»Ja, sieht so aus.«

Jonas grinst.

»Du gibst es zu?«

»Du hast mich alkoholisiert!«

Ups! Was sage ich da? Ich muss aufpassen, was ich sage! Nicht, dass ich noch zugebe, dass ich vorher schon betrunken war!

Ich schaue zu den drei Jonassen.

»Kann nicht sein! Ich bin nicht betrunken!«

Ja, ich war ja auch schon vorher betrunken!
Ich grinse und hebe die Schultern.
Schnell Thema wechseln!
»Wo hast du gelernt so zu spielen?«
Jonas schaut auf und antwortet.
»Pascals Opa hat es mir beigebracht. Mein Vater würde das nicht tun. Hat ja nie Zeit. Und du? Hat es dir August beigebracht?«
»August?! Nee, der steht nicht so auf Kugeln.«
Jonas lacht.
»Ich habe es mir selbst beigebracht. Habe Internet-Videos angeschaut. Wäre natürlich schöner, wenn es mir mein Dad beigebracht hätte. Aber ich weiß nicht, wo er ist.«
Ich schaue zu, wie Jonas die schwarze Kugel anstößt. Sie landet nicht im Loch. Jonas schaut auf.
»Du weißt nicht, wo dein Vater ist?«
»Er ist abgehauen, als ich noch nicht mal ein Jahr alt war. Ich weiß nichts von ihm und Mum will mir nichts verraten. Echt gemein.«
»Das tut mir leid.«
»Das muss dir nicht leid tun. Er ist mir egal. Obwohl... Manchmal frage ich mich schon, wo er ist und was er macht. Oder ob er an mich denkt. So was halt.«
»Hast du nach ihm gesucht?«
Die doofe Kugel macht nicht das, was sie soll. Echt ätzend!
Jonas wiederholt die Frage.
»Was? Nein. Habe ich nicht. Ich weiß nur, dass er „Wehnert" mit Nachnamen heißt, mehr nicht.«
Ich weiche Jonas' Blick aus.
»Wer weiß schon, wo der sich rumtreibt«, füge ich etwas leiser hinzu.
Jonas hat es dennoch mitbekommen.

»Ich kann herausfinden, wo er ist. Ich kenne jemanden, der mir das sagen könnte.«

Ich blicke Jonas überrascht an.

»Ja, das kriegt er hin.«

Ich grinse Jonas an.

»Ist das legal?«

»Klar, ist das legal!«

Jonas schleudert die schwarze Kugel rein.

»Gewonnen!«

Ja, lach nur!

»Willst du eine Revanche?«

Ich sehe auf meine Armbanduhr. Die Zahlen verschwimmen. Es dauert eine Weile, bis ich kapiert habe, wo der Zeiger steht.

»Nein, ich will nach Hause. Ich meine, ich muss nach Hause.«

»Okay. Dann gibt es die Revanche beim nächsten Mal.«

Er scheint ein wenig enttäuscht. Aber das ist mir egal. Ich fühle mich hier wie im Karussell und mir ist auch noch schlecht. Ich habe keine Lust, ihm auf den Boden zu kotzen. Trotzdem muss ich mich noch ein wenig zusammenreißen.

»Ich rufe dich Sonntag an.«

Nein, nicht anrufen! Egal! Ich muss jetzt schnell raus!

»Okay.«

Jonas begleitet mich zur Tür.

Verabschieden! Los!

Schnell!

»Viel Spaß bei deiner Familie!«

»Da werde ich keinen Spaß haben. Aber trotzdem danke.«

Ich zwinge mich zu einem Grinsen. Jonas grinst ebenfalls.

»Gute Nacht«, sagt er.

Ich gehe noch nicht schlafen!

»Danke, für die spontane Einladung!«

Endlich öffnet er die Tür.
Hoppla! Seine doofe Fußmatte!
Jonas hält mich.
Noch mal gut gegangen! Aber voll peinlich!
»Danke fürs Festhalten.«
Schnell mache ich das Licht im Hausflur an.
Vielleicht denkt er, dass es einfach dunkel war und ich deshalb - na ja - gestolpert bin. Echt peinlich!
»Kein Problem!«
Jonas grinst.
»Und danke noch mal für das Super-Geschenk.«
»Bitteschön. Tschau!«
Ich zwinge mich ein letztes Mal zu einem Lächeln. Dann drehe ich mich um und betätige meine Türklingel.
Ich glaube, ich muss wirklich kotzen!
»Ich rufe dich an.«
Ja, ja!
Ich blicke über meine Schulter zu Jonas.
»Okay.«
Jonas lächelt und schließt seine Tür.
Na endlich! Mann, kann er anstrengend sein!
Ich drücke noch einmal auf die Klingel.
Bewegt euch! Mir ist schlecht!
Endlich geht die Tür auf.
»Hey. Schon zurück? Ach, das ging ja schnell! Gestern warst du viel länger fort. Alles gut?!«
Nervensäge, geh zur Seite!
Ich laufe an ihr vorbei und schnell Richtung Badezimmer. Schnell schließe ich ab und klappe die Klobrille hoch.
Noch genau rechtzeitig!

Freitag, 27.11.2015
Sorry, dass ich gestern nicht mehr zum Schreiben kam. Aber ich war ziemlich erschöpft vom Kotzen. Außerdem hatte ich auch keine ruhige Minute. Als Mum und die anderen beiden erfahren haben, dass ich gekotzt habe, haben sie mir ständig irgendwelche blöden Fragen gestellt. Meine Ausrede war, dass die Sushis wohl schlecht waren. Ob sie mir das geglaubt haben? Keine Ahnung. Aber wenigstens haben sie mich in Ruhe gelassen. Mum hat mir nachher noch einen Tee gemacht. Irgendwie habe ich deswegen ein schlechtes Gewissen. Das war ja alles meine Schuld. Und ich habe mir fest vorgenommen, keine verschiedenen alkoholischen Getränke mehr zu mischen. Besser wäre natürlich überhaupt keinen Alkohol mehr zu trinken. Ich muss sehen, ob ich das in Erwägung ziehen kann.

Sonst ist nichts Außergewöhnliches passiert. Das einzige, was mich heute noch ein wenig genervt hat, waren die fünf Bewerbungsabsagen im Briefkasten. Die sind mir dann auch noch direkt beim Öffnen des Briefkastens vor die Füße gefallen!

Samstag, 28.11.2015
Es ist schon 17:00 Uhr und meine Gedanken schweifen ständig zu Jonas.
Ob er schon feiert?
Irgendwie kann ich einfach nicht aufhören an ihn zu denken.
Ob er sich gestern gewundert hat, warum ich so schnell nach Hause musste?
Ich war ziemlich betrunken! Wenn ich daran denke! Warum war er eigentlich nicht betrunken? Vielleicht war er es ja, nur nicht so stark wie ich. Ach egal! Warum mache ich mir ständig darüber Gedanken? Ich glaube, ich habe mich in Jonas verliebt!

Die Antwort erschreckt mich. Die ständigen Herzklopfen in seiner Nähe, die Angst, dass ihm unsere Freundschaft nicht mehr zusagt. Das sind doch eindeutige Anzeichen!

Und das größte Anzeichen: Ich verstelle mich. Ich möchte, ihm gefallen. Plötzlich kommt mir eine dumme Idee. Ich schiebe die Schublade meines Nachtschränkchens auf und blicke auf den Schlüssel. Es ist der Ersatzschlüssel, den mir Jonas am Tag seiner Kühlschrank-Lieferung gegeben hatte. Irgendwie habe ich vergessen, ihm den Schlüssel zurückzugeben.

Ich könnte ja in seine Wohnung gehen und mich ein wenig umsehen? Vielleicht führt er auch ein Tagebuch? Dann könnte ich nachschauen, was er von mir denkt! Nein, das ist kriminell! Das war eine ziemlich blöde Idee!

Am besten, ich gebe ihm den Schlüssel beim nächsten Treffen zurück. Vielleicht schon morgen?

Sonntag, 29.11.2015

Jonas hat sich noch nicht gemeldet. Mittlerweile ist es schon früher Abend und ich glaube nicht, dass er noch anrufen wird. Ich lese die letzten Seiten meines Fantasybuches und schaue gelegentlich auf mein Handy. Keine verpassten Anrufe, keine SMS.

Vielleicht hat er mich vergessen? Oder er will mich nicht mehr wiedersehen?

Ich spüre einen Stich im Herzen. Ich stehe auf und laufe in die Küche. Ich schaue aus dem Fenster und suche die Straße nach seinem Auto ab. Aber sein Auto ist nicht da.

Vielleicht hat er es woanders geparkt? Oder er ist einfach nicht da. Punkt.

Ich gehe in mein Zimmer zurück. Gerade als ich meine Tür hinter mir schließe, vibriert mein Handy. Ich laufe darauf zu. Auf dem Display steht „Eingehender Anruf Jonas". Mein Herz schlägt mir bis zum Hals.

Nein, ich gehe nicht ran! Nicht auf diese Weise! Ich hasse telefonieren!!!

Ich warte ab, bis das Handy aufhört zu vibrieren und setze mich wieder auf mein Bett. Aber Jonas ist hartnäckig. Er ruft noch einmal an.

Nein, vergiss es! Ich nehme nicht ab!

Er lässt es diesmal noch länger klingeln. Ich versuche es zu ignorieren.
Endlich!
Es hat aufgehört. Ich widme mich meinem Buch zu. Noch drei Seiten und dann bin ich damit durch. Ein paar Minuten später vibriert mein Handy noch einmal. Aber diesmal nur kurz. Ich schaue nach. Eine neue Nachricht!
Was will Jonas? Scheint wohl ziemlich wichtig zu sein.
Mein Herz schlägt schneller und ich halte die Luft an.
Hoffentlich nichts Schlimmes!
Ich habe eine Überraschung für dich. Halte dich Morgen um 17 Uhr bereit.
Ich lese die Nachricht immer wieder.
Was hat er vor? Ich hasse Überraschungen! Und warum muss ich mich bereithalten?! Was bedeutet das?! Eins weiß ich sicher: Heute Nacht werde ich kaum schlafen. Vielen Dank, Jonas!

Mittwoch, 30.11.2015
Die Nacht war wie erwartet anstrengend. Ich bin ständig wach geworden und hatte Herzrasen. Dementsprechend bin ich nun müde. Eigentlich trinke ich keinen Kaffee, aber heute brauche ich einen. Erst gegen Mittag konnte ich mich beruhigen, aber nur weil ich alle möglichen Szenarien durchgegangen bin. Die schlimmste war, dass er mir einen Therapieplatz organisiert hat.
Aber warum sollte er das tun?

Es ist 16:30 Uhr. Weil ich Ablenkung gebraucht habe, habe ich mein Zimmer aufgeräumt. Ich hoffe trotzdem, dass die Überraschung nicht von langer Dauer ist. Und dass Jonas nicht diesmal zu mir kommen will. Hier in meinem einzigen Rückzugsort! Ein Blick auf meine Uhr sagt mir, dass ich nun langsam Alkohol zu mir nehmen sollte.

Ich brauche es einfach. Ich muss lockerer sein. Ich muss mich wohler fühlen und ich brauche Mut zum Sprechen. Ach, ich muss mich nicht rechtfertigen! Ich nehme es jetzt!

Ich gehe zum Bücherregal und hole die Flasche heraus. Sie ist nur noch zu einem Drittel voll.

Für heute und mindestens noch einen Tag reicht es.

Neben der Flasche habe ich auch ein Glas gebunkert, so kann ich jederzeit daraus trinken. Ich hoffe Mum hat die Gläser nicht gezählt. Wenn sie merkt, dass ein Glas fehlt, wird sie stutzig.

Ach, was rede ich da?! Sie zählt doch nicht die Gläser! Wer macht denn so was?

Ich schenke mir etwas ein. Mittlerweile kenne ich meine perfekte Dosis.

Prost!

Pünktlich zur Sekunde klingelt es an der Tür. Aurora will schon aufmachen, aber ich überhole sie.

»Das ist Jonas!«

»Ach ja? Woher weißt du das? Es kann auch jemand anders sein.«

Ich grinse sie an.

»Ich bin mit ihm verabredet!«

Aurora sieht mich eifersüchtig an, bleibt aber direkt hinter mir.

Glaubt sie mir nicht? Na ja, wenn sie sich blamieren will, bitteschön!

Ich öffne die Tür und grinse Jonas an.

»Hi.«

»Hey, Karina! Und hallo Aurora!«

Ich drehe mich zu Aurora um und grinse.

Hat sie es jetzt kapiert?! Björn wird sich hier nicht mehr blicken lassen!

»Hallo und tschüss!«

Aurora schaut Jonas böse an und geht.

»Was ist mit ihr?«

»Ich glaube, sie hofft noch immer, dass Björn auftaucht«, sage ich leise.

»Hat sie ihn noch nicht vergessen?!«

Ich schüttele den Kopf.

»Sie muss ihn vergessen! Er ist es nicht wert!«

Soll ich Jonas reinlassen?! Wenn ich es ihm nicht anbiete, ist es ziemlich unhöflich!

»Willst du reinkommen?«

Doof formuliert, aber egal! Zum Glück habe ich mein Zimmer aufgeräumt!

»Nein. Du musst dir eine Jacke anziehen. Die Überraschung ist draußen.«

Was?! Nein, nicht wirklich oder?

Ich sehe ihn so verdutzt an, dass er lauthals anfängt zu lachen.

»Was denkst du gerade?!«

»Äh, ich weiß nicht? Ich frage mich, wo genau draußen?«

»Überraschung! Zieh dich an, sag Bescheid und los geht's!«

Aurora kommt aus ihrem Zimmer und geht in die Küche.

»Aurora! Ich bin mal mit Jonas weg. Ich weiß nicht wie lange!«

»Maximal zwei Stunden«, sagt Jonas.

»Zwei Stunden. Okay? Vielleicht mehr«, rufe ich Aurora zu.

»Maximal«, sagt Jonas und grinst.

Ich sehe Jonas an und muss auch grinsen. Aurora kommt mit einem Joghurt aus der Küche und sieht uns eifersüchtig an.

»Ja, viel Spaß, bei was auch immer!«

Ich schaue Aurora böse an.

Unglaublich, was sie schon wieder denkt!

Jonas grinst. Dann schaut er wieder ernst zu mir.

»Okay. Jetzt zieh dich an. Wir haben um halb sechs einen Termin.«

Einen Termin??? Wo?!

Ich bekomme Panik. Mein Herz rast.

Ist es ein Termin beim Therapeuten??? Ich habe Angst! Da hilft jetzt auch nicht der Alkohol dagegen. Ich muss es wissen!

»Was meinst du mit Termin?«

Ich ziehe meine Stiefel an und schaue ihn verunsichert an.

»Erklär ich dir unterwegs.«

Ich wickele meinen Schal um den Hals, ziehe meine Jacke drüber, schnappe mir meine Umhängetasche und meinen Schlüssel und ziehe die Tür hinter uns zu. Als wir draußen sind, hake ich noch mal nach.

»Wohin fahren wir?«

»Wirst du schon sehen.«

Warum tut er mir das an???

Ich seufze innerlich auf und steige in sein Auto.

Vielleicht ist es ja kein Therapeut! Hoffentlich!

Wir stehen vor einem Altbau mit Bürovermietungen.

Ich habe keine Ahnung was das soll. Jonas dreht sich zu mir um.

»Kommst du?«

Ich schaue zum Gebäude hinauf. Ganz oben sind drei Fenster beleuchtet.

»Ja, ich komme.«

Ich folge ihm. Jonas drückt auf eine Klingel. Ich schaue zur Klingel rüber.

Detektei Gehring. Was will er da?!

Will er meinen Vater finden??? Ist das die Überraschung? Blöde Überraschung!

Jonas grinst.

»Die Überraschung ist: Wir suchen deinen Vater.«

Ja, das habe ich auch schon herausgefunden! Das Grinsen kannst du dir sparen!

»Karl findet ihn. Außerdem habe ich noch etwas gut bei ihm.«

Fahr mich wieder nach Hause! Jetzt, sofort!!!

Die Tür summt und Jonas drückt sie auf.

»Kommst du?!«

Jonas hält die Tür auf.

Na ja, er hat es bestimmt nur gut gemeint.

Ich trete ein. Hinter uns fällt die Tür krachend ins Schloss. Jonas überholt mich und eilt die Treppen hoch. Ich dicht hinter ihm.

Gibt es hier keinen Fahrstuhl?! Wie viele Stockwerke noch? Mann, ich kann nicht mehr! Warte doch! Hey!

Endlich sind wir oben angekommen. Sechste Etage! Die Etage mit den beleuchteten Fenstern. Jonas klingelt auch hier. Diese Tür geht mit einem „Klack" auf. Jonas hält mir wieder die Tür auf.

Habe ich ihm noch nicht gesagt, er soll das lassen?! Ich sollte das schleunigst nachholen! Vor allem jetzt, wo ich wütend bin und es mir leichter fällt.

»Jonas! Hör auf damit!«

»Womit?«

Jonas sieht mich verblüfft an.

»Ich kann mir die Tür selbst aufhalten!«

»Ach so.«

Jonas grinst. Ich gehe rein und werde nervös. Ich vorne, Jonas hinter mir. Das Neonlicht über mir. Dunkelblauer Teppich unter mir. Ich bleibe stehen.

Los, Jonas, geh vor! Ich mag es nicht vorne zu sein!

Jonas bleibt ebenfalls stehen.

Jonas?!

»Jonas, geh vor!«, flüstere ich.

»Warum flüsterst du?«

Ich laufe rot an.

»Weil...weil...«

Weil ich nicht will, dass mich jemand hört!

Jonas grinst und überholt mich.

Geht doch! Muss er so einen Aufstand machen?

Ich schaue ihn böse an. Dann folge ich ihm. Im Flur stehen drei großen Sofas im Halbkreis um einen Tisch mit Zeitschriften. An der langen Wand mit den Bildern steht ein Wasserspender. Ein paar Meter vor Jonas ist ein Tresen mit einer Empfangsdame. Die Frau trägt ihre rote Brille so komisch im unteren Bereich der Nase. Sie grinst, als sie Jonas sieht. Schnell verstecke ich mich hinter Jonas.

»Was für ein Anblick! Was machst du hier? Lange nicht mehr gesehen!«

»Hallo Margret. Das ist Karina.«

Ich verlasse mein „Versteck" und bin ziemlich verlegen.

Hat die Frau gemerkt, dass ich mich hinter Jonas versteckt habe?

Die Frau mustert mich von oben nach unten.

»Ist das deine Freundin? Endlich erlebe ich, dass du eine Freundin hast!«

Sie lacht auf und schiebt sich die Brille hoch.

»Das ist eine gute Freundin und Nachbarin.«

»Aha. Eine Klientin also?«

Schön, dass sie über mich sprechen, obwohl ich direkt daneben stehe! Das mag ich überhaupt nicht! Und vor allem: Was ist das für ein Benehmen? Ich mag die Frau jetzt schon nicht.

Jonas sieht mich an und grinst.

»Genau genommen bin ich der Klient. Ich gebe den Auftrag.«

Ja, super Auftrag! Auf meine Kosten! Ich will weg!

Margret schaut Jonas überrascht an und lacht.

»Dann willkommen! Soll ich Karl Bescheid sagen? Er steckt noch in einem Termin, aber ich könnte …«

Jonas unterbricht sie.

»Wir warten. Wir setzen uns einfach da rüber.«

Jonas dreht sich um und zeigt mit seinem Finger auf die Sofas. Dann geht er auch schon auf die Sofas zu.

Schnell, weg von der unheimlichen Frau!

»Macht's euch gemütlich. Soll ich euch einen Kaffee bringen? Tee? Kakao? Wasser? Oder doch Orangensaft?«

»Habt ihr noch keine Cola im Angebot?«

Jonas grinst und zwinkert mir zu.

Was soll das denn jetzt?!

Er setzt sich auf die mittlere Dreier-Sofa und ich setze mich auf die erste Zweier-Sofa, die direkt so gestellt ist, dass ich Margret im Rücken habe. Ich habe einfach keine Lust sie unnötig anzusehen.

Margret, was ist das für ein Name?!

»Cola ist alle! Das weißt du doch!«

Jonas grinst und ruft zurück: »Cola ist gut! Ihr solltet das in euer Angebot mit aufnehmen.«

»Karl sträubt sich, weißt du doch. Trink deine Cola weiterhin im Schnellrestaurant.«

»Okay. Dann bring uns...«

Jonas wendet sich mir zu.

»Was möchtest du?«

Ich hebe die Schultern.

Gar nichts! Ich will nach Hause!

»Nix.«

Jonas sieht mich belustigt an.

»Sei nicht schüchtern! Sie wird so lange nachhaken, bis du was nimmst. Also strapazier nicht unnötig deine Nerven.«

Ich überlege kurz.

»Dann halt Wasser.«

Jonas dreht sich zu Margret um: »Einmal Wasser und einen Kakao.«

»Wasser kannst du dir da vorne ziehen! Also zweimal Kakao.«

Margret verschwindet in einen Nebenraum.

Warum zweimal Kakao?!

Ich sehe Jonas genervt an. Jonas lacht.

»Hast du gehört? Du kannst dir dort Wasser ziehen!«

Ich schaue zum Wasserspender. Er steht nur ein paar Schritte von mir entfernt.
Aber aufstehen und mir was holen? Nein, lieber nicht, sonst kommt die seltsame Frau zurück und spricht mich an. Oder sie ignoriert mich weiterhin? Na ja, ich bin nicht gerade neugierig, was sie tun würde. Trotzdem, ich wollte keinen Kakao! Ich frage mal Jonas, der kennt sie.
»Warum macht sie jetzt zwei Kakaos?«
»Sie macht was sie will!«
Jonas grinst und fügt hinzu:
»Aber wenigstens bekomme ich, was ich wollte.«
Ja, schön für dich!
Ich seufze innerlich auf.
Was mache ich eigentlich hier?!
Jonas schlägt ein Bein über das andere und sieht sich im Raum um.
»Margret ist speziell. Das wirst du noch merken.«
Das habe ich schon gemerkt!
»Das ist normal bei ihr. Vorher war sie auch so.«
Vorher? Wie vorher? Das will ich jetzt wissen!
»Woher kennst du sie?«
»Margret Morcher. Sie ist die Mutter von Pascal.«
Du meinst, sie war die Mutter von Pascal. Verdammt, warum bin ich so gemein? Sie hat ihren Sohn verloren!
Ich habe ein schlechtes Gewissen.
»Und wer ist Karl?«
»Karl ist ihr Vater und der Chef hier. Er ist auch ein wenig speziell.«
Na super!
Jonas lacht. Dann wechselt er seine Sitzposition. Er stützt seine Ellbogen auf seine Oberschenkel und beugt sich nach vorne.
Hauptsache gemütlich! Und ich? Ich sitze hier steif wie ein Brett in Fluchtposition. Meine Umhängetasche auf dem Schoß.

Plötzlich geht eine Tür auf und ich denke schon, dass es Margret ist, aber ich höre eine männliche Stimme. Jonas schaut auf und auch ich wage mich. Es ist ein kleiner, alter Mann mit weißen Haaren. Er trägt einen dunkelgrünen Pullover und Jeans. So gar nicht passend für eine Detektei. Aber es kann nur Karl sein. Die anderen zwei Leute, die rauskommen, sind jung. Wahrscheinlich ein Ehepaar. Sie geben dem älteren Mann die Hand und verabschieden sich. Jonas steht auf und streckt sich. Die zwei Leute gehen achtlos an uns vorbei. So, als wären wir gar nicht da.
Solche Schnösel!
Jonas ist das ziemlich egal. Er läuft schon auf den älteren Mann zu. Ich stehe auf und folge ihm.
»Hey, Karl! Endlich! Wir warten schon!«
Wusste ich doch, dass es Karl ist!
Ich grinse zufrieden.
Und wo bleibt diese Margret?! Egal!
Karl schaut auf seine goldene Armbanduhr und seufzt.
»Schon so spät?! Warum hältst du mich noch auf? Ich will Feierabend machen.«
Er schaut kurz zu Jonas und erblickt mich.
»Oh, wer ist denn das? Deine Freundin? Hallo!«
Er streckt mir seine Hand hin und ich gebe ihm meine.
Oh, fester Händedruck! Ich muss mich vorstellen! Jetzt!
»Karina.«
Zu leise. Hat er es gehört? Ich glaube nicht.
Karl lächelt und lässt meine Hand los. Gleich darauf schaut er wieder zu Jonas.
Er scheint auf eine Erklärung zu warten. Also hat er es nicht gehört. Peinlich!
»Das ist Karina. Eine Freundin von mir.«
»Du meinst deine Freundin! Du bist doch nicht Björn!«
Karl lacht. Ich grinse.

»Ich meine, eine Freundin. Ich habe was gut bei dir, weißt du noch?«

»Mein Lieber, wie könnte ich das vergessen?!«

Er kneift Jonas in die Wange.

Das ist echt lustig! Karl gefällt mir jetzt schon!

Jonas macht einen Schritt zurück.

»Karl, bitte lass das! Ich bin nicht mehr zwölf.«

»Na gut. Dann kommt in mein kuscheliges Büro.«

Ich folge den beiden.

Das kann ja heiter werden!

»Wie in der Sauna!«, ruft Jonas.

Oh, wirklich! Ziemlich warm und stickig hier. Wahrscheinlich hat er die drei Heizungen auf volle Pulle aufgedreht.

Dennoch das Zimmer ist ziemlich modern ausgestattet und vor allem - wie ich sehe - wurden keine Kosten und Mühen gescheut. Massiver Holztisch, schwere Holzstühle, ein riesiger Monitor an der Wand und Grünpflanzen. Sogar ein Springbrunnen steht im Raum. Hinter dem Schreibtisch hängen Porträts von irgendwelchen Leuten. Auf dem letzten erkenne ich Karl. Links von Karls Schreibtisch ist noch eine weitere Tür.

Wo die wohl hinführt?

Wir setzen uns. Karl auf seinen ledernen Bürostuhl. Schnell ziehen Jonas und ich unsere Jacken aus. Ich stelle meine Tasche auf den Boden vor meinen Füßen ab.

»So, was kann ich für euch tun?«

Karl faltet die Hände zusammen und wippt auf seinem Bürostuhl auf und ab. Ich muss mir echt das Grinsen verkneifen.

»Ich möchte, dass du Karinas Vater aufspürst. Wir wollen wissen, wo er wohnt.«

Mein Herz rast.

Mein Name ist gefallen! Jetzt bin ich wieder unfreiwillig im Mittelpunkt!

Karl schaut mich direkt an und ich nicke verlegen. Karl schaut mich immer noch an!

»Ja«, sage ich und meine Stimme hört sich seltsam hohl an.
Karl's Blick bohrt sich weiter in mich hinein.

»Was für Anhaltspunkte hast du?«
Wie bitte???
Ich laufe rot an. Jonas kommt mir zur Hilfe.

»Was weißt du über deinen Vater?«
Nicht viel und das weißt du! Er hat meine Mum verlassen, als ich nicht mal ein Jahr alt war. Außerdem kenne ich nicht mal seinen Vornamen!
Die beiden schauen mich an und ich würde mich am liebsten in Luft auflösen. Plötzlich geht die Tür auf und Margret rettet mich aus der Situation.

»Der Kakao ist da!«
Was für ein Glück!
Denk nach! Was antworte ich gleich?

»Das hat ziemlich lange gedauert!«, sagt Jonas belustigt.
Er nimmt einen Becher von ihrem Tablett und reicht ihn an mir weiter.

»Danke«, sage ich zu Jonas und schaue dann lächelnd zu Margret rüber. Ich will ihr auch danke sagen, aber sie schaut mich nicht an. Sie reicht Jonas den zweiten Becher, winkt Karl zum Abschied und geht.
Na ja, egal!
Ich nehme meinen Becher in die Hand und puste. Aber so heiß ist der nicht mehr.

»Stopp!«
Karl hält mich vom Trinken ab. Erschrocken halte ich inne.

»Nein, Karl! Wir wollen das nicht!«, protestiert Jonas.
Mein Herz rast.
Was denn? Hallo?! Klärt mich einer auf?

»Ach, denkst du, das interessiert mich?«

Karl ächzt und öffnet einen Schrank.

»Nein, das interessiert dich nicht. Und ich weiß, woher Margret das hat.«

»Lass Margi aus dem Spiel. Sie weiß schon was sie macht.«

Karl ächzt noch einmal und holt eine Flasche heraus.

Das ist Alkohol!

„Benja-Mel" steht auf der Flasche. Und dann kommt Karl schon auf meinen Becher zu.

»Ein bisschen Benja-Mel«, sagt er und lächelt mich an.

Hat Margret extra den Becher nicht voll gemacht? Nicht so viel! Na super! Hätte ich mir meinen Wodka sparen können! Wie viel Prozent der wohl hat? Und schmeckt das überhaupt mit Kakao?

Ich nehme einen Schluck.

Irgendwie ... seltsam. Hmm, wonach schmeckt das? Likör? Karamell? Oder doch Honig? Ziemlich süß!

Aber man schmeckt trotzdem noch den Alkohol!

»Sorry, Karina. Protestieren hilft nicht, wie du siehst.«

Ich zucke zusammen. Aber keiner hat es gemerkt.

Bitte schieb mich nicht in den Mittelpunkt! Das ist mir sehr unangenehm!

Ich schaue verlegen zu Karl.

»Schmeckt doch, oder?«

»Ja.«

Was soll ich denn sonst sagen?! Nein, wäre unhöflich.

Ich zwinge mich zu einem Lächeln. Ich beweise Karl das es schmeckt, indem ich noch einen weiteren Schluck nehme.

Schmeckt so komisch dickflüssig! Das kann nur Honig sein! Na ja, man kann sich daran gewöhnen. Schon komisch dieser Karl.

Ich grinse.

»Siehst du. Deiner Freundin schmeckt's.«

Karl füllt Jonas' Becher auf.

»Ich bin mit dem Auto hier! Probezeit und Alkohol sagt dir das etwas?«

Jonas scheint ziemlich genervt zu sein. Er hat seine Arme verschränkt und guckt ziemlich böse.

Oh je!

»Ach, das bisschen Alkohol!«

Jonas seufzt.

»Trotzdem! Ich will meinen Führerschein nicht verlieren! Und nicht jedem schmeckt das!«

»Ach komm! Mir schmeckt's. Das ist die Hauptsache.«

Karl sieht Jonas grinsend an und füllt nun seinen eigenen Becher auf.

Macht er das bei jedem Besuch???

Jonas schmollt. Ich grinse ihn an.

Warum stellst du dich so an? Trink einfach einen Schluck und dann ist er zufrieden!

Ich stelle meinen Becher ab und lehne mich zurück. Mein Blick schweift über die Porträts.

»Also, Katrin, was weißt du über deinen Vater?«

Ich schaue erschrocken auf.

Meinte er mich?

Jonas stöhnt auf.

»Sie heißt Karina!«

»Ja gut, dann Karina.«

Mein Herz schlägt mir bis zum Hals und ich zwinge mich zu atmen. Sein bohrender Blick verunsichert mich total. Aber er wird nicht zufrieden sein, wenn ich schweige.

Also, ich muss meinen Mund aufmachen! Ich muss!

»Nicht viel. Ich weiß nur, dass er mit Nachnamen „Wehnert" heißt und dass sein Geburtsjahrgang 1961 ist.«

Das war ein langer Satz! Aber ich habe es geschafft!

Es war laut und deutlich. Ich kann es doch! Eigentlich.

Karl sieht mich immer noch erwartungsvoll an. Aber ich habe nichts mehr hinzuzufügen. Ich werde wieder verlegen und weiß nicht, was ich mit meinen Händen machen soll. Verlegen schiebe ich mit meinen Füßen meine Tasche näher an mich heran. Karls Blick wird weicher. Er lächelt mich erstmals freundlich an.

»Na gut. Zwei Infos. Das ist nicht viel, aber man kann schon damit arbeiten. Bist du adoptiert, Katrin?«

Jonas seufzt.

»Sie heißt Karina!«

»Nein, bin ich nicht«, sage ich leise.

Karl sieht mich entschuldigend an.

»Ich hab's nicht so mit Namen.«

Ich lächle verlegen.

Kein Problem! Sie können mich Katrin nennen. Hauptsache, ich bleibe Ihnen nicht negativ in Erinnerung.

»Mich hat er ewig Johannes genannt!«

Ich muss grinsen.

»Und Pascal hast du ständig Paul genannt. Deinen Enkel!«

Jonas lacht und schaut Karl belustigt an. Karls Blick wird ernst. Plötzlich breitet sich eine unangenehme Stille aus. Ich traue mich nicht zu atmen.

Los, Leute! Können wir weitermachen? Ich will heute noch nach Hause! Los, kommt schon!

Ich lasse die angestaute Luft heraus und tarne sie mit einem stummen Gähnen (Natürlich halte ich meine Hand vor dem Mund). Jonas blickt auf. Auch Karl rührt sich.

Endlich!

Karl schaut mich an und verkündet:

»Ich könnte meine Informationsquelle nutzen und alle Personen mit diesem Nachnamen auflisten. Das sind aber…«

Er hält inne und tippt etwas in seinen Computer.

»Das sind insgesamt 338 Personen in ganz Deutschland.«

Das ist eine Menge!

»Wenn ich die Daten nur auf Hannover beschränke, sind es 14 Personen. Aber den genauen Aufenthalt kennst du nicht.«

Stimmt, den weiß ich nicht. Und eigentlich ist mir das egal. War eine doofe Idee hier herzukommen! Lassen wir das einfach sein! Ab nach Hause!

Wie auf mein Stichwort, schaut Jonas auf sein Handy.

Gedankenübertragung!

Ich muss grinsen.

»Hast du die Telefonnummern von den Personen?«, fragt Jonas, schaut aber immer noch auf sein Handy. Karl nimmt einen Schluck aus seinem Becher und antwortet verzögert.

»Ich habe die Adressen, die Telefonnummern und das Geburtsdatum.«

Karl sieht mich an.

»Es wäre gut, wenn du das Geburtsdatum vollständig wüsstest. Es würde viele Einträge minimieren.«

Jonas steckt sein Handy ein und sieht mich an.

»Du könntest deine Mutter fragen.«

Nein, kann ich nicht! Mum sagt mir nichts! Sie will nicht über „das Thema", wie sie es nennt, reden.

Trotzdem, damit ich Ruhe habe, sage ich am besten, dass ich es tun werde.

»Okay. Mach ich.«

Karl nimmt sich ein Notizblatt und schaut wieder zu mir auf.

»Ich kann dir die Liste mit den Adressen mailen. Sagst du mir deine Emailadresse?«

Muss ich ja!

Ich nenne ihm die Adresse und er vergewissert sich, dass er es richtig notiert hat.

»Gut. Falls du nicht weiterkommst, kannst du mich gerne anrufen.«

Karl gibt mir seine Visitenkarte. Ich schaue kurz darauf und stecke sie in meine Tasche.

Ich muss mich bedanken! Los jetzt! Ich darf nicht unhöflich sein!

»Vielen Dank für Ihre Hilfe.«

Ich blicke Karl freundlich an und überspiele somit meine Nervosität.

»Immer wieder gern.«

Ich lächle Karl verlegen an. Was soll ich auch darauf antworten?

Warum bin ich so nervös? Der Alkohol scheint nicht richtig zu wirken. Aber warum? Wahrscheinlich habe ich einfach zu viel Angst und Stress. Keine Ahnung!

Ich schaue auf den Becher und überlege, ob ich mich nicht aufmuntern sollte.

Warum nicht? Ich brauche das jetzt!

Karl schreibt etwas auf seiner Tastatur und Jonas tippt etwas auf seinem Handy.

Also los!

Ich greife nach dem kalten Kakao und trinke den Becher leer. Zum Glück hat mich keiner dabei beobachtet. Erst als ich den Becher abstelle, schaut Karl zu mir rüber und lächelt.

»Schmeckt echt gut, oder?«

Mir schießt die Röte ins Gesicht. Das einzige, was mir einfällt, ist dämlich zu grinsen und zu nicken. Ich komme mir echt blöd vor.

Schnell weg hier! Ich habe keine Lust mehr zu sitzen!

Ich ziehe meinen Schal und meine Jacke an, nehme meine Tasche und erhebe mich. Karl erhebt sich auch.

»Ich habe dir die Email soeben geschickt. Du kannst dir die Liste zu Hause in Ruhe anschauen.«

»Danke«, sage ich lächelnd und blicke verlegen zu Jonas.

Jonas erhebt sich, nimmt seine Sachen und winkt Karl kurz.

»Tschüss Karl! Schönen Abend noch!«

Karl schaut erst Jonas und dann mich an.

»Euch auch!«

Ich lächle wieder und eile Jonas hinterher.

Bloß weg hier! So schnell, wie möglich! Gleich habe ich es geschafft und dann erstmal Ruhe!

Wir verabschieden Margret. Na ja, Jonas tut es. Ich nicht. Und schon sind wir bei den Treppen.

Schnell raus hier!

Draußen, als ich die kalte Luft einatme, fühle ich mich befreit! Ich hasse fremde Gebäude, fremde Menschen und vor allem mit fremden Menschen an einem Ort zu sein. Jonas öffnet sein Auto und ich steige wortlos ein.

Soll ich Jonas jetzt danken?

Ich überlege zu lange. Jonas steigt ein und schnallt sich an. Ich mache es ihm nach und stelle meine Tasche auf den Boden.

»Du bist so ruhig. Alles okay?«

Ich bin immer ruhig! Das ist nichts Neues! Ich brauche eine Ausrede! Eine gute!

»Ich denke nach.«

Jonas sieht mich besorgt an.

»Ich hoffe, dir gefiel meine Überraschung.«

»Ja, alles gut! Die Überraschung war super. Ich bin nur...«

Ich suche nach einem passenden Wort. Etwas Neutrales! Jonas grinst.

»Du bist mit den Gedanken schon bei der Liste?«

Erleichtert lächle ich.

»Ja, genau.«

Jonas startet den Wagen und schaut sich um.

»Und was denkst du über Karl?«

»Er ist cool.«
Das war jetzt ehrlich.
»Speziell trifft es besser.«
Jonas lacht.
»Gar nicht, Margret ist speziell.«
Ich weiß nicht, warum ich Karl in Schutz nehme. Aber so langsam kann ich wieder lachen. Jonas gibt Gas und schaut nach vorne.
»Margret? Die arme Margret.«
Ich habe das Gefühl, dass Jonas mit mir soeben die Stimmung getauscht hat. Jetzt ist er derjenige, der grübelt und ernst schaut.
Was er wohl gerade denkt? Soll ich ihn fragen? Oder ablenken? Aber womit?
»Hat Margret noch andere Kinder?«
Die Frage kam einfach so heraus. Erst jetzt merke ich, dass sie nicht so passend war. Jonas blickt mich kurz an und schaut wieder nach vorne.
Verdammt! Ich Schussel!
»Nein. Pascal war ihr einziger Sohn.«
Schnell das Thema wechseln! Aber womit? Es muss eine logische Überleitung sein. Mal nachdenken.
Ah, ich hab's!
»Was macht Margrets Mann beruflich? Arbeitet er auch bei Karl?«
Jonas lacht auf.
»Nein! Er doch nicht! Andreas ist Rechtsanwalt.«
Oh, Wow!
Ich grinse Jonas an. Aber irgendwie schaut er so finster.
»Er hat Pascal auf dem Gewissen! Er hat ihn umgebracht!«
Er hat ihn umgebracht??? Hä? Hat Pascal nicht Selbstmord begangen?
»Hat Pascal nicht ...?«
Ich breche ab.
Ich kann das Wort nicht sagen.

Jonas bremst stark. Durch die Wucht wäre ich fast aufs Armaturenbrett geprallt. Zum Glück hält mich der Gurt fest.

Verdammt! Was ist los???

Erschrocken schaue ich auf die Straße. Die Ampel ist rot. Fußgänger gehen durch die Straße. Zwei Jugendliche schauen zu uns rüber und lachen. Ich blicke Jonas an. Ich hatte mich noch nie so erschreckt!

»Sorry. Die doofe Ampel!«

»Kein Problem.«

Mein Herz steht kurz vor der Explosion!

Jonas dreht das Radio lauter. Und ich lehne mich wieder in meinen Sitz zurück.

Ich hoffe, ich bin nicht schuld. Ich meine, hätte ich nicht Pascals Familie zum Thema gemacht, wäre Jonas nicht so aufgebracht gewesen. Oder?

Ich habe ein schlechtes Gewissen. Ich atme tief ein und aus und versuche mich endlich zu beruhigen. Jonas fährt weiter. Ich traue mich nicht mehr etwas zu sagen. Ein paar Minuten herrscht Schweigen, bis auf das Radio, welches gerade die Nachrichten ansagt. Als Jonas bei der nächsten Ampel anhält, diesmal ohne großen Zwischenfall, schaut er mich kurz an.

»Fragst du deine Mutter noch heute?«

»Was???«

»Ich meine, wegen deinem Vater. Du musst unbedingt das Geburtsdatum herausfinden.«

»Ach so. Mal sehen.«

Ich schaue auf meine Armbanduhr und versuche die Zeit zu lesen. Aber es ist zu dunkel.

»Es ist gerade kurz vor halb acht.«

Überrascht schaue ich Jonas an. Er lächelt mich an. Ich lächle zurück.

»Ich frage sie, wenn sie nicht mit August im Wohnzimmer sitzt.«

Und das macht sie bestimmt. Da bin ich mir ziemlich sicher. Also, nein. Heute nicht!

»Hältst mich auf dem Laufenden, ja?«

»Ja. Und danke noch mal. Das war wirklich eine tolle Überraschung!«

Ich versuche glücklich und zufrieden zu klingen. Jonas fällt darauf herein.

»Gerne. Ich hatte sowieso noch etwas gut bei Karl.«

Jonas biegt in eine Nebenstraße.

»Ich muss noch mal kurz zum Supermarkt. Du kannst im Auto bleiben. Es ist wirklich nur kurz.«

Warum??? Kannst du das nicht morgen machen?
Na gut! Wenn's sein muss.

»Okay. Kein Problem.«

Beeil dich aber!

»Wenn du möchtest kannst du noch kurz zu mir kommen. Eine Partie Billard steht noch aus. Deine Revanche!«

Jonas lacht.

So gefällt er mir besser!

Ich muss grinsen. Aber nicht wegen ihm, sondern weil mir mein seltsamer Abgang wieder einfällt.

Oh, Mann, war ich betrunken!

Trotzdem muss ich ihn enttäuschen. Ich brauche Ruhe. Ich muss meine Gedanken sortieren.

Heute ist so viel passiert! Sorry, Jonas!

»Vielleicht am Wochenende, okay?«

»Okay! Ich nehme dich beim Wort. Warum bist du letztens so schnell gegangen?«

Oh, nein!

Ich laufe rot an. Gut, dass er mich nicht ansieht!

Was soll ich sagen? Hilfe!

»Aurora hat mir erzählt, du hättest gekotzt. Stimmt das?«
Vielen Dank, Aurora!
»Äh...«
»Aber die Sushi waren gut! Es muss was anderes gewesen sein.«
Schnell, ich brauche eine gute Antwort!
»Keine Ahnung. Vielleicht war's was anderes.«
Der Alkohol!
»Ja, bestimmt.«
Aurora kann sich auf etwas gefasst machen! Sobald ich Zuhause bin!
Jonas parkt vor dem Supermarkt.
»Bin gleich wieder da!«
»Okay.«
Jonas steigt aus und geht zum Geschäft. Ich schaue ihm hinterher.
Warum wollte er nicht, dass ich mitkomme? Und warum hat er nicht seinen Schlüssel mitgenommen? Das Radio ist auch noch an. Hoffentlich kommt keiner und klaut das Auto. Verdammt! Jonas macht mich fertig! Hoffentlich beeilt er sich!
Plötzlich fallen ein paar Schneeflocken vom Himmel. Es werden immer mehr. Ich lächle zufrieden.
Morgen ist der 1. Dezember und bald ist Weihnachten. Ich freue mich!
Zehn Minuten später und ich werde ungeduldig.
Wo bleibt er denn?!

Die Schneeflocken werden immer dichter. Ich kann schon nicht mehr aus den Fenstern schauen. Plötzlich ein Geräusch und Kälte. Ich drehe mich erschrocken nach hinten. Der Kofferraum ist aufgegangen. Jonas hievt zwei Einkaufstaschen hinein und schließt ihn wieder. Kurz darauf sitzt er neben mir.
Hat ja echt lange gedauert!
Aber anstatt sich zu entschuldigen, grinst er nur.
»Ich komme aus dem Laden und sehe Schnee! Unglaublich!«
Ich lächle.

Ja, das ist schön!
»Ach ja, ich habe im Kofferraum eine weitere Überraschung für dich.«
Was?! Schon wieder?! Warum??? Kann er damit nicht aufhören? Ich komme mit den Gegenleistungen nicht hinterher!
»Du wirst bestimmt lachen!«
Ich? Warum sollte ich? Ich lache dich doch nicht aus! Hmm, obwohl?
Was könnte da so witziges sein? Mal überlegen.
Ich hab's!
»Ist es ein Adventskalender?«, frage ich grinsend.
Jonas reibt sich die Hände warm und schaut mich enttäuscht an.
»Woher weißt du das?«
»Morgen ist Dezember und du hast die Überraschung vom Supermarkt mitgebracht.«
»Okay. Du bist einfach zu schlau! Fahren wir nach Hause.«
Ja, endlich!
Eine Viertelstunde später sind wir endlich da. Jonas schaltet den Motor aus. Wir schnallen uns ab und steigen aus.
Endlich zu Hause! Mann, bin ich müde! Vielleicht lasse ich das mit dem Anschreien? Ich kann Aurora auch morgen zur Schnecke machen!
Der Wind ist ziemlich kalt und ich verstecke meine Hände in die Jackentaschen. Jonas holt seine Einkaufstüten heraus. Ich gehe zu ihm rüber.
Ich muss ihm helfen!
»Soll ich dir was abnehmen?«
»Ich schaff das schon. Aber du könntest den …«
Ich versteh schon!
Ich schließe den Kofferraum.
Warum hat er so viel eingekauft? So wie es aussieht, musste sein Kühlschrank komplett leer gewesen sein.
Jonas schließt das Auto und wir gehen zum Haus.

Ich komme mir doof vor. Er schleppt zwei Tüten und ich gehe mit leeren Händen neben ihm her. Hoffentlich sieht das keiner! Mir ist das sehr unangenehm!
Wir kommen an. Jonas stellt die Tüten ab und schließt die Tür auf. *Hätte ich eigentlich auch machen können. Na ja, zu spät! Aber ich kann ihm trotzdem noch helfen!*
Während er die Tür aufmacht, schnappe ich mir die Tüten. Jonas drückt die Tür auf und sieht mich überrascht an.

»Karina?!«

»Du stehst im Weg.«

Jonas will protestieren, aber ich lasse ihn nicht.

»Ich bin stark und du hast nicht drei Arme.«

Jonas lacht auf.

»Du bist echt unglaublich!«

Ich grinse.

Weiß ich doch. Und los jetzt! Hoch mit dir!

Ich mache einen Schritt auf ihn zu und Jonas bewegt sich vorwärts. Wenig später schließt er seine Tür auf.

»Kommst du noch auf eine Partie Billard?«

»Nein.«

Ich suche fieberhaft nach einer Ausrede. Aber zum Glück fragt Jonas nicht nach. Er schiebt seine Tür auf und ich reiche ihm die Tüten. Jonas stellt eine Tüte neben sich auf den Boden ab und holt aus der anderen den Adventskalender. Grinsend reicht er mir diesen. Ich grinse zurück.

»Danke. Hast du dir auch einen gekauft?«

Jonas holt zum Beweis einen zweiten Kalender heraus.

»Den gleichen. Die Auswahl war nicht mehr groß.«

Ich lache auf.

»Ja, du bist auch spät dran.«

»Stimmt.«

Jonas lächelt und sieht mich so seltsam lange an. Ich werde verlegen.
Schnell weg!
»Danke noch mal! Auch für die größere Überraschung! Gute Nacht!«
»Gerne. Dir auch eine gute Nacht.«
Jonas grinst.
Warum grinst er so?! Egal!
Ich drehe mich um und gehe zu meiner Tür. Dann drücke ich auf die Klingel.
»Schreib mir oder ruf mich an, wenn du neue Infos hast.«
Hä? Ach so! Die Daten von meinem Vater!
Ich drehe mich wieder zu ihm und grinse.
»Ich schreibe dir dann eine SMS.«
Jonas grinst.
»Okay.«
August öffnet die Tür.
»Hallo Karina, hallo Jonas!«
Jonas grüßt zurück und ich grinse August an. Dann gehe ich in die Wohnung.
Heute stelle ich Aurora nicht mehr zur Rede. Dafür bin ich einfach zu gut gelaunt!

Dienstag, 01.12.2015
Ich habe entschieden, dass ich meinen Vater suchen sollte. Vor allem jetzt, wo ich ihm näher bin als sonst. Hier ist die Liste mit den Adressen. Ich habe sie gestern, als alle schon geschlafen haben, ausgedruckt und mir jeden Namen angeschaut. Leider kam mir nichts bekannt vor.
Heute werde ich Mum fragen.
Muss ich ja! Oder ich suche den Keller ab!

Gute Idee! Vielleicht finde ich dort schon ein paar Infos? Schließlich wohne ich seit meiner Geburt hier. Also, wo sollte Mum sonst ihre Andenken von meinem Dad aufbewahren? Oder sie hat die Sachen weggeworfen! Na, ja. Ich muss mir nicht gleich alles schwarz malen!

Ich gehe jetzt duschen, dann ziehe ich mich an und frühstücke. Nach dem Frühstück gehe ich in den Keller! Genau so mache ich's!

Ich werfe meine Bettdecke zur Seite und stehe auf. Als ich mir die Hausschuhe überziehe, blicke ich direkt auf den Adventskalender.

Jonas' Adventskalender.

Ich grinse. Neugierig suche ich die Eins und öffne das Türchen.

Oh, ein Schneemann! Mmh, lecker! Schneemann, wie Schnee!

Ich stolpere zu meinem Fenster, ziehe die Gardinen beiseite und schaue hinaus.

Na ja, der Schnee ist weg. Aber gestern hat es richtig schön geschneit! So, auf geht's ins Badezimmer!

Eine Stunde später stehe ich unten im Keller. Hoffentlich ist der Keller nicht voll gestellt. Ich öffne das Schloss und ziehe die Tür auf. Rechts ist der Lichtschalter. Ich betätige ihn.

Oh, du meine Güte! Wie soll ich hier überhaupt durchkommen? Seit wann ist das hier so voll?!

Ich war ewig nicht mehr hier. Aber ich weiß, dass hier irgendwo alte Fotoalben herumliegen müssten und die muss ich unbedingt finden. Ich kämpfe mich bis nach hinten durch und suche zuerst in einem hohen Schrank. Dort waren die Fotos das letzte Mal.

Ob sie da immer noch sind? Hoffentlich!

Ich niese.

Ist das staubig hier! Ich glaube, Mum war auch seit Ewigkeiten nicht mehr hier. Das sind alles Sachen, die wir rausgeworfen haben, als August und Aurora eingezogen sind. Und keiner hat sich hier um den Müll gekümmert. Trotzdem ich muss den verdammten Schrank aufkriegen!

Ich niese noch einmal.

Diese doofe Truhe steht im Weg!
Ich öffne sie und niese erneut. Alte, verstaubte Bücher.
Meine alten Kinderbücher!
Ich hole ein Buch heraus und blättere darin.
Ist ja lustig!
Plötzlich höre ich ein Geräusch. Es kommt von oben. Ein Nachbar ist heimgekommen. Er geht die Treppen hoch.
Oder runter? Verdammt! Ich habe die Tür weit offen gelassen! Wenn mich hier jemand sieht! Ich würde sofort tot umfallen!
Ich lausche. Die Person geht die Treppen hoch. Die Schritte werden leiser.
Glück gehabt! Schnell, ich bin hier wegen der Fotoalben! Ich darf mich nicht ablenken lassen!
Ich schiebe die Truhe beiseite und öffne den Schrank.
Bäh! Da ist eine Spinne!
Ich taumele zurück und falle fast auf einen Garderobenständer. Eine Porzellanpuppe fällt auf mich und dann zu Boden. Ich hebe die Puppe auf. Das Gesicht ist zersplittert.
Die Puppe kenne ich ja gar nicht! Jedenfalls glaube ich nicht, dass ich so eine hatte. Vielleicht gehört die Mum?

Der Kopf der Puppe sitzt locker und irgendwas Weißes steckt da drin. Verwundert hole ich es heraus. Es ist ein zusammengerolltes Foto. Die Außenseite ist beschriftet. Es stehen Vornamen, Nachnamen und Geburtstage darauf. Ich lese die ersten sechs Namen und bleibe beim Achten stehen.
Das kann doch nicht sein! Das ist es!
Ich kneife meine Augen zusammen und schaue noch einmal.
Hauke Wehnert, Mittelstürmer. Nummer 15. Geburtstag, 08.05.1961.
Ich drehe das Foto um und blicke auf ein Gruppenfoto. Viele Jungs im Trikot. Ein Trainer steht daneben.
Er heißt Hauke mit Vornamen! Lustig! Und er spielte Fußball im Verein!

Vielleicht ist er heute Profispieler??? Wer weiß?
Ich drehe der Puppe wieder den Kopf an und setze sie zurück auf den Garderobenständer. Ich könnte zwar noch nach Fotos gucken, aber eigentlich habe ich schon die Info, die ich wollte! Ich blicke noch einmal auf das Mannschaftsfoto und schaue auf den Jungen mit der Trikotnummer 15.
Das ist mein Vater.
Ich lächle.
Ich muss die Liste sofort nach „Hauke" absuchen. Dieser Name dürfte eigentlich nicht so oft vorkommen. Wie leicht das doch ist! Die ganze Zeit, lag die Antwort im Keller!
Ich verlasse den Keller und laufe die Treppen hoch. Eilig schließe ich die Wohnungstür auf.
Schnell in mein Zimmer!
Auf dem Schreibtisch liegt die Liste. Sechzehn Seiten! Ich gehe jedes Blatt einzeln mit dem Finger durch und mein Herz schlägt immer schneller. Auf der zehnten Seite, bleibt mein Herz fast stehen.
Hauke Wehnert, 08.05.1961, Schwarze Straße 48, 30453 Hannover, keine Telefonnummer. Er wohnt in Hannover?
Ich bin schockiert.
Vielleicht bin ich ihm schon nichtsahnend über den Weg gelaufen!
  Die Straße kommt mir zwar nicht bekannt vor, aber ich fahre sofort den Computer hoch und rechne die Distanz aus. Das sind elf Kilometer zwischen uns. Mit der Straßenbahn bin ich in 40 Minuten da. Mein Herz klopft wie verrückt und ich bin ziemlich aufgeregt.
Ich muss Jonas informieren! Schnell! Wo ist mein verdammtes Handy?
Ich suche mein Bett ab und finde es unterm Kopfkissen.
Wie kommt es denn dahin?! Na ja, egal!
Ich haue in die virtuellen Tasten und schicke die Nachricht ab.
Soll ich mich auf den Weg machen? Zu meinem Dad? Aber was sage ich ihm? Hallo, ich bin Karina, deine Tochter??? Weiß, er überhaupt, wie ich heiße?

Doch, er muss es wissen! Ich muss ihn unbedingt fragen, warum er uns verlassen hat! War es, weil er Karriere machen wollte? Oder musste er in eine andere Stadt ziehen? Nein, er wohnt ja hier! Egal! Ich werde ihn einfach fragen! Ich werde mit ihm sprechen! Wenn ich daran denke!! Aber ich bin mehr glücklich als ängstlich. Mum hat Dad als Schuldigen abgestempelt, aber vielleicht war das nur ihre Sichtweise? Ich muss es von meinem Dad hören.
Die ganze Wahrheit!
Mein Handy vibriert. Ich schaue nach. Eine neue Nachricht.
Jonas schreibt:
Gute Nachrichten. Ich bin um halb vier bei dir.
Er kommt zu mir! Verdammt! Ich muss noch aufräumen, kochen und unbedingt mein Zimmer aufräumen!
Ich schaue auf die Uhr. Es ist 11:23 Uhr.

Jetzt stehe ich hier. In meinem Zimmer. Mal wieder alkoholisiert und warte auf Jonas.
Ich glaube Jonas will mich zu meinem Dad begleiten. Vielleicht werde ich schon heute meinem Vater gegenüber stehen! Oh, nein! Ich bin schon ganz aufgeregt! Aber ich freue mich so!
Außer mir ist noch keiner zu Hause. Klar, es ist erst kurz vor halb vier. August kommt erst gegen halb fünf. Dann Mum gegen fünf Uhr und als letztes Aurora gegen halb sechs. Und Jonas kommt eigentlich erst gegen 18 Uhr.
Warum hat er heute früher Schluss? Hat er seinen Chef gefragt? Wegen mir?!
Es klingelt an der Tür.
Jonas!
Ich flitze rüber.
»Hi.«
Jonas grinst mich an.
»Hey.«
»Komm rein!«

Dass ich das jemals zu einem Typen sagen würde!
Plötzlich habe ich die ganzen Filmszenen vor meinen Augen. Jonas kommt rein und schließt die Tür.
»Keiner da?«
Nein, nur du und ich. Ich muss aufhören so dämlich zu grinsen!
»Nur ich. Willst du die Jacke nicht ausziehen?«
»Ich dachte, wir fahren gleich los?«
Ich glaube, ich will Dad doch nicht mehr sehen!
Mein Herz rast.
»Was, wenn er nicht da ist?«
»Dann schreiben wir ihm eine Nachricht. Darf ich mal, die Adresse und das Foto sehen?«
»Klar! Ist in meinem Zimmer. Komm!«
Wieder habe ich Filmszenen im Kopf. Ha ha!
Ich führe Jonas in mein Zimmer und bin ganz aufgeregt.
Hoffentlich gefällt es ihm. Das Bett ist frisch bezogen. Was denke ich da eigentlich?
Ich werde rot. Jonas schaut sich um.
»Schön hast du es hier.«
Danke!
»Du stehst auf Brücken?«
Er schaut auf meinen Wandkalender.
Ja, mag ich. Ähm... Die Liste, wo ist sie noch gleich? Ach, auf meinem Tisch!
»Hier die Liste. Seite zehn. Ich hab die Adresse markiert.«
Jonas stellt sich dicht neben mich.
Ruhig atmen! Hoffentlich rieche ich nicht nach Alkohol! Na, ja. Wahrscheinlich mehr nach Deo.
Ich reiche ihm die Liste. Seine Hand berührt meine. Ich bekomme eine Gänsehaut.
Oh, verdammt! Nichts anmerken lassen!
Trotzdem mache ich einen Schritt zurück und blicke weg.

Wo ist das Mannschaftsfoto?
Ich gehe zu meinem Nachttischschränkchen. Aber da ist es nicht. Jonas dreht sich zu mir um.
»Mit dem Auto sind wir in 25 Minuten da. Wenn wir nicht im Stau stehen.«
»Super.«
Verdammt, wo ist das Foto?! Wo habe ich zuletzt...
Im Wohnzimmer! Stimmt, ich habe mir eine Lupe geholt, um mir das Foto noch genauer anzuschauen! Ja!
»Du sammelst Schneekugeln?«
»Äh, das ist von meiner Oma. Habe ich geerbt sozusagen.«
»Cool.«
»Bin gleich wieder da.«
Ich eile ins Wohnzimmer. Von Weitem sehe ich das Foto auf der Couch.
Verdammt! Wenn ich es hier liegengelassen hätte, würde August das auf jeden Fall sehen und Mum auch! Noch mal gut gegangen!
Ich gehe zurück. Etwas fällt in meinem Zimmer zu Boden.
Was macht Jonas da???
Ich gehe schneller und bekomme fast den Schock meines Lebens! Ein Buch ist aus meinem Regal gefallen und Jonas hebt es auf. Dann bemerkt er mich.
»Du liest Fantasy?«
Ich bin wie gelähmt, mein Herz rast jedoch.
Verdammt, gleich sieht er das Glas und die Alkoholflasche!
Mist!!! Was mache ich denn jetzt?!
»Ich wollte den Klappentext lesen. Aber das Buch ist mir aus der Hand gefallen.«
Ja, ja, schon gut! Verdammt! Nichts ist gut! Hat er die Flasche gesehen???
»Kein Problem.«
Jonas blickt ins Regal. Keine Reaktion.

Er stellt das Buch zurück und schaut mich an.

Er schaut mich zu lange an! Hat er etwas gesehen? Er sagt nichts. Ich muss raus!

»Äh, ich muss noch mal kurz auf die Toilette, dann können wir los.«

Ich habe es ziemlich eilig von ihm weg zu kommen. Im Badezimmer schließe ich mich ab.

Verdammt!

Mein Herz schlägt mir bis zum Hals.

Hat Jonas die Alkoholflasche gesehen? Muss er eigentlich. Aber er hat nichts gesagt. Vielleicht schaut er sich noch die anderen Bücher daneben an? Dann sieht er es auf jeden Fall! Verdammt!!! Warum habe ich die Flasche nicht woanders versteckt? Zum Beispiel in den Kleiderschrank?!

Als ich aus dem Badezimmer komme, sitzt Jonas im Flur auf der Sitzbank und tippt eine Nachricht auf sein Handy. Wortlos ziehe ich meine Schuhe im Stehen an und stülpe mir meinen Schal und Jacke über.

Bitte, dass er es nicht gesehen hat! Ich muss mich jetzt ganz normal verhalten!

Ich gehe in mein Zimmer, schnappe mir meine Umhängetasche, einen Schreibblock und Kugelschreiber. Ich blicke noch einmal zum Bücherregal. Ich kann nichts Außergewöhnliches erkennen.

Okay. Er hätte was gesagt, wenn er es gesehen hätte.

Ich gehe zurück zu Jonas.

»Wir können los.«

Jonas sieht mich kurz an und erhebt sich. Sein Handy packt er in seine Jackentasche.

»Okay.«

Ich muss mich einfach normal verhalten! Als wäre nichts passiert.

Ich schließe die Wohnung ab und dann gehen wir zu seinem Auto. Jonas ist ziemlich ruhig.

Aber wenn, er die Flasche gesehen hätte, würde er doch bestimmt was sagen!

Ach, ich sollte mich nicht immer so stressen! Vielleicht hatte er einfach nur einen anstrengenden Tag.

Ich schnalle mich an und blicke zu Jonas. Jonas steckt gerade den Autoschlüssel rein. Seine Miene ist ernst. Zu ernst. Oder denkt er nur nach?

Ich muss nachfragen! Sonst werde ich noch verrückt!

Ich zwinge mich zu einem Lächeln.

»Alles gut bei dir?«

Jonas schaut mich an.

»Ja. Alles gut. Und bei dir?«

»Auch gut. Ich bin nur ein bisschen nervös.«

»Verständlich. Du triffst gleich deinen Vater.«

Jonas dreht das Radio lauter. Ein bisschen zu laut, wie ich finde. Aber ich sage nichts.

Na ja, soll mir egal sein. Vielleicht hat er einfach schlechte Laune und will nicht reden. Auch gut, dann muss ich mir keine Gedanken zum Gesprächsinhalt machen.

Jonas fährt los.

Wir sind wohl da. Jonas schaltet den Motor aus.

»Hier muss es sein!«

Jonas bückt sich vor und schaut aus meinem Fenster hinaus.

Ich bin geschockt. Die Wohngegend sieht ziemlich ungepflegt aus. Überall wo man hinsieht, Graffitis und Müll. Die Hochhäuser stehen dicht beieinander und ragen steil in die Höhe. Ich schätze die Häuser auf ca. zehn Stockwerke.

Sind wir hier wirklich richtig?! Schwarze Straße 48? Na ja, der Straßenname passt irgendwie. Obwohl, Schwarze-Schafe-Straße würde noch besser passen.

Nervös schnalle ich mich ab.

»Okay. Dann los«, sage ich nicht gerade überzeugend.

Eigentlich will ich wieder umkehren, aber ich kann jetzt nicht mehr zurück. Jonas war so nett und hat mich extra hergebracht, da kann ich nicht einfach abhauen. Ich schaue Jonas an.

»Bleibst du im Auto?«

»Nein, ich komme mit.«

Weiter vorne sehe ich eine Gruppe Jugendliche, die mit einem Basketball dribbeln. Der Schall wird bis zu uns rübergetragen. Mir wird ziemlich mulmig zumute.

»Und wenn die dein Auto klauen?«

Er sollte lieber hier bleiben.

Jonas sieht zu der Gruppe rüber und grinst.

»Ist gut abgesichert. Komm jetzt.«

Na, wenn du meinst!

Ich nehme meine Tasche und öffne die Tür.

Vielleicht ist Dad nicht da.

Ich erhebe mich und behalte dabei die Jugendlichen im Auge.

Hoffentlich bemerken die uns nicht. Die sehen ziemlich aggressiv aus.

Ich schließe extra leise die Tür, aber die Jugendlichen blicken trotzdem zu uns rüber. Wenig später lachen sie.

Also, wenn das Auto weg ist, wissen wir wer es war!

Ich schaue schnell weg und warte auf Jonas. Er geht um das Auto herum und auf mich zu.

»Weißt du schon was du sagen willst?«

»Ähm...«

»Vielleicht sollte ich reden?«

Wieso?! Das ist mein Vater! Ich werde es schon irgendwie schaffen!

Ich schaue Jonas böse an.

»War nur eine Idee.«

Jonas eilt vorwärts. Ich folge ihm schnell. Wir stehen vor den ganzen Namensschildern und suchen „Wehnert".

24 Namen zähle ich.

Unglaublich!

Jonas findet den Namen zuerst und klingelt. Kurz darauf meldet sich eine tiefe, aggressive Stimme.

»Hallo?«

Mein Herz zieht sich zusammen.

Ich habe Angst!

Jonas sieht mich kurz an, dann übernimmt er.

»Einschreiben. Welche Etage?«

»Fünfte!«

Hört sich überhaupt nicht freundlich an!

Nervös lächle ich Jonas an. Aber Jonas' Miene bleibt ernst und er wendet sich von mir ab.

Kein Lächeln?

Ich bin enttäuscht. Die Tür summt und Jonas drückt sie auf. Wir betreten den Flur und gehen zum Fahrstuhl. Mein Herz rast. Ich glaube, ich war noch nie so aufgeregt, wie jetzt. Ich atme tief ein und aus und schaue auf die Anzeigetafel.

Eins.

Zwei.

Drei.

Vier.

Fünf!!!

Es ruckelt kurz, dann öffnen sich die Türen. Im Flur flackert eine Lampe. Auf dieser Etage sind vier Türen. Wo ist die Richtige? Jonas und ich gehen auf die Erstbeste zu, doch die am Entferntesten öffnet sich.

»Hallo?!«

Mein Dad steht barfuß in einem schwarzen T-shirt, samt Bierbauch und zerrissener Jeans vor uns. Er hat ein ziemlich ungepflegtes Äußeres. Hinter ihm, sieht man irgendwelchen Müll auf den Boden verstreut.

Das wird ja heiter!

Jonas geht auf Dad zu. Ich folge ihm, bleibe aber hinter ihm stehen. Zur Sicherheit. Sprechen traue ich mich auch nicht mehr. Jonas blickt zu mir und ich schüttele den Kopf.
Lass uns abhauen!!!
Jonas ergreift das Wort.
 »Wir suchen Herrn Wehnert. Sind Sie das?«
 »Ja! Wer will das wissen?!«
Er ist es wirklich! Also leider keine Verwechslung!
Jonas sieht wieder zu mir rüber. Sein Blick zeigt Entsetzen.
Warum zeigt er es so offensichtlich?! Was soll mein Dad denken?
Ich trete in Erscheinung. Dads Blick bleibt auf mir haften.
 »Was wollt ihr?!«
Mein Dad ist immer noch unfreundlich. Und erst jetzt rieche ich die Alkoholfahne.
Okay, Alkohol kann doch riechen! Und wie! Ich hoffe, ich rieche nicht so stark danach. Ich sollte jetzt was sagen! Irgendwas, bevor er seine Tür zu knallt.
„Ich bin deine Tochter, Karina." *Los, sag schon! Jetzt!*
 »Ich bin Karina.«
Dads Gesicht zuckt auf. Er schaut mich erschrocken an.
 »Was hast du gesagt?!«
Habe ich was Falsches gesagt?
Ich bin ziemlich eingeschüchtert.
Mit ihm war meine Mutter zusammen??? Ich kann mir das irgendwie nicht vorstellen. Er wartet auf eine bessere Erklärung!
 »Sie kennen meine Mutter, Ivonne Albinger.«
Hoffentlich schreit er nicht gleich los!
 Er schaut mich mit zusammengekniffenen Augen an. Ich bekomme Angst. Jonas macht ein paar Schritte zurück und lehnt sich an die nächstgelegene Wand. Ich kann es ihm echt nicht verübeln. In der Wohnung stinkt es und Dad stinkt auch. Aber jetzt stehe ich so schutzlos da.

»Ivonne Albinger?! Woher kennst du meine Ex?!«

»Sie ist meine Mutter«, sage ich verunsichert.

»Ach ja?! Und das soll ich dir glauben?!«

»Karina, lass uns gehen! Es bringt nichts!«

Jonas kommt auf mich zu und greift nach meinem Arm.

»Lass uns gehen«, flüstert er in mein Ohr.

»Warte«, sage ich ein wenig genervt und bereue es sofort.

Jonas will mich nur beschützen. Wer weiß, was Dad als nächstes macht? Trotzdem öffne ich meine Tasche und hole das Mannschaftsfoto heraus. Ich zeige es ihm von weitem.

»Das habe ich von meiner Mutter.«

Ist zwar eine Lüge, aber ein wenig Wahres ist schon dran.

»Zeig her!«

Verdammt!

Ängstlich komme ich näher. Dad reißt mir das Foto aus der Hand und hält es dicht vor sein Gesicht.

Mann, habe ich mich erschreckt!

»Woher hast du das?!«, schreit er.

Wieder zucke ich zusammen.

Habe ich das nicht gerade gesagt??? Warum schreit er so?

Ich laufe rot an.

»Von meiner Mutter. War in unserer Wohnung.«

Schnell weg hier!!!

»Lass uns gehen«, sagt Jonas genervt.

Ich drehe mich zu ihm um und nicke.

Bloß weg hier! Das Foto kann er von mir aus behalten!

Er starrt immer noch darauf und grinst, wie ein Kleinkind. Von Wut keine Spur mehr.

Ähm, ich muss mich irgendwie verabschieden, oder? Oder auch nicht! Schnell weg hier!

Ich mache unauffällig einen halben Schritt zurück und noch ein paar weitere. Plötzlich schaut Dad mich wieder an. Ich bleibe stehen.

»Du bist Karina?! Grüß deine Mutter!«

Was soll ich sagen???

Ich nicke einfach.

Schnell weg hier!

»Komm, wir gehen!«, drängt Jonas.

Jonas kommt auf mich zu und nimmt meine Hand. Dann schiebt er mich mit sich.

»Er ist es nicht wert!«, sagt er lauter, zu Dad gewandt.

Ich schaue nicht mehr zurück. Draußen hole ich tief Luft.

In dieses Haus will ich nie wieder!

All die neuen Eindrücke prasseln auf mich ein.

Wie konnte ich nur denken, dass mein Vater nett ist? Welcher nette Mensch verlässt seine Familie?! Ich kann Mum jetzt verstehen. Ich werde sie nie wieder ausfragen! Mir ist egal, was zwischen den beiden war. Aber es war auch gut, dass er abgehauen ist. Einen aggressiven Alkoholiker und Messi will keiner!

Jonas und ich gehen wortlos zum Auto zurück. Zum Glück steht es noch da. Ich setze mich und schließe die Tür.

Warum hatte er so viel Müll in seiner Wohnung?!

»Karina? Anschnallen.«

Ich schaue Jonas verwirrt an, tue aber was er sagt. Jonas fährt endlich los und ich blicke nicht zurück.

Einfach nach vorne schauen! Und nicht mehr an ihn denken!

»Vielleicht war es besser, dass du ohne ihn aufgewachsen bist. Hast du gesehen, wie viel Müll hinter ihm war? Es hat so gestunken! Ich weiß gar nicht, wie du das aushalten konntest! Und seine Fahne erst!«

Jonas ist ziemlich wütend und das zeigt er auch mit seiner Fahrweise. Er hupt auf einen Fahrradfahrer und überholt ihn. Ich schaue ihn verunsichert an.

Warum regt er sich so auf??? Ist das sein oder mein Vater?!

Jonas drückt aufs Gaspedal und überfährt eine rote Ampel.
Verdammt, was macht er da?! Will er uns umbringen?!
Ein Auto hupt.
»Was für ein Vollpfosten!«
Meinte er den anderen Autofahrer oder meinen Vater? Ich sage lieber nichts.

Zwanzig Minuten später biegen wir endlich in unsere Straße ein. Ich atme erleichtert auf.
Gleich bin ich zu Hause!
Vor unserem Haus sind alle Parkplätze belegt. Jonas knallt wütend mit seiner Hand aufs Lenkrad.
Was ist los mit ihm?! Er ist ja richtig aggressiv!
»Gut, dass du ihm optisch nicht ähnelst. Kommst mehr nach deiner Mutter. Obwohl Alkohol trinkst du auch.«
Was?! Was hat er da gesagt?! Das glaube ich jetzt nicht!
Ich schaue ihn entgeistert an.
Er hat die Flasche also doch gesehen!
Jonas stellt die Musik ab. Die Stille ist beängstigend.
Ziemlich bedrohlich!
Ich bekomme Panik. Mein Herz rast. Jonas blickt ernst zu mir rüber.
»Dass du dich noch traust mir in die Augen zu sehen!«
Jonas schüttelt seinen Kopf und sieht mich wütend an.
Warum ist er so gemein???

Er macht mir Angst! Die Angst verstärkt sich noch mehr, als er mitten auf der schmalen Straße hält. Der Motor läuft und die Scheinwerfer beleuchten die Fahrbahn. Die Stimmung ist ziemlich angespannt. Ich weiß nicht, wo ich hinschauen soll.
Bloß nicht zu Jonas!
Ich schaue aus meinem Seitenfenster nach draußen.
Fahr weiter!!!
Plötzlich verriegelt Jonas alle Türen. Dann stellt er den Motor ab.

Ich schaue ihn böse an.
Verdammt, was ist denn jetzt los?! Was wird das?! Was hat er vor???
Mir wird schwindelig.
Was mache ich denn jetzt? Fliehen kann ich nicht!
»Seit wann betrinkst du dich? Ich habe die Flasche gesehen!«
Ich schlucke.
Das wird jetzt ziemlich unangenehm! Warum hat er diesen Aufstand nicht vorher gemacht?! Dann wären wir nicht zu Dad gefahren und ich hätte auch nicht ...

»Jetzt verstehe ich auch, warum dir schlecht war! Und warum du plötzlich wie ein Wasserfall redest!«
Was?! Ich rede nicht wie ein Wasserfall!
Ach, was verstehst du?!
»Klar, ich habe gemerkt, dass du offener wurdest! Aber ich dachte du hast dich mir gegenüber geöffnet! Von dir aus!«
Hinter uns bleibt ein Auto stehen und hupt.
Zum Glück! Endlich die Erlösung!
Jonas flucht und startet den Motor.
»Ich dachte, wir sind Freunde!«
Dachte ich auch! Aber auf so einen Verrückten kann ich echt verzichten!
»Ich dachte, du vertraust mir!«
Ich werde dir nie wieder vertrauen!
Jonas fährt in eine Nebenstraße und das andere Auto überholt uns. Jonas hält und sieht zu mir rüber. Ich weiche seinem Blick aus und starre aus meinem Fenster.
Wie konnte ich ihm vertrauen?! Warum habe ich mich überhaupt auf ihn eingelassen?! Ich wusste, dass er mich irgendwann verletzen wird! Aber so?! Er ist wahnsinnig!
»Wem machst du was vor, Karina?! Wem?!«
Dir!
Er hört einfach nicht auf! Ich werde wütend.

Dieser Blödmann! Nur wegen ihm habe ich mich doch verstellt! Nur, damit ich mich normal fühlen konnte!
Verdammt! Warum versteht mich keiner?!
Ich halte meine Tränen zurück.
Nur nicht heulen! Ich darf nicht heulen! Nicht vor ihm!
Die Wut wird immer größer.
Am liebsten würde ich jetzt die Scheibe einschlagen und rausklettern. Aber dann würde ich mich verletzen.
»Mach auf!«, sage ich stattdessen wütend.
Und es kommt auch wütend rüber. Ich schaue Jonas zornig an.
Ja, ich kann auch wütend sein!!!
»Ich will es verstehen!« Jonas hält meinem Blick stand.
Verdammt noch mal!
Ich greife nach meiner Tasche und sehe ihn immer noch wütend an. Er schaut auch noch.
Verdammt, jetzt lass mich raus!!!
Meine Beine beginnen zu zittern.
»Mach bitte auf«, sage ich leise, aber bestimmt.
Ich kann ihn nicht mehr ansehen.
Gleich breche ich in Tränen aus!
Jonas gibt nach und öffnet endlich die verdammte Tür! Ich erhebe mich ruckartig und knalle seine doofe Tür zu. Ein wenig zu laut!
Egal! Bloß weg hier!!!
Ich laufe fort. Meine Beine knicken mir fast ein, aber ich laufe trotzdem weiter.
Bloß weg hier! Wie konnte er mir das antun?!
Zum Glück ist es dunkel und ich lasse meinen Tränen freien Lauf.

Ich schließe die Wohnungstür auf und pralle im Flur fast gegen August. Ich sehe ihn böse an.
Hat er jetzt nichts Besseres zu tun, als diesen blöden Weihnachtsschmuck aus den Kartons zu holen?!

Mum steht daneben und hält eine Packung Lichterketten in der Hand. Sie sieht mich schockiert an.

»Karina? Weinst du? Was ist los?«

Na, vielen Dank! Jetzt sieht mich August direkt an.

Ich trockne meine Augen.

»Jonas ist ein Arsch! Ich will ihn nie wiedersehen!«

Aurora kommt aus ihrem Zimmer und bleibt im Türrahmen stehen.

»Habe ich doch als erste gemerkt, dass die Stüve-Brothers fake sind! Na ja, jetzt weißt du es auch!«

Hier geht es nicht immer um dich und wer von uns besser ist! Kapier das endlich!!!

Ich schaue sie zornig an und gehe in mein Zimmer. Erst in meinem Zimmer ziehe ich meine Jacke, Schal und Schuhe aus.

Jonas ist für mich gestorben! Ich will ihn nie wiedersehen! Ich werde mich wieder in der Wohnung verkriechen. An seiner doofen Tür will ich nicht vorbei! Und ihn jemals ansehen, auch nicht!

Ich schnappe mir seinen Adventskalender und schmeiße ihn gegen die Wand. Er platscht auf den Boden.

Nein, hier will ich ihn nicht haben!

Ich hole den Kalender und öffne meine Tür.

Weg damit!

Der Kalender knallt gegen die Flurwand. Mum und August schauen erschrocken, aber das ist mir egal. Ich schließe meine Tür und gehe auf den Bücherregal zu. Ich will die Alkoholflasche rausholen, doch jetzt kommt Mum ausgerechnet in mein Zimmer. Ich stelle das Buch zurück.

»Schon mal was von Anklopfen gehört?!«

»Karina, was ist los? So aufgewühlt habe ich dich noch nie gesehen.«

Noch nie?! Wirklich?!

Ich schaue Mum böse an. Mum denkt nicht daran, mich in Ruhe zu lassen. Ich stehe immer noch vorm Bücherregal, als sich meine Mum auf mein Bett setzt.

»Hat Jonas dich zu etwas gedrängt?«
»Nein.«
»Was dann? Hat er schon eine Freundin?«
»Mum! Wir sind nicht zusammen!«

Kapiert es doch endlich!!!

»Hat er dir die Freundschaft gekündigt?«
»Nein!«

Oder doch? Ich weiß es nicht. Aber auf jeden Fall, ist da keine Freundschaft mehr.

»Was dann?«

Mum lässt einfach nicht locker. Ich schaue zum Bücherregal.

Soll ich ihr die Flasche zeigen? Soll ich ihr die Wahrheit erzählen? Aber eigentlich ist es auch ihre Schuld! Hätte sie mir jemals von Dad erzählt, müssten wir ihn nicht suchen und Jonas wäre nie in mein Zimmer gekommen!

Verdammt, ich habe immer noch Jonas' Ersatzschlüssel!

Ich gehe zu meinem Nachtschränkchen rüber und öffne die Schublade.

»Kannst du den Jonas zurückbringen?«

Ich gebe Mum Jonas' Schlüssel. Mum schaut verwundert, stellt aber keine Fragen. Zum Glück behält sie ihn.

»Karina, was ist vorgefallen?«
»Ich will nicht darüber reden!«
»Karina!«

Was geht dich das an?! Geh weiter schmücken! Alle verbünden sich hier gegen mich!

»Karina, wenn du Liebeskummer hast, kannst du...«

Verdammt noch mal!

»Ich habe keinen Liebeskummer!«

Ich bin richtig wütend.

Geh jetzt!!!
Ich habe es geschafft, Mum dreht mir ihren Rücken zu.
So schnell gibt sie auf?! Vielleicht könnte sie mir einmal, nur einmal, in den Arm nehmen. Das hat sie seit Ewigkeiten nicht mehr getan!! Bei August macht sie es ständig!
Ich bin so enttäuscht! Mum ist schon fast an meiner Tür, als ich sie aufhalte.

»Wir waren bei Hauke. Haben ihn besucht.«
Mum dreht sich überrascht um und kommt wieder zurück. Ich schaue Mum verächtlich an.

»Ich soll dich von ihm grüßen.«

»Wie hast du ihn gefunden?«

»Jonas hat einen Detektiven beauftragt. Er wohnt in Hannover. Wusstest du das?!«

»Er wohnt in Hannover?!«

»Ja, Schwarze Straße 48.«

»Hast du ihm gesagt, wo wir wohnen?!«

»Nein.«
Mum schaut mich wütend an.

»Warum machst du so was?! Willst du, dass er hier herkommt?!«

»Mir egal! Ich will ihn sowieso nicht wiedersehen!«
Noch jemanden, den ich nicht wiedersehen will.

»Was ist passiert?«
Mum verschränkt die Arme.
Jetzt denkt sie tatsächlich es hat etwas mit Dad zu tun! Nein, so will ich ihn nicht nennen! Man nennt nur gute Väter „Dad". Ich nenne ihn jetzt Hauke! Passt auch irgendwie zu ihm.

»Er hat sich überhaupt nicht für mich interessiert. Und er war alkoholisiert.«
Mums Kinnlade klappt nach unten. Ich warte auf eine weitere Reaktion, irgendein Satz, ein Wort, aber da kommt nichts mehr.

Typisch! Sie will mir immer noch nichts sagen! Ich will das jetzt endlich wissen!!!
»Was ist zwischen euch vorgefallen?«
»Dein Vater war ein Egoist, Karina!«
Das ist alles?!
»Ich will jetzt von Anfang an wissen, was vorgefallen ist! Warum ist er gegangen?!«
Mum zögert kurz. Doch dann gibt sie seufzend nach.
»Eines Tages, du warst etwa sechs Monate alt, hat er gesagt, er hat einen Vertrag bekommen bei irgendeinem Verein in Hamburg. Er hat nicht mal etwas vom Umzug erwähnt. Er ist einfach am nächsten Tag nicht mehr da gewesen. Das einzige, was mir blieb, war ein Foto von seinem Verein und ein kleiner Brief.«
»Meinst du das Mannschaftsfoto?«
Mum sieht mich überrascht an.
»Ja.«
Das versetzt mir einen Stich.
Mein Vater hat mich nie geliebt! Und all die Jahre wollte er nicht erfahren, was aus mir geworden ist! Er wollte lieber Fußball spielen!
Ich gehe auf Mum zu und nehme sie in den Arm. Auf dem Bild war Dad, Hauke, 19 Jahre alt. Das habe ich nachgerechnet. Dies würde bedeuten, dass ich kein Wunschkind war. Meine Augen füllen sich erneut mit Tränen. Ich drücke Mum fester an mich.
»Es tut mir leid«, flüstere ich.
Mum löst sich von mir und schaut mich traurig an. Dann wischt sie mir die Tränen weg.
»Das muss dir nicht leid tun. Dein Vater war ein Egoist. Das habe ich spät gemerkt, aber ich bin über ihn hinweggekommen.«
Ja, er ist ein blöder Egoist!
Mum küsst mich auf die Stirn.
»Ich will ihn nicht mehr sehen«, sage ich.
Mum lächelt und drückt meine Hand.

»Wir haben uns. August und Aurora.«
Ich lächle.
Ja, die beiden Chaoten! Und August ist tausendmal besser, als so ein beschissener Hauke!

Mittwoch, 02.12.2015
Am heutigen Tag habe ich viel gegrübelt. Über Jonas, über meinen Vater und über meine Familie. Ich bin zu dem Entschluss gekommen, dass ich Jonas vergessen muss. Er hat mich zutiefst verletzt und ich kann ihm nicht mehr vertrauen. Noch nie hatte mir jemand solche Angst bereitet.
Na ja, vielleicht Hauke. Obwohl, nein. Jonas hat mir mehr Angst eingejagt. Ihm habe ich vertraut!
Ich werde Jonas meiden! Hauke ist ebenfalls Geschichte! Ich will ihn nicht mehr wiedersehen und hoffe, dass er nicht vorbeischneit.
Hoffentlich hat er vergessen, wo wir wohnen!

Irgendwie sehe ich August jetzt mit anderen Augen. So schlecht ist er gar nicht. Ich muss ihn einfach mehr in mein Leben lassen. Aurora war heute Morgen auch ziemlich nett zu mir. Vielleicht wegen der Sache mit Jonas. Wir haben beide etwas Unangenehmes mit den Stüve-Brüdern erlebt und das schweißt zusammen.
Mal sehen, wie lange der Frieden hält.
Schluss mit schlechter Laune! Zeit sich zu verändern! Ich muss nach vorne schauen und über meine Zukunft nachdenken.
Gegen Abend klingelte mein Handy ununterbrochen. Es war Jonas. Insgesamt neun verpasste Anrufe!

Donnerstag, 03.12.2015
Heute kamen weitere verpasste Anrufe. Gegen Abend noch eine SMS. Dort stand:
Es tut mir unendlich Leid. Bitte verzeih mir.
Ich werde ihm nicht verzeihen!!! Wenn er so weiter rumnervt, werde ich mir eine neue Handynummer besorgen.

Freitag, 04.12.2015
Heute habe ich meine erste Bewerbung zur Köchin abgeschickt. Vielleicht habe ich in diesem Beruf bessere Chancen? Mittlerweile habe ich insgesamt 28 Bewerbungen geschrieben. Alles Absagen. Jonas hat mich heute in Ruhe gelassen. Kein einziger Anruf.

Samstag, 05.12.2015
Heute hatte ich endlich wieder ein wenig Spaß. Mum, Aurora und ich haben eine riesige Menge an Weihnachtsplätzchen gebacken. Es hat so Spaß gemacht! Neben mir, auf meinem Nachttischschränkchen, liegt nun die runde Dose. Sie ist bis zum Rand gefüllt! Und morgen kommt der Nikolaus!

Sonntag, 06.12.2015
Meine Stiefel waren heute Morgen gut gefüllt. Als August heute Morgen vom Joggen kam, brachte er eine weitere Geschenktüte mit. Sie stand angeblich neben unserer Fußmatte und war für mich. Ich weiß nicht, ob ich August trauen kann. Gestern Abend habe ich mitbekommen, wie er sich mit Jonas unterhalten hat. Worüber konnte ich schlecht hören, aber Augusts Grinsen beurteilend, war es ein nett verlaufendes Gespräch. Ob er Jonas irgendwelche Tipps gegeben hat? Die Geschenktüte mit den Süßigkeiten habe ich an alle verteilt. Ich will nichts von Jonas! Und seine Geschenke erst recht nicht!!!

Montag, 07.12.2015
Jonas ist heute später aus dem Haus gegangen und sehr früh zurückgekommen. Ich habe ihn zufällig aus dem Fenster gesehen. Er hat gehustet. Scheint, als wäre er beim Arzt gewesen. Jetzt, wo er wahrscheinlich krankgeschrieben ist, wird er mehr Zeit haben, mich zu nerven. Warum kriege ich ihn nicht aus dem Kopf? Bin ich eigentlich schuld an seinem Verhalten? Ich meine, er ist doch eigentlich nur wegen des Alkohols so ausgerastet? Vielleicht. Aber musste er mir deswegen so große Angst einjagen?! Nein!!!

Dienstag, 08.12.2015
Es ist genau eine Woche her, als Jonas und ich unsere Freundschaft beendet haben. Wir haben uns beide falsch verhalten. Das ist mir jetzt klar geworden. Irgendwie sehne ich mich nach ihm. Seine Fröhlichkeit, sein Humor, ja sogar seine schwarze Kleidung, fehlt mir. Am liebsten würde ich mit ihm Billard spielen. Die Revanche steht ja noch aus. Aber wie soll ich jetzt auf ihn zugehen? Er hat mittlerweile akzeptiert, dass ich ihn nicht mehr sehen will. Außerdem habe ich angst. Ich weiß nicht, wie er auf mich reagieren wird. Ich lasse es lieber!

Mittwoch, 09.12.2015
Heute habe ich mich in die Stadt gewagt und für jeden ein Geschenk gekauft. Auf dem Rückweg bin ich im Hausflur auf Jonas gestoßen. Er wollte gerade den Müll wegbringen. Als er mich kommen sah, ist er mit dem Müll wieder in sein Haus gegangen. Keine Ahnung, warum er das gemacht hat. Meidet er mich jetzt auch??? Vielleicht ist er zu dem Entschluss gekommen, dass ich alleine Schuld an unserem „Streit" habe? Jedenfalls hat mich das sehr gewundert. Mum hat mich heute noch genervt, ob ich Jonas nicht eine Hühnersuppe vorbeibringen möchte. Weil der Arme so stark erkältet ist. Ich habe es

nicht gemacht. Mum hat es schließlich selbst gemacht. Ich verstehe nicht, warum sie nicht verstehen will, dass ich und Jonas nichts mehr miteinander zu tun haben!

Donnerstag, 10.12.2015
Heute habe ich wieder Bewerbungsabsagen bekommen. Fünf Mappen! Das hat meine sowieso schon angeschlagene Laune noch mehr verschlechtert.

Freitag, 11.12.2015
Meine Laune wird immer schlechter. Ich bin wieder depressiv. Ich habe auf gar nichts Lust. Am liebsten würde ich den ganzen Tag im Bett verbringen. Aber ich muss ja aufräumen und kochen!!! Das macht sich nicht von allein! So eine undankbare Arbeit! Von Niemandem wird man geschätzt! Ist meine Arbeit jetzt zur Selbstverständlichkeit geworden?!

Samstag, 12.12.2015
Aurora ist zu irgendeiner Weihnachtsfeier gegangen, Mum und August zum Theater und ich sitze alleine in meinem Zimmer vorm PC. Ich fühle mich so einsam. Keiner interessiert sich für mich! Ich hasse mich! Und am meisten den Mutismus! Hätte ich diese Störung nicht, hätte ich bestimmt ein besseres Leben! Ich hätte Freunde und Spaß! Und ich wäre selbstbewusster! Alles zum kotzen!!!

Sonntag, 13.12.2015
Wieder ein Tag, den ich alleine verbringen musste! Aurora, August und sogar Mum besuchten Berta, weil sie heute Geburtstag hat. Ich sollte eigentlich mit, habe mich aber herausreden können. Na ja. Mum und ich hatten uns deshalb gezofft. Und jetzt blase ich wieder Trübsal. Wieder ein Mensch mehr, der mir gegenüber Aggressionen

und Unverständnis zeigt. Ich hasse alle! Was habe ich nur für ein beschissenes Leben!

Montag, 14.12.2015
August ist krank. Er sitzt zu Hause und geht mir auf die Nerven. Ich soll ihn bemuttern. Mum hat ihm heute Morgen noch extra eine Suppe gekocht. Wie lächerlich! Na ja, wenigstens muss ich nicht mehr kochen! Aber das Schlimmste: Er wird jetzt eine ganze Woche zu hause bleiben. Wie soll ich das nur aushalten???

Dienstag, 15.12.2015,
Aurora ist die nächste Person, die sich krankschreiben lässt. Und sie nimmt überhaupt keine Rücksicht auf mich. Ständig hustet sie in meiner Nähe. Das macht mich so was von wütend! Und dann musste ich heute noch zum Routinebesuch zum Zahnarzt. Ich hasse Ärzte, egal welcher Art. Und die Warteräume hasse ich am meisten. Vor allem laute Kinder! Und Busfahrer auch! Fährt er mir vor der Nase weg, obwohl er mich hinlaufen sah! Nie wieder laufe ich zum Bus! Das war echt peinlich!

Mittwoch, 16.12.2015
Jonas ist heute Morgen wieder zur Arbeit gefahren. Jedenfalls stand sein Auto nicht nach ein paar Stunden wieder vorm Haus. Und ich fühle mich jetzt irgendwie wohler. Ich habe nicht mehr das Gefühl, dass er in seiner Wohnung umher läuft. Ich konnte meine Bewerbungen abschicken gehen, ohne Angst haben zu müssen, dass ich ihm begegne.

Donnerstag, 17.12.2015
Jedes Mal, wenn ich Jonas sehe, werde ich unruhig. Ich habe Schuldgefühle. Vielleicht sollte ich ihm mein Verhalten erklären? Ich vermisse ihn! Abends habe ich versucht einen Brief zu schreiben. Doch irgendwie habe ich nicht die passenden Worte gefunden. Alles Mist!

Freitag, 18.12.2015
Jetzt hat es mich erwischt! Ich bin erkältet! Sonst ist nicht viel passiert. Mum, August und Aurora haben abends einen Weihnachtsbaum gekauft und schmücken ihn gerade. Ich jedoch liege im Bett und ruhe mich aus. Ich bin einfach zu schwach auf den Beinen.

Samstag, 19.12.2015
Mum ist heute mit August und Berta nach Österreich geflogen. Sie besuchen dort eine Messe für Schmuck und übernachten dort. Wir haben sturmfreie Bude und Aurora hat eine Freundin eingeladen. Sie schauen eine DVD. Ich habe mich im Zimmer verkrochen und traue mich nicht mal auf die Toilette. Außerdem läuft ständig meine Nase. Ätzend!

Sonntag, 20.12.2015
Aurora und ich haben uns heute gestritten. Sogar der alte Rentner über uns, hat uns gehört. Er hat bei uns geklingelt und sich beschwert. Aurora hat ihm natürlich geöffnet und mir die ganze Schuld in die Schuhe geschoben. Ich habe das von meinem Zimmer aus mitgehört. Seitdem schweigen wir uns an. In zwei Stunden kommt endlich Mum von der Messe zurück.

Montag, 21.12.2015,
Heute sind alle wieder zur Arbeit gefahren. Mir geht es auch schon viel besser. Ich nutze meine zurückkehrende Energie um mein Leben neu zu planen. Ich will endlich meinen Mutismus überwinden! Und ich bin mir sicher, ich schaffe das auch ohne einen Therapeuten. Ich habe im Internet recherchiert und bin auf Selbsthypnose gestoßen. Sofort habe ich mir eine DVD an die Packstation bestellt, mit Expresslieferung. Schon Morgen soll die DVD kommen! Ich freue mich total!

Dienstag, 22.12.2015
Heute gegen Mittag habe ich mich auf den Weg zur Packstation gemacht. Jetzt habe ich die DVD! Und ich werde sie gleich ausprobieren!
Ich habe sie ausprobiert und ich muss sagen, ich fühle mich irgendwie entspannter und fröhlicher. Ich werde sie jetzt öfters hören! Nur 15 Minuten und so ein Ergebnis! Unglaublich! Ich kann alles schaffen! Warum bin ich nicht schon früher darauf gekommen?
Endlich geht es aufwärts in meinem Leben!

Mittwoch, 23.12.2015
Heute Morgen habe ich erneut meine Selbsthypnose durchgeführt. Es funktioniert super! Ich traue mir mehr zu und bin überrascht, dass es eigentlich gar nicht so schwer ist, beziehungsweise positiver abläuft, als ich es mir vorgestellt habe. Außerdem habe ich gelesen, dass viele Menschen Ängste haben. Das reduziert meine Angst vor den Menschen ein wenig. Ich habe beschlossen, mich nicht mehr zu Hause zu verstecken und ein wenig in meinem Viertel einkaufen zu gehen. Dort habe ich dann diesen dunkelblauen Männerschal entdeckt. Ich bin ein paar Mal an ihm vorbeigelaufen und dachte dabei, dass dieser Jonas stehen würde. Beim vierten Mal entschloss ich ihn

zu kaufen. Der Schal ist schön weich. Das Beste: Er war reduziert und kostete 14,95 Euro von vorher 29,95 Euro. Ich weiß nicht genau, warum ich auf die beknackte Idee kam ihn zu kaufen. Auch noch für Jonas! Und dann keinen Schwarzen, sondern einen Dunkelblauen! Na ja, es machte mich aber fröhlich. Ich ging zur Kasse und verließ den Laden mit einer Tüte.

Der Tag ist einfach wunderbar! Ich habe das Gefühl, alles schaffen zu können und dieser Gedanke, macht mich noch glücklicher! Deshalb werde ich mich auch trauen bei Jonas zu klingeln und ihm den schönen Schal zu schenken.

Gegen 18:15 Uhr beschließe ich, Jonas zu besuchen. Ich habe diesmal keinen Alkohol getrunken. Dafür aber eine zusätzliche Hypnose über mich ergehen lassen. Das Geschenk habe ich erstmal in eine Baumwolltasche gepackt. Er soll es nicht gleich sehen. Zuerst muss ich mich bei ihm entschuldigen. Davor habe ich ziemlich Angst und leider noch immer nicht die richtigen Worte gefunden. Aber es muss sein! Ich will, dass wir wieder Freunde sind. So wie früher. Er hat mich glücklich gemacht, bis auf das eine Mal. Er ist seit 15 Minuten zu Hause (Ich habe ihn vom Fenster aus beobachtet). Also wird er mir die Tür öffnen.

Und was, wenn er mich sieht und so tut als sei er nicht da? Dann klingele ich einfach weiter und sage, dass ich weiß, dass er da ist.

Das würde ich jedenfalls tun, wenn ich keinen Mutismus hätte. Warum nicht einfach dasselbe mit Mutismus machen?

Was steht mir im Weg? Die Angst vor Ablehnung! Na ja, wenigstens kann ich dann endgültig mit ihm abschließen. Also, ich öffne jetzt die Tür, klingele bei ihm, entschuldige mich und überreiche ihm das Geschenk. Das dauert höchstens fünf Minuten und kann - hoffentlich - unsere Freundschaft retten. Ich mache das jetzt!

Ich atme noch einmal tief ein und aus, zähle innerlich bis drei und öffne die Tür.

Los jetzt! Raus, Tür schließen und bei Jonas klingeln. Okay!
Ich gehe raus und bin schon fast an Jonas' Tür, als die Eingangstür aufgeht und Mum mit August ins Geschehen platzen. Sie tragen zusammen eine Einkaufskiste und noch eine Tüte.
»Karina! Oh, schön! Nimm mir mal die Tüte ab!«
Mum wieder am herumkommandieren! Super! Perfektes Timing! Konntet ihr nicht ein paar Minuten später kommen?
Ich gehe die Treppen runter und nehme Mum die Tüte ab.
»Wo wolltest du hin? Was hast du da in der Tasche?«
Mann, sie nervt!
Die Wahrheit will ich ihr nicht sagen. Ist mir irgendwie peinlich.
»Ich wollte gerade zum Briefkasten. Nachschauen, ob ich Post bekommen habe.«
»Und wieso hast du die Tasche dabei?!«
Mum glaubt mir nicht.
»Ich wollte noch zum Keller. Hab ein paar Bücher ausgemistet.«
»Im Keller ist nicht mehr viel Platz.«
Ja, das weiß ich.
»Okay«, sage ich genervt und hoffe, dass sie es mir abnimmt.
»Die Bücher kannst du verkaufen«, schlägt August vor.
Warum muss er sich immer einmischen?!
»Hmm. Ja«, sage ich wenig überzeugt.
Ich stelle die Einkaufstüte ab und schließe die Haustür auf. Die beiden folgen mir dicht.
»Packst du bitte die Sachen aus? Wir holen noch den Rest.«
Mum und August gehen wieder raus. Ich schaue aus dem Küchenfenster.
Wie viel haben die denn eingekauft?! Meine Güte! Okay, dann bring ich Jonas das Geschenk eben um 19 Uhr vorbei.
Ich räume die Sachen ein. Plötzlich höre ich eine Tür aufgehen. Dann tritt jemand heraus und schließt ab.

Ist das Jonas?
Ich traue mich nicht nachzusehen, da Mum unsere Eingangstür offen gelassen hat. Aber ich sehe es gleich aus dem Fenster.
Es ist Jonas!
Er trägt eine Sporttasche und in der rechten Hand seinen Autoschlüssel und einen Briefumschlag.
Verdammt, er geht weg! Wohin fährt er?!
Mum grüßt Jonas, sagt etwas und geht an ihm vorbei. August schließt den Kofferraum und schaut zu Jonas. Jonas geht auf August zu.
Was redet er da mit August???
»So, das war die letzte Tüte!«
Mum kommt in die Küche. Ertappt verschwinde ich vom Fenster.
»Was hast du zu Jonas gesagt?«
Hast du ihn gefragt, wo er hingeht?
»Ich habe ihn gegrüßt und ihm schöne Feiertage gewünscht.«
»Und was hat er gesagt?«
Okay, das Gespräch ist ziemlich peinlich, aber ich brauche Informationen!
Mum schaut mich verwundert an, dann lächelt sie.
»Karina, rede mit ihm. Ihr könnt euch nicht ewig ignorieren.«
Das hatte ich vor! Bis ihr mir in die Quere gekommen seid!
Ich stöhne auf und schaue aus dem Fenster. Jonas unterhält sich immer noch mit August und grinst dabei. August lacht. Jonas grinst schon wieder und reicht August einen Briefumschlag. Dann sagt Jonas noch etwas und geht zu seinem Auto rüber. Ich schaue zu August. August mustert den Umschlag und steckt ihn in seine Jackentasche. Dann nimmt er die Wasserkiste und geht ins Haus. Ich entferne mich vom Fenster und packe weiter aus.
Was hat Jonas August gegeben? Und vor allem, warum hat er ihm was gegeben? Ich muss August fragen! Ich muss es einfach wissen! Sobald August in die Küche kommt, frage ich ihn.

Mum hilft mir beim Auspacken.

Mist! Ich muss August in Mums Anwesenheit fragen! Das ist voll peinlich!

Na ja, egal! Ich muss es wissen!

August schließt die Haustür und kommt in die Küche.

Jetzt oder Nie!

»August, worüber hast du mit Jonas gesprochen?«

August sieht mich verblüfft an. Mum seufzt.

»Karina!«

August grinst uns beide an.

Will er mir jetzt was sagen oder nicht?!

»Ich muss ihm noch etwas sagen. Deshalb frage ich«, erkläre ich August.

»Weißt du, wann er zurückkommt?«, füge ich hinzu.

August öffnet eine Bierdose.

»Er kommt im Neuen Jahr zurück. Er ist zu seinen Eltern gefahren.«

Ich klappe innerlich zusammen, lasse mir aber nichts anmerken.

»Okay. Dann frage ich ihn, wenn er zurückkommt.«

August grinst.

Was ist daran so lustig? Spinner!

Mum schaut mich an und lächelt mir ermutigend zu.

»Ruf ihn an. Du hast doch seine Handynummer.«

Na super!

Ich laufe rot an.

Muss sich jeder in meine Angelegenheiten einmischen?!

August nimmt einen Schluck aus seiner Bierdose und grinst.

Voll peinlich!

Ich drehe ihm den Rücken zu, um ihn nicht länger anschauen zu müssen.

»Was ist denn das? Oh, so schön verpackt!«

Ich drehe mich erschrocken zu Mum um.

Sie holt aus meiner Tasche, die ich unter den Stuhl abgestellt habe, Jonas' Geschenk hervor. Schnell laufe ich auf sie zu und nehme es aus ihren Händen.

»Ist das für Jonas? Das ist ja süß! Was hast du ihm gekauft?«

Warum denkt sie gleich, dass es für Jonas ist? Verdammt, August hat es auch gesehen! Jetzt grinst er wieder so dämlich! Kann er damit nicht aufhören?!

Ich stürme aus der Küche und verziehe mich in mein Zimmer. Das Geschenk lege ich auf meinen Schreibtisch.

Jetzt werden sie wieder über mich reden! Überall müssen sie sich einmischen!

Ich versuche mich zu beruhigen, bin aber ziemlich genervt. Vor allem, weil Jonas erst im Neuen Jahr zurückkommt! Jetzt muss ich so lange warten!

Donnerstag, 24.12.2015

Gegen 17:00 Uhr fing unsere Feier an. Wir gingen zur Kirche und schauten den Kindern beim Krippenspiel zu. Gegen halb acht setzten wir uns an den gedeckten Tisch und aßen Ente mit Knödel, Rotkohl und Rosenkohl. Zum Dessert gab es Eis. Um circa 21:00 Uhr packten wir endlich die Geschenke aus. Ich bekam von Mum eine Weihnachtskarte mit Geld, wie jedes Jahr.

Na ja. Geld ist auch gut.

Von August bekam ich ein Kochbuch und ein Backbuch. Er rechtfertigte sich damit, dass ich gut koche und dieses „Talent" weiterentwickeln muss. Sehr lustig! Aurora guckte ziemlich eifersüchtig. Von ihr selbst bekam ich einen Kosmetikkoffer mit der Begründung ich soll mich auffälliger schminken, denn „Nude" ist „out". Typisch Aurora! Über mein Geschenk hat sich Aurora auch nicht gefreut. Ich habe ihr ein Duschset mit Glitter und ein Klamottengutschein geschenkt. Als ich ihr erklärt habe, dass da Glitter drin ist, hat sie jedoch gestrahlt! August habe ich zwei Krawatten gekauft, obwohl er selten welche trägt und Mum hat einen Gutschein zum Beauty-

Spa bekommen. Danach haben wir im Fernsehen noch eine DVD von einem geizigen Weihnachtsmuffel geschaut. Das machen wir traditionell jeden Heiligabend.
Wie Jonas wohl feiert?

Freitag, 25.12.2015
Heute Morgen fuhren wir zu Berta und ich musste mit. Na ja. So viel Aufmerksamkeit habe ich dann doch nicht bekommen. Dort aßen wir Lebkuchen, Plätzchen und Stollen. So viel Süßkram auf einmal! Gegen 16 Uhr sind wir noch mit Berta ins Restaurant gegangen. Dort schenkte sie Aurora und mir einen Terminplaner fürs nächste Jahr. Gegen halb acht waren wir endlich zu Hause. Es war echt anstrengend! Ich habe kaum Energie mehr.
Was Jonas wohl heute gemacht hat? Ich könnte ihm ja eine SMS schreiben? Nein, lieber nicht! Vielleicht versaue ich ihm seine Laune.

Samstag, 26.12.2015
Heute wurde entspannt. Wir machten einen langen Spaziergang. Leider gibt's keinen Schnee, aber das ist mittlerweile normal im Dezember. Nachmittags spielten wir alle zusammen ein paar Karten- und Brettspiele. Aurora hat am meisten verloren. August war ständig aus zu gewinnen und ich habe selten so viel gelacht! Man braucht keinen Alkohol um Spaß zu haben! Ich werde die letzten Reste der Flasche wegschütten und Montag, wenn alle weg sind, die Flasche wegschmeißen. Keinen Alkohol mehr!

Sonntag, 27.12.2015
Wir haben heute alle lange ausgeschlafen. Na ja, am längsten Aurora! Ich war schon um neun Uhr wach. Jetzt, gegen elf Uhr frühstücken wir gemeinsam. Die Stimmung ist toll und harmonisch, bis plötzlich August aufsteht und aus der Küche geht.

»Ah, Karina. Ich habe was für dich.«

»Für mich?«, rufe ich ihm hinterher.

Ich bin ziemlich verwundert.

Was soll August für mich haben?

Aurora guckt schon wieder so eifersüchtig. Nur Mum lächelt. Sie weiß bestimmt, was August für mich hat.

Sag schon, Mum! Spannt mich nicht so auf die Folter!

Als August wieder zurückkommt, sehe ich einen weißen Umschlag in seinen Händen.

»Hier, den hat mir Jonas gegeben. Ich sollte ihn dir erst heute geben.«

Mein Herz rast.

Für mich von Jonas! Verdammt, was könnte das sein?

August setzt sich auf seinen Platz zurück und isst munter weiter.

Aurora dagegen sieht mich eifersüchtig an.

Sie würde gerne den Brief als erste lesen. Wird sie aber nicht!

Ich erhebe mich und laufe in mein Zimmer.

»Karina!«, ruft Mum mir noch hinterher, den Rest höre ich nicht mehr.

In meinem Zimmer setze ich mich auf mein Bett und mustere den Briefumschlag.

27.12.2015, von Jonas für Karina.

Mein Herz schlägt mir bis zum Hals.

Sind das gute oder schlechte Nachrichten? Ich werde es gleich wissen!

Nervös reiße ich den Umschlag auf. Ein weiterer Umschlag und ein zusammengefaltetes Blatt Papier sind drin. Ich hole das Blatt zuerst heraus und lese:

Karina,

ich weiß nicht, ob ich die richtigen Worte finde, aber ich versuch's. Zuerst will ich mich entschuldigen, ich meine, ich hätte dich nicht so anschreien sollen. Das tut mir leid. Ich hoffe du kannst mir irgendwann verzeihen.

Ich weiß nicht, wie ich es dir sagen soll. Aber ich sage es dir jetzt direkt. Ich habe mich in dich verliebt. Schon von Anfang an. Als ich dich das erste Mal sah, im Hausflur vor den Briefkästen. Zuerst ist mir dein Aussehen aufgefallen. Dein Gesicht, deine blauen Augen, deine braunen Haare. Dein Lächeln. Auf die weiteren Details möchte ich nicht eingehen.

Was ich damit sagen will, ist, bleib du selbst und verstell dich nicht. Mach nicht, was andere Leute von dir verlangen, hör in dich hinein und auf deine Wünsche/Ziele. Ich interessiere mich für Menschen, die Tiefe haben, die anders sind und ihre Meinung haben. Bitte tu nicht denselben Fehler, wie Pascal. Ich will dich nicht verlieren.

Diesmal kann ich dir keine Trüffelpralinen geben, aber wenn du welche möchtest, schreib mir. Ich bin bei meiner Familie und feiere mit ihnen Weihnachten. Ab dem 27.12. bin ich mit meiner Familie in Ischgl, Ski fahren. Ab dem 31.12.2015 bin ich wieder in Hannover, Silvester feiern mit Familie, Vaters Arbeitskollegen, Freunden und Verwandten. Das ist jedes Jahr dasselbe. Ich hoffe, dieses Jahr nicht. Dafür musst du aber kommen.

Im zweiten Umschlag ist eine Einladung (mein Vater ist auf die doofe Idee mit den Einladungen gekommen - wer braucht das für eine private Feier?) zum Silvesterball. Überlegs dir. Ich würde mich sehr freuen.

Liebe Grüße und hoffentlich bis bald,
Jonas.

PS: Vor zehn brauchst du nicht kommen, da ist nicht viel los. Nur die Schleimer erscheinen pünktlich.

PPS: Du musst nicht im Kleid kommen. Kannst auch eine Hose anziehen. ;-)

PPPS: Vergiss die Karte nicht mitzunehmen und einen Ausweis, sonst lässt dich Bob nicht rein. :-)

Ich grinse.
Was soll ich dazu sagen?! Wow!
Ach ja!
Ich atme tief aus. Tausend Gedanken prasseln auf mich ein. Manche erfreuen mich, manche ängstigen mich. Das Schockierendste von allen ist, dass er sich in mich verliebt hat.
Wie kann man sich in mich verlieben??? Na ja, anscheinend geht's.
Und er lädt mich zum Silvesterball ein! Silvesterball! Was das wohl ist?
Ich nehme mir den zweiten Briefumschlag und reiße ihn auf. Jemand klopft an meine Tür.
»Ja?!«
Die Tür geht auf und Mum streckt ihren Kopf herein.
»Alles okay, Karina? Was hat er geschrieben?«
Soll ich es ihr sagen? Ja oder nein?
»Lies.«
Ich greife nach dem Brief und strecke ihn in ihre Richtung. Mum kommt in mein Zimmer und setzt sich neben mich. Sie liest den Brief und ich hole aus dem Briefumschlag eine Einladungskarte heraus.
Echt schön gestaltet. Gold und Glitter. Das würde Aurora gefallen!
Ich grinse. Neben mir seufzt Mum. Ich schaue sie fragend an.
Was hat das jetzt zu bedeuten? Egal!
Ich wende mich der Karte zu.

Einladung zum 12. Silvesterball am 31.12.2015 um 21:30 Uhr im Stüve Anwesen, Hauptstadtstraße 2, 30539 Hannover. Um Voranmeldung bis zum 27.12.2015 wird gebeten. Das Motto dieses Jahr lautet: Gold und Glitter gegen Hex.

Ich lache auf.

Gold und Glitter gegen Hex! Wer kommt denn auf so eine Idee?! Ist mit „Hex" Hexe gemeint? Verdammt, was soll ich machen? Soll ich hingehen? Muss ich?

Mum blickt auf und reicht mir den Brief.

»Schöne Handschrift und so romantisch.«

»Ja.«

Ich grinse kurz und schaue wieder auf die Karte.

»Auch sehr weise für sein Alter.«

»Hmm.«

»Wer ist Pascal?«

Ich schaue erschrocken auf.

»Äh. Ein Freund von Jonas.«

Dass er Selbstmord begangen hat, sage ich lieber nicht.

Mum lächelt.

»Was ziehst du an?«

»Mum, ich trage keine Kleider. Außerdem habe ich keins.«

»Dann gehen wir shoppen!«

Ich war schon ewig nicht mehr shoppen! Muss das sein? Ich hasse die überfüllten Geschäfte!!!

»Zeig mal.«

Mum nimmt mir die Einladung aus der Hand und gibt mir dafür den Brief zurück. Aurora erscheint an der Tür.

»Was ist los? Alles klar bei euch? Wir sind schon fertig mit frühstücken.«

Mum lächelt.

»Karina hat eine Einladung zu Silvester bekommen.«

Aurora sieht Mum und dann mich verwundert an.

»Was?! Aber ich dachte ihr seid keine Freunde mehr?! Was für eine Party ist das?«

Ich grinse.

»Eine Party für Reiche.«

Aurora sieht mich eifersüchtig an.

»Ich will auch! Ist Björn da? Bestimmt. Nein, ich will ihn nicht wiedersehen!«

Ich lache auf.

»Du hast sowieso keine Einladung.«

»Ich hab schon was anderes vor. Ich feiere mit meinen Freundinnen!«

Ich schaue Aurora belustigt an.

»Karina, du wirst hingehen«, sagt Mum bestimmt.

Meinst du? Ich weiß nicht.

»Wir gehen am Montag shoppen. Ich nehme mir frei.«

Das ist sehr nett von dir. Aber ich weiß nicht, ob ich hingehe!

Aurora kaut auf ihrem Daumennagel herum.

»Seid ihr wieder beste Freunde? Du und Jonas? Seit wann?!«

Mum erhebt sich.

»Jonas hat Karina einen Liebesbrief geschrieben.«

»Mum!«

Ich schaue sie genervt an, grinse aber gleich darauf. Mum lächelt und verlässt mein Zimmer.

»Denk nicht so viel darüber nach.«

Ich sehe ihr hinterher und dann zu Aurora.

Was willst du noch hier?!

Aurora spielt nun mit ihren Haaren.

Ist sie nervös? Sie möchte bestimmt den Brief lesen. Bestimmt!

»Willst du den Brief lesen? Hier.«

Ich reiche ihr freiwillig den Brief und lege noch die Karte dazu. Und ich erlaube ihr sogar, sich auf mein Bett zu setzen. Aurora grinst und setzt sich.

»Danke.«

Ich grinse zurück.
Ach ja!
Ich lasse mich auf mein Bett zurückfallen und schaue auf die Wand über mir. Ich lächle.
Ach herrlich! Der Tag beginnt so gut. Ich bin so glücklich! Ich schreibe Jonas eine SMS, dass ich kommen werde!

Montag, 28.12.2015
Mum hat sich tatsächlich frei genommen. Na ja, sie ist ja auch die Chefin. Trotzdem, das ist sehr nett von ihr. Wir sind mit ihrem Firmenwagen losgefahren und haben viele Geschäfte besucht. Mum will unbedingt, dass ich ein Kleid anziehe. Ihr ist es egal, ob ich mich in Kleidern wohl fühle oder nicht. Und dann muss ich ausgerechnet noch ein Kleid kaufen, dass mehr Auroras Stil ist.
Wer zieht schon ein goldenes Kleid freiwillig an?!
Die Preise sind auch nicht gerade billig. Am Ende habe ich jedoch ein wunderschönes Kleid gefunden.
Egal, ob es eine bekannte Marke ist oder nicht.
Das Kleid ist ärmellos, hat einen V-Ausschnitt und besteht aus zwei Teilen, im Patchwork-Stil. Oben ist es silberfarben und glänzend. Dann folgt ein goldener, breiter Taillengurt aus Stoff mit anschließend goldenem Plisseerock. Das Kleid reicht mir bis zu den Knöcheln. Die silberfarbenen Absatzschuhe heben das Kleid ein wenig hoch. Praktisch an den Schuhen ist, dass ich sie zuschnallen kann und nicht Angst haben brauche, dass ich sie verliere.
Aber der Absatz! Sechs Zentimeter hoch! Eindeutig zu hoch! Wie werde ich damit laufen?! Ich trage ja keine hohen Absätze! Vielleicht sollte ich mir noch Extraschuhe einpacken? Meine weißen Turnschuhe? Aber die passen nie in meine kleine, goldene Clutch!
Hmm, vielleicht sollte ich noch einen Rucksack mitnehmen? Ich werde sowieso noch etwas drüber anziehen müssen. Nachts ist es sehr kalt.

Vielleicht werde ich auch dort übernachten? Keine Ahnung. Lieber nicht. Jemand muss mich hinfahren und wieder abholen. Ach, ich mache mir schon wieder zu viele Gedanken! Abwarten! Einfach eine Nacht darüber schlafen.

Dienstag, 29.12.2015
Heute konnte ich wieder klarer denken. Jonas schrieb mir eine SMS, dass er sich schon sehr freue. Ich habe ihm noch nicht geantwortet. Was soll ich auch schreiben? Die Wahrheit ist, ich habe Angst. Ich hoffe, es sind nicht zu viele Leute da. Ansonsten habe ich heute noch eine Einladung zum Vorstellungsgespräch bekommen. Diesmal für meinen Berufswunsch: Kauffrau für Büromanagement. Ich habe per Email zugesagt. Die Stelle zur Köchin habe ich nach langem überlegen auch zugesagt. Kann nicht schaden, wenn ich mehrere Angebote habe. Ich muss mich noch informieren, was das mit den Vorstellungsgesprächen auf sich hat. Aber das kann noch warten!

Mittwoch, 30.12.2015
Mum hat heute August gebeten, dass er mich morgen zu Jonas fährt. Nun gibt es nur noch ein Problem: Wer holt mich wieder ab? Gerade habe ich Jonas eine SMS geschrieben, ob ich bei ihm übernachten könnte (Auch wenn es mir davor graut). Ich hoffe, er hat noch ein Gästezimmer!
Jonas hat zurück geschrieben! Er schreibt, dass das mit dem Übernachten kein Problem wäre. Also, alles geregelt. Ich freue mich!

Donnerstag, 31.12.2015
Meine Wanduhr zeigt 21:30 Uhr. Es ist soweit! Ich bin „bekleidet" und ziemlich aufgeregt. Ich schaue mich noch einmal im Spiegel an und lächle.

Vielleicht sollte ich häufiger Kleider tragen? Oder liegt es an diesem, einen Kleid? Es ist einfach wunderschön!
Ich schnappe mir meinen Rucksack, meine goldene Clutch und stöckele aus meinem Zimmer.
Na ja. Das Gehen muss ich noch üben!
Im Flur stoße ich auf August.
»Halleluja!«
Er schaut mich überrascht an.
»Das Aschenputtel ist zur Prinzessin aufgestiegen.«
Übertreib's nicht!
Trotzdem muss ich grinsen.
»Was ist hier los? Müsst ihr… oh, Wow! Das Kleid ist schön! Schenkst du es mir nach Silvester?«
Nein!
Aurora mustert mich von oben nach unten.
»Die Clutch passt perfekt! Zeig mal die Schuhe! Welche Farbe haben die?«
Ich raffe mein Kleid höher.
»Silber.«
Mum kommt aus der Küche und schaut zu mir rüber.
»Gut siehst du aus, aber so kannst du nicht gehen! Die Strumpfhose ist zu dünn!«
Ich schaue Mum genervt an.
»Was soll ich denn sonst anziehen? Ich trage bestimmt keine Leggins drunter!«
Aurora grinst.
Ich verdrehe meine Augen und gehe in mein Zimmer zurück.
Eigentlich hat Mum ja Recht, aber wo soll ich jetzt was Passendes finden? Ich wühle genervt in meinem Kleiderschrank. Die schwarze Leggins sieht man bestimmt durch den Stoff.
Verdammt!

Mum kommt in mein Zimmer.

»Karina, ich habe hier eine weiße Baumwollstrumpfhose. Zieh die an. Und den weißen Blazer.«

»Aber das Motto ist Gold und Silber.«

Mum sieht mich böse an.

»Karina, ich werde jetzt nicht diskutieren.«

Okay! Dann nehme ich ihn halt!

»Danke. Und danke auch für die Strumpfhose. Ist praktisch, dass wir gleich groß sind.«

Ich grinse Mum an. Mum lächelt zurück.

»Die gleiche Figur haben wir auch«, sagt sie.

Na ja.

Ich grinse noch breiter.

»Nun, schnell! August wartet.«

Ich sehe Mum verblüfft an.

»Zieht August sich nicht noch mal um?«

»Wieso? Er bringt dich doch nur hin.«

Voll peinlich! Er kann ja wenigstens das Holzfällerhemd ausziehen? Die ausgewaschene Jeans geht ja gerade noch. Ach, egal! Soll er sich selbst blamieren!

Ich wechsele zügig die Strumpfhose, ziehe den Blazer über und verlasse mein Zimmer.

»So, jetzt können wir los!«

Ich habe keine Lust zu spät zu kommen!

Mum kommt auf mich zugelaufen.

»Hier, nimm noch die Ohrringe.«

Silberne Ohrhänger? Die sind ganz schön groß! Na ja, aber sie passen zu meiner silbernen Uhr und meinem silbernen Ring.

Ich nehme sie. Während ich die Ohrhänger anziehe, fummelt Mum an meinen Haaren herum.

»Mum, ich will meine Haare offen lassen!«

»Ich stecke dir nur ein paar Haare nach hinten. Keine Sorge.«

»Aber wir kommen zu spät!«

»Das geht ganz schnell! Aurora, hol mir Haarspray und ein paar Haarklammern.«

Ich verdrehe meine Augen.

Muss das jetzt sein?! Es ist schon viertel vor zehn!

Aurora läuft los.

August seufzt, »Ich mache mir einen Kaffee.«

»Was hast du alles eingepackt?«, fragt Mum.

»Was meinst du?«

»Im Rucksack. Hast du ein zweites Paar Schuhe eingepackt?«

Ich stöhne.

»Ja, hab ich.«

»Welche?«

»Meine weißen Turnschuhe.«

»Mit der Gummisohle?!«

Mum sieht mich durch den Spiegel ärgerlich an.

»Dann nehme ich eben meine Schnürstiefeletten!«

Mann! Muss sie mich so nerven?!

Aurora reicht Mum die Haarklammern.

»Deine Stiefeletten sind doch cognacfarben! Das passt nicht zu Gold!«

»Doch sie passen!«

»Nein, das passt nicht! Schau, ich habe...«

»Egal, Aurora!«, zische ich sie an.

Aurora hebt unbeeindruckt ihre Schultern.

»Musst du wissen!«

Sie reicht Mum nun das Haarspray.

»Die Haarklammern kriege ich aber wieder, ja? Nicht verlieren! Die waren teuer.«

Ich verdrehe die Augen.

Nervensäge!

Mum sprüht mit dem Haarspray herum. Ich muss husten.
Mann, das ätzt ja richtig die Atemwege!
Endlich darf ich mich wieder bewegen. Ich hole aus dem Rucksack die Turnschuhe und tausche sie gegen die Schnürstiefeletten aus.

»Hast du deinen Pyjama eingepackt?«
Ich schaue genervt zu Mum hoch.

»Natürlich.«
Was soll die doofe Frage?

»Ich bin ziemlich gespannt, was da zwischen euch laufen wird. Schläfst du in seinem Zimmer?«, fragt Aurora amüsiert.
Hallo?! Geht's noch?

»In einem Gästezimmer, hoffentlich.«
Aurora lacht.

»Das glaube ich nicht. Wieso denn? Wollt ihr euch nicht näher kommen?!«
Hallo?!
Mein Gesicht färbt sich rot. Diesmal nicht aus Scham, sondern aus Wut.

»Das geht dich nichts an!«

»Na, na! Was sind das hier für Töne?! Können wir endlich?«
August kommt aus der Küche und stellt sich neben Aurora.

»Gleich«, sage ich.
Ich schließe meinen Rucksack. Dann ziehe ich meine dunkelgrüne Daunenjacke und den schwarzen Schal an. Mum reicht mir meine Clutch und den Rucksack. Ich lächle sie an.

»Danke. Dann einen schönen Abend euch! Und einen guten Rutsch!«
Schnell öffne ich die Tür und trete hinaus. Nicht, dass Mum noch etwas einfällt! Es ist mittlerweile 21:55 Uhr und ich bin ziemlich spät dran! August ist so nett und hilft mir ins Auto zu steigen. Ich sitze hinten.

Na ja, ich liege mehr, als ich sitze.
Diesmal bin ich ohne Alkohol unterwegs. Klar, auf der Party gibt es auch Alkohol, aber ich versuche keinen zu trinken. August schließt die Tür und schlendert gemütlich zu seinem Platz rüber.
Verdammt! Kann er sich nicht ein wenig beeilen?! Ich schwitze hier schon vor Nervosität! Ich muss noch mal Deo auftragen!
Ich öffne meine Jacke und greife zu meiner Clutch. August setzt sich stöhnend. Doch gleich darauf grinst er.

»Ich unterwegs, mit einer gutaussehenden, jungen Dame.«

»Du Schleimer!«, sage ich leise und grinse.

»Das habe ich gehört.«

August schaut mich durch den Innenspiegel an und grinst.

»Egal.«

Ich grinse ebenfalls.

»Also. Auf geht's!«

Na endlich!

Er startet den Motor und fährt los. Ich deodoriere mich und trage noch eine neue Schicht Lipgloss auf. August pfeift zur Musik. Mich nervt das total. Also muss ich ihn davon irgendwie ablenken. Mit Smalltalk!

»Und was macht ihr gleich, du und Mum?«

August schaut mich wieder durch den Innenspiegel an.

»Aurora geht zu ihren Freundinnen und wir machen es uns schön gemütlich.«

Was das wohl zu bedeuten hat?
Nein, ich will es nicht wissen!
August fängt wieder mit dem Pfeifen an. Ich stöhne innerlich auf.
Wie kann er nur so entspannt sein? Ich bin total nervös!
Die Minuten verstreichen und ich werde immer ängstlicher.
August biegt in eine Seitenstraße.

»Wow! Was sind das für Häuser! Schau mal!«

Ich schaue aus dem Fenster und mein Herz schlägt immer schneller.
Verdammt, sind wir schon da?! Ich glaube, ich will wieder nach Hause!
»Sind das nicht hübsche Häuser?«
»Ja«, antworte ich genervt.
Von Weitem sehe ich schon ein paar Leute vor einem Tor stehen.
Können wir nicht umdrehen? Ich will doch nicht mehr hin! Warum habe ich mir das nicht besser überlegt???
»August, könntest du mich zurückfahren?«
Meine Stimme hört sich sehr nervös an. August schaut zu mir rüber und grinst.
Überhaupt nicht witzig!
»Nein, nein! Ich soll dich hier abliefern. Kalte Füße bekommen?«
August fährt näher ans Tor heran und bleibt nur ein paar Meter vor den Leuten stehen.
»Schau mal, die hat einen schönen weißen Pelz!«
Seit wann interessiert er sich für Mode?!
Ich schaue rüber.
Was interessiert mich die alte Frau?! Ich will nach Hause! Die Frau sieht sehr glamourös aus. Hilfe! Ich will zurück!
August schaltet den Motor aus. Dann dreht er sich zu mir um.
»Steig aus, Karina.«
Bitte, fahr mich zurück!
August grinst.
»Soll ich dir helfen?«
So ein Idiot!
»Ja, hilf mir!«
Ich schnalle mich ab und warte, bis August meine Tür öffnet. Dann steige ich langsam und vorsichtig aus.
Ich hasse lange Kleider! So, ein Fuß ist draußen. Ganz schön kalt!
Ich fröstele.
August reicht mir seine Hand.

»Danke.«

»Nicht zu danken! Ich bin doch ein Gentleman.«

Ja, klar!

Ich verdrehe die Augen.

Und hopp!

Ich stehe auf beiden Beinen, schließe die Tür und gehe zum Kofferraum. August reicht mir den Rucksack.

»Na dann, viel Spaß!«, sagt er und schließt den Kofferraum.

»Und trink nicht so viel Champagner!«, fügt er hinzu.

So ein Spinner!

»Ja, euch auch.«

August grinst und steigt ein. Wenig später fährt er weg.

Fährt er einfach weg und lässt mich hier allein! Ich habe Angst! Warum wird mir so schwindelig?

Ich schaue zu den Leuten. Die Frau mit dem Pelz geht durchs Tor. Jetzt steht keiner mehr da.

Soll ich da jetzt einfach so hingehen? Wo ist Jonas? Muss ich ihn noch suchen?! Verdammt!

Mein Herz schlägt mir mittlerweile bis zum Hals. Als ich näher ans Tor komme, sehe ich einen großen, grimmig guckenden Mann im schwarzen Anzug.

Ist das Bob?

Er hat ziemlich breite Schultern. Und seine Muskeln zeichnen sich deutlich durch seinen Anzug aus.

Er ist bestimmt Bodybuilder!

Bob kickt einen kleinen Stein aus dem Weg.

Er ist ziemlich einschüchternd! Soll ich mich räuspern? Ihn begrüßen? Oder einfach näher kommen?

Er kickt noch einen Stein beiseite. Nervös gehe ich auf ihn zu.

»Guten Abend«, sage ich irgendwie heiser.

Sofort blickt er auf und mustert mich, als würde er mich mit seinem Blick nach Waffen abscannen.
Oder er wundert sich einfach nur. Wahrscheinlich bin ich, bis auf Jonas, die Jüngste hier.
»Guten Abend«, sagt er ernst.
Er schaut mich immer noch an und streckt mir nun seine leere Hand aus.
Was will er mir damit sagen? Er scheint nicht sehr gesprächig zu sein. Vielleicht spricht er nicht gut deutsch? Bob ist ja kein deutscher Name.
Ach, jetzt weiß ich, was er will! Die Einladung und den Ausweis! Klar, warum bin ich nicht gleich darauf gekommen?
Ich öffne meinen Rucksack und hole die beiden Sachen heraus. Wortlos reiche ich sie ihm. Der Typ schaut zuerst auf meinen Ausweis.
»Karina Albinger.«
»Ja.«
Das bin ich.
»Yes.«
Er gibt mir den Ausweis zurück, behält die Karte jedoch.
»Du darfst rein.«
Dann grinst er plötzlich.
»Jonas hat nach dir gefragt.«
Mein Gesicht erwärmt sich. Keine Ahnung, warum mir das peinlich ist. Vielleicht, weil Jonas über mich gesprochen hat? Mit Bob!
Was er wohl über mich weiß?!
Ich lächle verlegen und betrete Jonas' Anwesen.
Abhauen, ist jetzt zu spät.
Ich komme mir mit meiner Daunenjacke und dem Rucksack ziemlich blöd vor. Am liebsten würde ich die Sachen irgendwo unauffällig verstecken. Aber wo? Draußen stehen schon ein paar

Grüppchen mit Champagnergläsern. Alle schön festlich gekleidet. Sie scheinen so um die 40 bis 60 Jahre alt, wenn nicht sogar älter.

Was mache ich denn jetzt? Wo soll ich Jonas finden???

Ich gehe langsam an den Leuten vorbei und lächle sie an. Die Herren schauen mir hinterher. Ziemlich auffällig! Ich bin sehr nervös und konzentriere mich aufs Gehen.

Diese verdammten Stöckelschuhe!

Ich gehe auf die Villa zu.

Wow, hier wohnte Jonas?! Gigantisch! Er ist mega reich!

Die Tür steht offen und die Gäste gehen rein und raus. Jonas ist nicht dabei. Langsam werde ich ziemlich sauer.

Bestellt mich her und lässt sich nicht blicken!

Ich raffe mein Kleid höher und steige die Stufen hinauf. Plötzlich höre ich eine bekannte Stimme.

»Ah! Da ist Katrin!«

Ich schaue nach hinten und sehe Karl. Hinter Karl stehen Margret und ein gutaussehender Mann. Wahrscheinlich Margrets Ehemann. Ich bleibe auf der Treppe stehen und lächle.

Mit Katrin hat er mich gemeint!

Karl lächelt.

»Guten Abend!«

»Guten Abend, Herr ...«

Verdammt! Wie war sein Nachname?

Schon wieder blamiert!

»Nenn, mich Karl. So nennen mich alle.«

»Nicht alle. Ich nenne dich Vater.«

Margret kommt mit dem Mann auf uns zu. Ich muss grinsen. Ich bin froh, dass ich hier wenigstens zwei Leute kenne. Margret sieht mich fragend an.

»Heißt du nicht Karina?!«

Schnell, sag was!

»Ja. Karina.«

»Vater nennt dich Katrin. Aber er hat es nicht mit Namen! Nimm es nicht persönlich.«

Ja, ich weiß.

Ich lächle verlegen.

»Ich bin Andreas.«

»Karina.«

Der gutaussehende Mann mit Duftwolke reicht mir seine Hand. Ich gebe ihm meine. Margret sieht ihn spöttisch von der Seite an. Dann wendet sie sich mir zu.

»Mein Ehemann.«

Okay!

Ich sehe Andreas verlegen an. Andreas sieht mir direkt in die Augen ohne irgendeinen Ausdruck.

Wie soll ich das deuten?

Karl stupst mich an.

»Hast du deinen Vater gefunden?!«

Mein Herz rast. Noch eine Antwort, die ich geben muss!

»Ja. Er wohnt in Hannover. Nicht weit. Ich habe ihn mit Jonas besucht.«

»Das ist schön. Dann konnte ich dir helfen, ja?»

»Ja, vielen Dank.«

Wir steigen die Treppen hoch. Margret und Andreas hinter uns. Karl blickt mich von der Seite an.

»Hast du Jonas schon gesehen?«

Ganz schön gesprächig der alte Mann.

Das macht mich ziemlich unsicher.

Hoffentlich bemerkt er nicht, dass ich so ruhig bin.

»Nein. Ich bin gerade erst eingetroffen.«

Eingetroffen??? Warum benutze ich so ein komisches Verb?

Wir gehen durch die Tür und werden von zwei Hexen begrüßt. Na ja, verkleidete Kellnerinnen, die uns entgegen kommen. Jetzt verstehe ich auch, was es mit den Hexen auf sich hat.

»Darf ich Sie zur Garderobe bitten?«

Eine Hexe, vielleicht nur ein paar Jahre älter als ich, bleibt vor uns stehen und bittet uns, ihr zu folgen. Aber dann wird Karl von jemandem begrüßt und bleibt stehen. Margret und Andreas auch. Also folge nur ich der jungen Hexe. In der Garderobe gebe ich meine Daunenjacke, meinen Schal und meinen Rucksack ab und bekomme dafür eine Nummer. Es ist die 121.

So und jetzt stehe ich hier wie auf dem Präsentierteller und weiß nicht so genau wohin. Schnell flüchte ich zur nächstgelegenen Toilette. In der Kabine atme ich erstmal durch.

Verdammt! Was mache ich hier?!

Ich hole aus meiner Clutch mein Handy und hoffe, dass Jonas mir geschrieben hat. Ja, hat er. Eine Nachricht und zwei Anrufe in Abwesenheit. Ich öffne die Nachricht.

Karina, bist du da?

Die Nachricht hat er vor 20 Minuten abgeschickt. Ich schreibe ihm zurück.

Ich bin da.

Dann leere ich meine Blase, deodoriere mich und schminke mich nach. Ich warte noch ein wenig vor dem Spiegel und hoffe, dass Jonas auf meine SMS antwortet.

Wenn nicht, werde ich ihn suchen gehen. Muss ich ja! Wo er wohl steckt?!
Ziemlich gemein, dass er mich hier allein lässt!

Meine Uhr zeigt 22:44 Uhr. Jonas schreibt nicht. Ich seufze und werde nervös.

Ich muss ihn suchen! Da raus, zu den lauten, lachenden und tuschelnden Menschen! Ich will nicht, aber ich kann ja nicht den ganzen Abend auf der Toilette verbringen! Okay. Dann mal los!

Ich atme ein und lange aus, öffne die Tür und gehe hinaus.
Ab ins Getümmel!

Mein Herz rast. Ich weiß nicht worauf ich mich konzentrieren soll. Überall wird geredet und gelacht. Die Hexen tragen Tabletts und laufen im Slalom. Die Männer glotzen mich interessiert an. Ich drehe mich unsicher um und gehe zur Garderobe zurück. Hier gebe ich meine Clutch ab. Sie ständig in der Hand zu halten ist ätzend. Außerdem scheint hier keiner eine Clutch bei sich zu haben. Und so kann ich auch, während ich an der Schlange stehe, nach Jonas Ausschau halten. Leider entdecke ich ihn nicht. Ich gebe meine Clutch ohne Probleme ab und atme durch.

Einfach geradeaus weiter gehen. Irgendwo muss Jonas sein!

Wow! Wie groß ist das Haus eigentlich? Hmm. Vielleicht so groß wie ein Fußballfeld? Mindestens! So finde ich Jonas nie! Verdammt, ich muss selbstbewusst wirken!

Ich ändere meine Haltung und schaue nach vorn. Eine Hexe mit Getränke-Tablett bleibt vor mir stehen.

»Kann ich Ihnen etwas anbieten?«

»Ist das Wasser?«

»Ja, mit Kohlensäure.«

Ich nehme mir ein Glas.

»Danke.«

Ich bin froh, dass ich etwas in meinen Händen halte. Damit kann ich auch langsamer gehen.

Da! Ich habe Jonas gefunden!

Er steht in der Mitte des Raumes. Neben ihm steht Björn, seine Eltern und noch ein junger Mann. Sie lachen alle.

Warum steht er da mit ihnen? Anstatt mir zu schreiben!? Ihm wird schon das Lachen vergehen, wenn er mich wütend sieht!

Ich bin schon fast in Jonas' Nähe, als Björn sich umguckt und mich erblickt.

»Wow! Wer ist denn das?!«

Hat er mich gemeint? Ja, ich glaube schon. Oder doch jemanden hinter mir?

Ich drehe mich nicht um. Ich gehe einfach weiter. Jonas schaut zu Björn und dann in die Menge.

Endlich sieht er mich! Wurde auch Zeit!

Ich mache die letzten drei Schritte auf ihn zu und kann nicht anders als lächeln.

Eigentlich wollte ich ja böse schauen. Egal!

»Karina! Hey!«

»Hallo Jonas, hallo Björn.«

Björn ist ganz erstaunt.

»Bist du die Karina aus der Sanddornstraße?«

Ich nicke und werde verlegen. Björn streckt mir seine Hand aus. Aber Jonas schlägt seine Hand weg.

»Finger weg!«

Björn grinst.

»Ja, ich weiß! Das ist deine Freundin!«

Deine Freundin?!

Jonas grinst mich an.

»Ignorier ihn.«

Ich grinse zurück und schaue schnell weg.

Björn schnappt sich von einer Hexe ein Champagnerglas und zwinkert ihr zu.

Was für ein eingebildeter Arsch!

»Du siehst umwerfend aus«, sagt Jonas plötzlich.

Ich schaue ihn verlegen an.

»Danke. Du auch.«

Verdammt! Warum bin ich so verlegen???

»Komm, ich stell dich meinen Eltern vor.«

Jonas nimmt meine freie Hand und wir gehen ein paar Schritte weiter zu seinen Eltern und dem jungen Mann. Jonas unterbricht ihr Gespräch.

»Entschuldigung!«

Sein Vater schaut ihn böse an. Aber dann erblickt er mich und schaut verwundert.

»Das ist Karina, meine Freundin.«

Meinte er jetzt Freundin-Freundin? Oder Freundin im Sinne von Kumpel? Ich muss ihn später fragen!

Die drei Personen mustern mich jetzt besonders. Der junge Mann mit Vollbart schaut mir sogar direkt ins Dekolleté.

Was für ein Idiot!

Die Frau, Jonas' Mutter, lächelt und reicht mir zuerst die Hand. Sie hat ein wunderschönes Kleid. Es ist lang und vollkommen mit goldenen Pailletten besetzt.

»Freut mich. Ich bin Jessica.«

Ich reiche ihr meine Hand.

»Karina. Freut mich auch.«

Man sieht ihr wirklich an, dass sie sich freut. Jonas' Vater schaut dagegen skeptisch. Ich kann ihm nicht lange in die Augen sehen. Daher schaue ich auf seine goldfarbene Krawatte. Ich kann mich noch gut daran erinnern, wie er bei Jonas aufgetaucht ist.

Ich hoffe, er kann auch nett sein.

»Ich bin Hermann, Jonas' Vater.«

Ich schaue ihn an.

Er klingt freundlich! Na, also!

»Karina. Freut mich.«

Sein Händedruck ist sehr stark, aber ich lasse es mir nicht ansehen. Ich reiche nun dem Vollbart-Mann meine Hand.

»Karina.«

»Matthias.«

»Matthias ist einer meiner Mitarbeiter. Einer der besten. Nach Björn«, erläutert Hermann und schaut Jonas finster an.

Okay?

Jonas lacht auf.

»Nach Björn!«

Hermann findet das gar nicht lustig. Er schaut Jonas noch finsterer an, will wieder etwas sagen, doch zum Glück mischt sich Jessica ein.

»Schatz, wir sollten das Parkett eröffnen.«

»Ist es schon so spät?!«

Hermann schaut auf seine goldene Armbanduhr. Ich auf meine. Es ist gerade 22:58 Uhr.

Noch gut eine Stunde zum Neuen Jahr! Ich sollte mal ein ruhiges Plätzchen aufsuchen und mit Jonas reden.

»Viel Spaß euch noch!«, wünscht Jessica und eilt davon.

Hermann nickt uns zu und folgt Jessica. Matthias schaut mir wieder aufs Dekolleté.

So eine Frechheit!

Verärgert, drehe ich mich von ihm weg und trinke einen Schluck aus meinem Glas.

»Willst du deinen Blazer nicht ganz ausziehen? Gleich wird getanzt.«

Ich sehe Jonas perplex an.

Getanzt? Ich soll tanzen?! Mit diesen hohen Hacken?! Ich kann doch nicht mal richtig darauf gehen!

»Soll ich die Jacke zur Garderobe bringen?«, bietet Matthias an.

Ohne die „Jacke" fühle ich mich aber unwohl! Ich will nicht, dass alle mir auf die nackten Arme und meinen Teils freien Rücken starren!

Matthias streckt seine Hand nach meinem Blazer aus.

Verdammt! Mir fällt keine Ausrede ein!

Wütend über mich selbst, gebe ich Matthias erst mein Mineralwasserglas und gleich darauf den Blazer.

»121 ist meine Nummer.«

»Alles klar.«

Eigentlich wollte ich ihm noch dafür danken, aber mit seinem Dekolleté-Blick hat er es vermasselt.

Endlich verzieht er sich! Warte!!!

Er hat mein Glas mitgenommen! Ich stehe mit leeren Händen da und fühle mich unwohl.

»Der Typ ist ein Schleimer. Arbeitet unermüdlich für meinen Vater und hat kein Privatleben.«

Jonas grinst. Ich schaue Jonas verlegen an.

Wie sage ich ihm, dass ich nicht tanzen will? Außerdem muss ich mit ihm reden! Es steht so viel zwischen uns. Ich weiß gar nicht, wie ich mich verhalten soll. Und Jonas ist viel ruhiger als sonst.

»Ich kann nicht tanzen«, murmele ich.

Hoffentlich ist das eine gute Ausrede.

»Kein Problem. Das ist langsamer Walzer. Man dreht sich nur im Kreis.«

Na super! Was soll ich darauf antworten?

Plötzlich dröhnt das Mikrofon und Jonas' Vater hält eine Rede.

»Ich führ dich, kein Problem«, flüstert Jonas mir ins Ohr.

Sein warmer Atem versetzt mir eine Gänsehaut.

Ich bin so nervös, dass ich die Rede nicht mitkriege.

Verdammt, ich soll tanzen! Jetzt gleich! Körper an Körper mit Jonas!

Das ist zu viel Nähe!

Mir wird schwindelig.

»Viel Spaß!«, ruft Jonas' Vater und stellt das Mikrofon ab.

Die Leute im Saal klatschen. Ich klatsche leise mit.

Jonas nimmt meine Hand und zieht mich mit sich.

Keine Chance zu protestieren!

Warum kann ich nicht einfach „Nein" sagen?! Verdammt!!!

Wir stehen uns gegenüber. Mir wird heiß. Jonas nimmt meine rechte Hand und umschließt sie. Seine linke Hand legt sich auf mein Schulterblatt. Die Musik ertönt.
Na super! Es geht los! Nein, ich kann nicht tanzen!!!
Einige Leute stehen außerhalb und schauen zu.
Ich falle gleich in Ohnmacht!!!

»Leg deine andere Hand auf meinen Oberarm.«

»Jonas, ich kann das nicht.«

»Doch, du kannst. Ich führe dich.«

»Ich trete dir auf die Schuhe. Das wird peinlich!«

»Los, Karina! Es wird nicht auffallen, dass du nicht tanzen kannst.«

Doch!
Die Leute in unserer Nähe tanzen schon, Jonas und ich stehen noch.
Okay, es ist peinlich hier einfach nur zu stehen! Ich muss tanzen! Verdammt!!!

»Nur einen Tanz«, flüstere ich und folge seinen Schritten.

Jonas grinst. Ich schaue verlegen zum Tanzpaar rechts von uns. Es ist die alte Dame mit dem weißen Pelz. Na ja, den hat sie nicht mehr an, aber sie ist es. Sie tanzt mit Karl.
Wer ist sie?
Ich will das wissen! Und weil Jonas und ich uns sowieso anschweigen, ist es sogar eine gute Gelegenheit die Stimmung aufzulockern.

»Wer ist diese Frau?«, flüstere ich.

»Welche?«

Jonas schaut mir in die Augen und verweilt dort. Ich schaue weg und wieder zur alten Dame rüber.

»Die Frau, mit der Karl tanzt. Ist das seine Frau?«

»Das ist Cindy. Karls Kusine. Wieso?«

Ich schaue zurück zu Jonas und lächle verlegen.

»Wollt ich einfach wissen.«

Jonas schaut mir wieder so lange in die Augen. Das macht mich so nervös, dass ich mich kaum konzentrieren kann. Ich trampele ihm auf den Schuh.

»Autsch.«

»Sorry. Hat es sehr weh getan?«

Bestimmt! Doofe Frage!

Ich schäme mich total!

Hoffentlich hat das kein Zuschauer mitbekommen!
Voll peinlich!

»Geht schon.«

Jonas grinst.

»Dafür musst du noch einen weiteren Tanz mit mir tanzen.«

Nicht dein ernst!

Jonas grinst breiter. Seine Augen strahlen. Sein Grinsen steckt an. Und tatsächlich, als die Musik zu ende geht, hält mich Jonas an beiden Händen fest. Ich kann nicht fliehen.

Ich muss ihn aufhalten!

Einige Leute verlassen das Parkett, andere kommen dazu.

»Jonas!«, ermahne ich ihn.

Aber Jonas grinst nur. Eine neue Musik beginnt. Wieder ein Walzer. Jonas nimmt seine Tanzhaltung ein. Ich seufze innerlich auf.

Na ja, wenigstens nicht was Neues. So langsam habe ich die Schritte drauf.
Trotzdem!

»Danach müssen wir reden«, sage ich leise, aber vorwurfsvoll.

Jonas grinst.

»Worüber?«

Das weißt du genau! Über deinen Brief und über mein Verhalten.
Ach ja und über meine Gefühle.

Ich traue mich nicht, das so zu sagen, also grinse ich dämlich. Ich bin heilfroh, als der Tanz endlich zu Ende geht und ich Jonas entwischen kann.

»Hey. Wohin gehst du?«, ruft er mir hinterher.

Dann folgt er mir. Wo ich hingehen soll, weiß ich selbst nicht.

Vielleicht raus? Ich brauche frische Luft und einen klaren Kopf.

»Karina!«, ruft Jonas noch einmal.

Ich bleibe stehen und er holt mich ein.

»Ich gehe zur Garderobe.«

»Du willst aber nicht nach Hause, oder?«

Jonas schaut auf seine Uhr.

»Es ist erst 23:14 Uhr.«

Ich schaue auf meine Uhr. Die Uhrzeit stimmt.

Noch 46 Minuten zum neuen Jahr! Ich muss das endlich mit Jonas klären und das noch in diesem Jahr!

»Jonas, wir müssen reden. Über deinen Brief.«

Na endlich!!! ich habe es gesagt! Auch wenn es ziemlich nervös klang.

Ich räuspere mich.

»Ich brauche frische Luft.«

»Okay. Dann komm.«

Jonas nimmt meine Hand und wir bahnen uns einen Weg durch die stehende Menschenmenge. Ich folge ihm so schnell ich kann.

Mit diesen Schuhen ist das nicht besonders schnell! Ich muss sie sofort wechseln!

An der Garderobenausgabe hole ich meine ganzen Sachen und ziehe mir die Daunenjacke über. Den Blazer stopfe ich achtlos in den Rucksack. Jonas sieht mir überrascht zu.

»Wollen wir nicht in meinem Zimmer reden?«

Nein, lieber nicht.

»Draußen. Ich brauche frische Luft.«

»Okay.«

Er hört sich ziemlich verwirrt an. Ich schaue ihn an.

Warum steht er hier noch so rum?

Wo ist seine Jacke?

Ich gebe der Garderoben-Hexe meinen Rucksack zurück.

»Ähm... Willst du nicht... brauchst du keine Jacke?«

»Ich?«

Wer denn sonst?! Verdammt, er sieht einfach zu gut aus in dem Anzug! Was denke ich denn schon wieder?

Ich werde rot.

»Es geht schon.«

Na, dann nicht!

Als wir draußen sind, kann ich mich endlich entspannen. Na ja, ein wenig. Einige Leute sind auch draußen.

»Lass uns zum Springbrunnen gehen. Da ist eine Hollywoodschaukel. Und Decken.«

Decken??? Hat er die da hingetan?

Ich folge Jonas verunsichert. Mit jedem Schritt, steigt meine Nervosität.

Was soll ich sagen??? Ich habe mir das tagelang zurechtgelegt und jetzt zweifele ich daran.

Wir erreichen die Hollywoodschaukel und setzen uns.

Echt schön hier.

Das Licht ist nicht allzu hell und der Springbrunnen läuft, also habe ich wenigstens ein Nebengeräusch, wenn ich gleich meine Stimme erheben muss. Jonas deckt uns beide zu. Nur noch unsere Hälse und Köpfe schauen heraus.

Verdammt, so eng nebeneinander!

Ich weiß nicht, ob ich einen klaren Kopf behalten kann. Ich lausche dem Plätschern des Springbrunnens. Jonas schaut zu den Sternen hoch.

Wie soll ich anfangen? Warum fängt nicht einfach Jonas an?!

Ich blicke zu ihm rüber. Er schaut immer noch nach oben. Ich folge seinem Blick.

Ich wusste gar nicht, dass es so viele Sterne gibt! Sieht wunderschön aus.

Vielleicht kommt eine Sternschnuppe vorbei?

»Bald ist der Himmel voller Feuerwerkslichter«, sagt Jonas plötzlich.

»Ja.«

Ich senke meinen Blick und balle meine Hände unter der Decke zu Fäusten.

Verdammt, wie soll ich es ihm sagen?! Ich muss das jetzt endlich sagen! Gleich ist das Neue Jahr! Los jetzt! Okay. Jetzt! Na, los jetzt!

Ich sehe Jonas an und öffne meinen Mund.

»Jonas?«

»Ja?«

Er schaut immer noch nach oben.

Was soll das?!

Ich werde sauer.

Wie selbstverständlich er alles nimmt! Dass ich gekommen bin! Das ich mit ihm rede! Warum wundert ihn das nicht?! Und warum spricht er mich nicht wegen des Alkohols an??? Bestimmt hat er gesehen, dass ich nur Mineralwasser im Glas hatte, aber er hat nichts dazu gesagt.

»Warum hast du mir den Brief geschrieben?«

Eigentlich wollte ich fragen, warum er mich eingeladen hat, aber in letzter Sekunde habe ich mich anders entschieden.

Jonas senkt den Blick und sieht mich kurz an. Dann wandert sein Blick zum Springbrunnen. Mein Herz schlägt so laut! Außerdem schäme ich mich. Ich weiß ja, warum er mir den Brief geschrieben hat. Er wollte sich entschuldigen. Aber das mit dem Verliebtsein hat er auch erwähnt. Jonas lässt sich viel Zeit mit der Antwort.

»Ich wollte, dass du mir verzeihst. Ich wollte dich nicht verlieren. Ich habe Gefühle für dich.«

Die Worte hören sich wie auswendig gelernt an. Trotzdem läuft es mir kalt den Rücken runter.

Er hat Gefühle für mich! Für mich!!! Für eine stumme Mutistin?! Unglaublich! Ich habe auch Gefühle für ihn. Die Frage ist nur, wie es mit uns weitergeht.

Ich räuspere mich.

»Ich habe auch Gefühle für dich.«

Diese Worte waren so schwer zu sagen. Ich fühle mich so verletzlich. Jonas dreht seinen Kopf zu mir und lächelt.

»Du hast Gefühle für mich? Ernsthaft?!«

Was hat er daran nicht verstanden?

Ich weiche seinem Blick aus.

»Es ist falsch«, murmele ich.

»Das ist doch nicht falsch!«

Irgendwo in der Ferne bellt ein Hund.

»Karina, schau mich an.«

Widerwillig sehe ich ihn an.

Was jetzt? Sag doch was!

Drei Sekunden und ich schaue wieder weg.

Jonas seufzt.

»Karina, es ist okay.«

Was ist okay? Dass ich Gefühle für dich habe? Oder das ich Mutismus habe? Ich kann keine Beziehung führen! Warum verstehst du das nicht? Er wird mit mir nie eine normale Beziehung haben. Will er sich das wirklich antun???

Ich schaue zu Jonas. Er grinst.

Was?!

»Ich liebe dich, du liebst mich. Alles gut!«

Alles gut?!

Ich werde wütend.

Nichts ist gut! Ich muss ihm das deutlich sagen, jetzt!

»Ich habe Mutismus. Das wird nicht funktionieren.«

Jonas' Grinsen erstirbt. Ich sehe ihn verwundert an.

Hat er das etwa vergessen?!

»Denkst du, nur weil ich jetzt mit dir spreche, ist alles anders? Ich bleibe Mutistin. Sobald jemand Fremdes hinzukommt, schweige ich. Das wird so bleiben.«

»Aber du hast doch gerade mit meinen Eltern und Matthias geredet.«

»Du verstehst das nicht.«

»Dann erklär es mir.«

Ich seufze innerlich auf.

»Mit Leuten, die ich gerade kennenlerne, kann ich noch ein paar Worte wechseln. Aber sobald ich sie näher kennenlerne, geht das nicht mehr.«

»Warum?«

»Weil ich gezwungen bin, mehr von mir zu erzählen. Ich weiß nicht, da ist dieser innere Druck und dies führt irgendwie zur Blockade.«

Jonas erwidert nichts.

Ich muss es ihm besser erklären!

Ich schlucke schwer und schiebe hinterher:

»Die Panik, etwas Falsches, Dummes oder Verletzendes zu sagen ist so groß! Ich kann nur schwer dagegen ankämpfen.«

Ich breche ab. Jonas tastet nach meiner Hand und umschließt sie.

»Niemand zwingt dich etwas zu sagen. Ich mag dich, so wie du bist.«

Ich seufze.

»Du kennst mich nicht wirklich!«

»Ich werde dich besser kennenlernen, wenn du mich lässt.«

Jonas schaut mich überzeugt an.

Willst du dir das wirklich antun?!

Ich habe Angst! Angst vor ihm. Angst vor der Zukunft. Und vor allem, dass er mich wieder verletzt. Ach ja und Angst, dass ich ihm nichts bieten kann. Das ist die größte Angst.

»Versprich mir nur eins!«, sagt Jonas, »Bleib so wie du bist. Verstell dich nicht!«

Was?! Ist das dein ernst?!

Jonas sieht mir wieder direkt in die Augen. Ich schaue weg.

»Aber...«

»Wenn du nichts sagen kannst, sag nichts. Fertig.«

»Aber...«

»Nein, ich meine das so. Wenn du nichts sagen kannst, sag nichts.«

Spinnt er?! Warum sagt er das?!

Was sollen denn die anderen Leute denken, wenn ich nichts sage?!

»Was ist mit deinen Eltern?!«, frage ich.

Jonas sieht mich überrascht an.

»Was soll mit ihnen sein?«

»Wissen die von meinem...?«

Ich breche ab.

Warum fällt es mir immer so schwer diesen Begriff zu sagen?

»Mutismus?«, fragt Jonas.

»Ja?«

»Ich habe es ihnen nicht gesagt. Warum? Sollte ich?«

Jonas sieht mich verunsichert an.

»Soll ich es ihnen sagen? Ich sage es ihnen! Was sollen die schon machen?«

Mich dumm angucken? Die Beziehung in Frage stellen?

Äh, ja, mich verstoßen?

»Die interessieren sich sowieso nur für Geld und Erfolg.«

Wirklich?!

Ich lächle Jonas verlegen an.

Okay. Ich bin ein wenig erleichtert!

Ich schweige. Jonas auch. Nach ein paar unangenehmen Minuten, traue ich mich zu sagen:

»Ich hatte noch nie einen Freund.«

Wie wird er darauf reagieren?

Jonas grinst.

Ha ha, sehr lustig!
»Was anderes hätte ich auch nicht erwartet!«
Was?! Er macht mich total verlegen!
»Du bist gemein«, murmele ich.
»Wir lassen es ganz langsam angehen«, sagt Jonas.
»Sehr langsam.«
»Von mir aus im Schneckentempo!«
Ich grinse verlegen.
»So, lass uns reingehen. Gleich geht das Feuerwerk los.«
»Drinnen???«
Jonas lacht.
»Nein, aber wir müssen uns noch Champagner holen. Wenn noch welcher da ist.«
Ich schaue Jonas an. Ich muss ihm sagen, dass ich keinen Alkohol mehr trinke!
Mein Herz explodiert gleich!
Jetzt!
»Ich trinke keinen Alkohol mehr.«
»Seit wann das denn?«
Jonas grinst unverschämt.
An seinen Humor muss ich mich noch gewöhnen. Das war bestimmt nicht böse gemeint.
Daher grinse ich auch.
»Seit ich meinen Vater besucht habe und du mir die Hölle heiß gemacht hast.«
Ich kann auch kontern! Ich muss einfach nur das sagen, was ich denke.
Ich bin eigentlich ein ganz normaler Mensch. Vielleicht ein sehr unsicherer Mensch, aber doch ein netter Mensch.
Jonas lacht auf.
»Das gefällt mir! Aber wir müssen trotzdem anstoßen! Komm!«
Jonas reißt die Decke weg, steht auf und streckt mir seine Hand hin.
Ich lächle verlegen und ziehe mich hoch.

An so viel Nähe, muss ich mich noch gewöhnen!
Wir eilen zum Haus zurück. Nein, zur Villa! Das ist ja eine Riesen-Villa! Die Leute stürmen gerade alle eilig heraus. Alle mit einem Glas Champagner in der Hand.
Wir machen den Weg frei und warten bis der letzte draußen ist. Dann kommen noch einige Kellnerinnen heraus. Die Leute fangen an, den Countdown zu zählen.
»ZEHN...«
Jonas schnappt sich zwei Champagnergläser und reicht mir eins.
»NEUN...«
»Aber...«
Ich will keinen Alkohol!
»ACHT...«
»Es ist Silvester, Karina!«
»SIEBEN...«
»Du musst eine Ausnahme machen!«
Jonas grinst.
»SECHS...«
»Ich mache keine Ausnahme.«
»FÜNF....«
Oder soll ich doch?
»VIER...«
»Mach es für mich.«
Jonas' Augen strahlen und er lächelt mich so schön an.
»DREI...«
Ach, was soll's!
Ich grinse Jonas an und nehme mir das Glas.
»ZWEI...«
Jonas hebt sein Glas.
»EINS...«
Ich hebe meins.

»2016!«, ruft Jonas' Vater ins Mikrofon.

»Prost, Karina! Frohes, Neues Jahr!«

»Gleichfalls. Prost!«

Wir stoßen an, grinsen und nehmen einen Schluck.

»Trink zu ende! Sonst wird das Jahr nicht gut!«

Was redet er da? Wirklich? Oder will er mich betrinken?

Ich habe noch nichts gegessen! Na ja, egal!

Ich tue was er sagt. Das Glas ist leer. Jonas' Glas auch. Ich grinse. Jonas' Augen strahlen. Ich bin mir sicher, dass meine Augen auch strahlen.

Jonas nimmt mir mein Glas ab und stellt es etwas weiter von uns auf dem Boden.

»Was machst du da?!«

Nicht dass, da noch jemand dagegen läuft!

Plötzlich knallt es. Ich blicke hoch. Das Feuerwerk geht los! Jonas legt einen Arm um meine Taille.

»Hast du auch so ein Feuerwerk in deinem Bauch?«

Ich schaue ihn belustigt an.

»Nein. Bei mir sind es Schmetterlinge«, sage ich leise und kichere verlegen.

»Schmetterlinge oder Feuerwerk ist doch das gleiche.«

Jonas lacht. Eine Kellnerin kommt vorbei und lächelt uns an.

Voll peinlich!

Ich warte bis sie weg ist.

»Nein, es ist nicht das gleiche.«

»Nein? Dann beweis es mir.«

Ich lache auf.

»Wie denn?«

Jonas lässt mich los und geht einen Schritt zurück.

»Mit einem Kuss!«

Was?! Er will einen Kuss! Jetzt?!

Mein Herz setzt fast aus.
Wollten wir es nicht langsam angehen?!
Jonas lacht.
»Du siehst ziemlich erschrocken aus!«
Ich verschränke meine Arme.
»Du bist gemein.«
Ich grinse dämlich.
Warum kann ich nicht ernst bleiben? Stattdessen grinse ich wie eine Grinse-Kuh! Gibt es das Wort überhaupt? Na ja, wenn nicht, dann habe ich es jetzt erfunden!
Jonas grinst zurück und kommt mir wieder näher.
»Was hast du vor?!«
Wird er mich gleich küssen???
»Ich möchte...«
Jonas bricht ab und kommt mir so nah, dass wir uns körperlich berühren.
Hilfe! Du bist zu nah!
Ich bleibe trotzdem wie eine eingefrorene Statue stehen.
»Jonas?!«
Ich warte auf eine Erklärung.
»Ich möchte dich jetzt küssen.«
Mein Herz explodiert gleich!
»Aber...«
Wie soll ich mich herausreden?
»Kein aber! Lass es einfach zu.«
»Ohne Zunge!«
Warum höre ich mich so hysterisch an?
Jonas grinst. Dann schließt er seine Augen und kommt meinem Gesicht näher. Ich schließe ebenfalls meine Augen. Unsere Lippen berühren sich.

Ein kleiner Kuss auf meine Lippen, aber tausend Feuerwerke in meinem Gehirn.

Überrascht öffne ich meine Augen.

Jonas löst sich von mir und sieht mich zufrieden an.

»Hast du etwas gespürt?«

»Tausend Feuerwerke«, sage ich grinsend.

Jonas lacht auf.

Epilog

Ich weiß nicht, was die Zukunft für mich und Jonas bereithält. Aber ich weiß nun, dass es sich lohnt jemanden zu vertrauen und Gefühle zu zeigen.
Vor allem über Gefühle zu sprechen!
Schon jetzt spüre ich, dass sich etwas in mir verändert.
Ich bleibe öfters gelassen. Ich traue mich mehr zu sagen.
Vor allem, was ich denke.
Ich hoffe, dass ich mit Jonas eine wunderschöne Zeit haben werde. Und das diese Zeit mich mehr öffnet.
Ich möchte endlich Teil des Planeten werden und das Leben genießen!
Und nun genieße ich das neue, einzigartige Gefühl der Liebe.

Liebe ändert alles!